KB253383

◆ 천방지축 악동부부

鴛鴦傳

《원앙전》

원앙전 4

임신중 新무협 판타지 소설

초판 1쇄 찍은 날 § 2006년 11월 1일
초판 1쇄 펴낸 날 § 2006년 11월 1〔일

지은이 § 임신중
펴낸이 § 서경석

편집장 § 문혜영
편집책임 § 이재권
편집 § 장상수

펴낸곳 § 도서출판 청어람
등록번호 § 제1081-1-89호
등록일자 § 1999. 5. 31
어람번호 § 제2-1049호

주소 § 경기도 부천시 원미구 심곡1동 350-1 남성B/D 3F (우) 420-011
전화 § 032-656-4452 팩스 § 032-656-4453
http://www.chungeoram.com
E-mail § eoram99@chollian.net

© 임신중, 2006

ISBN 89-251-0383-4 04810
ISBN 89-251-0075-4 (세트)

※ 파본은 구입하신 서점에서 교환하여 드립니다.
※ 저자와 협의하여 인지를 붙이지 않습니다.

천방지축 악동부부
鴛鴦傳
원앙전
4
완결
임진중 新武俠 판타지 소설
Fantastic Oriental Heroes
청어람
도서출판

목차

제장

급습(急襲)

마통의 눈짓을 받고 안으로 들어가려던 부하가 어느새 유생 하나에게 목 뒤의 혈도를 얻어맞고 온몸이 뻣뻣하게 굳어 있었다.

그 부하는 소리를 치려는 순간 혈도를 제압당해 입까지 벌리고 있었다. 그 자세로 쓸모없는 썩은 기둥처럼 문 앞에 버려져 있었다.

마통의 목에 걸린 칼날의 주인은 은퇴한 관리 같은 노인의 옆에 묵묵히 시립해 있었다. 사십대의 그 중년유생이 겁에 질린 마통의 얼굴을 똑바로 바라보며 차갑게 말했다.

마통이 알아듣지 못한다면 당장 검날을 그어 목을 날려 버릴 기세로 또박또박 끊어 뱉어냈다.

"지금부터 사부님께서 하문하시는 것에 한마디라도 허튼소리가 있다면 이 검날이 용서치 않을 것이야!"

이모상마(以毛相馬) 마통은 순간 얼음 굴에 빠진 듯 온 몸에서 식은 땀을 주르륵 흘렸다.

소스라치게 놀란 그가 사력을 다해 고개를 끄덕였다.

"아아, 알겠소."

얼굴이 새하얗게 질린 마통이 천천히 흙바닥에 주저앉았다. 그에 따라 검날도 천천히 그를 따라왔다.

마통은 너무나 놀라 소리도 크게 내지 못했다. 자칫 입을 놀리면 당장 목에 걸린 검이 피부를 뚫고 핏물이 흘러내릴 것 같았다.

마통은 어처구니가 없었다.

파리 한 마리 죽이지 못할 것같이 곱게 늙어 보이는 노인네가 삽시간에 지옥의 사신처럼 느껴졌다. 게다가 그 노인네는 이런 긴장된 순간에도 편안한 표정으로 그의 앞에 유유자적하고 있었다. 생전 듣도 보도 못한 고수가 틀림없었다.

화류계인 이곳 낙원가 거리에서 첫 손님도 받기 전에 유생들이 눈에 띄면 그날 하루 장사는 망치는 게 다반사였다.

한마디로 재수 없었다. 그런데 오늘 영업을 개시하려는 참에 웬 놈의 책상물림들이 서성댔다. 세상엔 의외로 보는 눈들이 많다. 계집질에 눈 뒤집힌 유생 한 놈이면 몰라도 공자 왈, 맹자 왈 도덕 운운하는 유생들 떼거리가 밤이 되기도 전에 기녀들을 찾을 리 없었다.

그래서 길 잘못 찾아든 타지에서 온 유생들인가 했다. 당연히 쫓아내려 했다. 그런데 늙은 노인네가 방정맞게도 갑자기 방주의 명호를 함부로 부르는 게 아닌가? 게다가 다짜고짜 방주부터 찾았다.

꺼림칙한 느낌에 부하를 시켜 안에 기별을 하려는데 그 부하마저 삽시간에 제압당하고 그의 목엔 어느새 검날이 바짝 붙어 있었다. 마통이 덫에 걸린 두꺼비처럼 눈을 끔뻑이며 사시나무 떨 듯 몸을 떨었다.

보통 놈들이 아니었다. 흑도의 싸움판에 낄 놈들이 아니었다. 모든 행동에 절도가 있었다. 무림의 세력 있는 명문이 아니면 한두 놈도 아니고 이런 놈들을 떼거리로 키울 곳은 없었다. 특히 놈들의 수장인 눈앞에 선 곱상한 노인네는 흑도와는 거리가 먼 정종무공을 극으로 익힌 분위기가 풍겼다.

마통의 목줄에 검을 겨눈 각진 얼굴의 유생이 뒷짐 지고 있던 노인에게 공손히 말했다.

"사부님, 하문하시지요."

사부라는 한마디에 마통이 또 한 번 흠칫했다.

사부라니? 그렇다면 사승 관계에 있는 무림의 어느 명문에서 온 자들이었다. 도대체 이들이 누구일까? 마통이 골치를 싸매며 머리를 굴리는 동안, 산책 나온 유람객처럼 허허롭게 먼 산을 바라보던 문제의 노인이 천천히 입을 뗐다.

"지금 저 객잔 안에 무한표국 국주인 경천장 이적산 부부가 갇혀 있으렷다?"

"헛!"

마통이 터져 나오는 신음을 순식간에 삼켰다.

경천장 이적산과 그 식솔들이 통하방에 감금당해 있는 것은 방주와 부방주, 그리고 방의 삼인자인 자신만이 알고 있는 특급 비밀이었다. 부하들도 모르는 이 사실을 눈앞의 이 비리비리한 노인네가 어찌 알고 입에 담는가?

온갖 생각을 떠올리며 마통의 눈알이 한층 바삐 움직였다.

마통의 표정이 순식간에 변하는 것을 본 노인이 다시 입을 뗐다.

"저놈의 눈을 보니 찾긴 제대로 찾은 모양이군."

노인의 혼잣말에 마통의 목에 검을 겨눈 각진 얼굴의 유생이 다행이란 표정을 지으며 얼른 대답했다.

"사부님, 저희들이 수소문한 것이 크게 틀리지는 않았는가 봅니다."

그러면서 유생은 지그시 손목을 움직였다.

그러자 마통의 목에 닿아 있던 칼끝이 천천히 얇은 피부를 찔렀다. 마통의 목에서 가늘게 피가 새어 나왔다.

그제야 마통은 눈앞에 있는 이들의 정체를 어렴풋이 짐작했다. 유생처럼 보였지만 눈빛이 이렇게 형형한 유생은 없었다. 대단한 공력을 일신에 지닌 자들이었다. 게다가 검을 들고 떼거리로 몰려다니지 않는가? 또한 통하방에서도 방주를 포함해 세 사람밖에 모르는 경천장 이적산의 거취까지 샅샅이 꿰뚫고 있었다. 그렇다면 이들은 바로 이적산을 구출하기 위해 온 사람들이었고, 이적산의 사문인 무당파 사람들이 틀림없었다.

갑자기 마통의 눈에 통하방이 산산이 무너지는 모습이 그려졌다.

무당파라니? 무당산에 있어야 할 그들이 어느새 이곳까지 몰려왔다면 이미 그동안의 전말을 소상히 꿰뚫고 있다고 봐야 했다. 마통의 몸에서 스르르 힘이 빠지며 눈빛이 흐려졌다. 방주와 함께 어떻게 이룬 통하방인데, 지난 세월의 모든 영욕(榮辱)이 순식간에 그의 뇌리에 스쳤다.

아픔과 함께 목에서 흘러내리는 핏줄기에 혼비백산한 마통이 다급하게 소리쳤다.

"검을 멈추시오! 그들이라면 안에 있소!"

"경천장 이적산과 그의 식솔들이 틀림없으렷다?"

"그러하옵니다. 소인 놈은 통하방의 세 번째 수뇌로 순찰령주를 맡고 있는 마통이라 하옵니다. 꽤 오래전에 무한표국의 국주였던 경천장 이적산과 그의 부인, 그리고 식솔들이 이곳으로 끌려왔습니다."

"계속하거라."

노인이 눈을 번쩍이며 마통의 눈앞에 얼굴을 내밀었다. 그리고 추궁했다.

"그, 그래서 방도들도 모르게 이곳 내원 한 구석의 전각 아래 지하에 감금돼 있습니다."

"어디 한군데라도 상한 곳이 있느냐?"

"아닙니다. 방주와 그 여편네, 아니, 방주 부인은 미약에 중독당해서 공력이 모두 폐쇄돼 있었습니다. 그래서 시비 하나를 두어서 식사 등의 뒤치다꺼리를 시키고 있었습니다."

마통의 머리 위에서 노인의 목소리가 다시 울렸다.

"이제 우리가 누구인지 알 만하느냐? 네놈은 벌을 받아 마땅한 놈이다. 하나 표국주와 그 식솔들이 갇혀 있는 곳으로 순순히 안내한다면 원시천존의 자비를 받아 네 목숨만은 이어갈 수 있을 것이다. 그리하겠느냐?"

노인의 말은 이미 선택이 아니라 강요였다.

마통은 땅바닥에 세차게 이마를 박았다. 얼결에 목에 걸린 검날에 핏줄기가 다시 흘렀다. 그러나 그것을 살필 여력도 없었다. 일단은 살아야 했다.

흑도는 강자존의 법칙만이 통용되는 잔혹한 세계였다. 부끄러운 마음이 앞섰지만 통하방주와의 지난 인연도 자신의 한 목숨과는 바꿀 수 없었다. 무당파가 이미 모든 전말(前末)을 눈치채고 이곳까지 왔다면 방주는 살아도 벌써 죽은 목숨이었다.

그나마 자신은 살아날 길이 열렸는데 뭘 망설이겠는가?

"살려만 주십시오. 감금돼 있는 곳으로 안내하겠습니다."

노인이 왼손을 천천히 들었다.

마통의 목에서 차가운 칼날이 치워졌다. 대신 칼날은 그의 등에 닿았다.

*　　　*　　　*

저녁 요리에 쓸 소채를 가득 실은 수레를 끌고 오던 사내들이 수레 밑에서 검과 장봉 등을 꺼내 들었다. 장작을 지고 오던 사내들은 장작 속에서 단봉을 꺼내 결합했다.

비단 상인들이 겉옷을 벗었다. 그 속엔 활동하기 간편한 무복(武服) 차림이었다. 그들도 비단 뭉치 속에서 장검을 빼 들었다.

비단 상인들과 장작을 지고 오던 사내들이 기러기 떼처럼 주위로 퍼져 나갔다. 그들이 통하객잔 일대의 객잔 속으로 스며들 듯 사라졌다. 소리 없이 주위를 포위하려는 의도였다.

언제부터인가 낙원가 일대에는 쥐새끼 한 마리 보이지 않았다.

길가를 빗자루로 쓸고 있던 점소이들도, 흥청망청 오가던 인파도 어느새 사라지고 머리끝 한 올도 보이지 않았다.

불과 얼마 전 낙원가 대로에서 풍악 소리를 내며 사람들의 시선을 끌던 악단들도 어느 틈에 꼬리를 감췄다.

보이지 않는 골목 너머 곳곳에는 무심코 이곳을 지나던 애꿎은 사람들이 벼락 맞은 얼굴로 웅크리고 주저앉아 숨을 죽였다.

그때 텅 빈 길 중간으로 서너 살 된 어린 사내아이 하나가 갑자기 뛰어들었다. 아이의 손끝 허공에서 하얀 나비 한 마리가 팔랑거리며 날아다녔다. 아이가 나비를 잡으려는 듯 조막만한 손을 펴고 허공을 향해 팔짝팔짝 뛰었다.

"꺄악! 아청아!"

"왜, 엄마?"

전각들 사이로 보이지 않던 골목 끝에서 허름한 옷을 입은 젊은 여인 하나가 비명을 지르며 달려왔다.

여인은 아무도 없는 대로 중간에서 아이를 품에 끌어안고 주저앉아 아이의 엉덩이를 마구 때리며 울음을 터뜨렸다. 아이는 제 어미가 갑자기 달려와 껴안고 엉덩이를 후려치며 흐느끼자 저도 울음을 터뜨렸다.

"으앙, 왜 때려?"

"이놈아! 이를 어째!"

낙원가 큰길 한복판에서 난데없이 여인 하나가 아이를 안고 몸을 떠는 이상한 광경이 벌어졌다. 여인은 검과 장봉, 단봉 등의 무기를 들고 기방의 주위를 둘러싼 나무꾼과 상인들, 유생 차림의 사내들을 바라보며 몸을 떨었다.

여인은 뜬금없이 흑도 무리들의 싸움판에 끼어들어 죽어 나간 자들을 수없이 보았다.

그녀가 주위를 둘러보며 흐느꼈다.

"흐윽, 대협들께 아룁니다. 이 아이는 아무것도 모르는 철부지입니다. 제발 살려주세요."

객잔 안으로 막 발길을 옮기려던 노인이 뒤를 흘낏 봤다.

그가 길게 한숨을 쉬었다. 그리고 눈짓했다. 노인의 뒤를 따르던 유생 차림의 사내 중 하나가 검을 거두고 아이를 품에 안은 여인에게 다가가 뭐라 속삭였다. 그리고 골목 한 곳을 가리켰다.

여인이 연신 고개를 숙이며 아이를 안고 유생이 가리킨 곳으로 재빨리 사라졌다.

"쯧쯧, 세상이 어찌 이리도 험악한고! 저 아이와 여인은 아무 죄도 없이 이 행사 중에 무심코 끼어들었다는 것 하나만으로 목숨을 잃을 듯이 떠는구나. 그동안 이 무한 땅에서 힘 있는 자들이 약한 자들에게 얼마나 횡포를 부렸으면 이런 일이 다 벌어질꼬. 쯧쯧쯧."

노인이 고개를 설레설레 흔들었다.

그리고 낮게 말했다.

"가자꾸나."

"예, 사부님."

유생 서너 명이 장검을 검집에서 빼 들고 앞장섰다.

각진 얼굴의 유생이 마통의 어깨를 밀었다.

"앞서 안내해라. 만일 추호라도 허튼짓을 한다면 네놈 목숨이 열이라도 감당치 못하리라."

그들이 굳게 닫혀 있던 객잔 대문을 박차고 들어갔다.

금세 칼 부딪치는 소리와 고함치며 비명을 지르는 소리가 연이어 들려왔다.

챙! 챙! 챙!

"까아악!"

"어떤 놈들이냐? 여기가 어딘 줄 알고 난입하느냐?"

"웬 놈들이냐?"

아이와 여인 때문에 적잖이 시각이 지체됐음에도 불구하고 통하객잔 안에선 당황한 통하방도들과 기녀들의 고함 소리와 비명만 계속 들려왔다.

그러나 객잔과 그 너머에 있는 저택으로 진입하는 유생 차림의 사내들은 거침이 없었다.

서너 명씩 짝을 지어 대항하는 통하방도들을 쉽게 제압하며 저택의 안쪽으로 계속 들어갔다.

객잔은 기녀들이 주로 거주하는 커다란 사층 전각을 중심으로 작은 전각들이 모여 있었다. 유생 차림의 사내들 몇 개 조(組)가 큰 전각으로 진입하자 놀란 기녀들의 비명 소리가 들려왔지만 곧 조용해졌다.

전각 입구에서 검을 든 유생 하나가 내려와 조용히 고개를 숙였다.

마통을 앞세운 노인과 일단의 유생들이 객잔 안으로 걸음을 옮겼다.

문을 지나 뒤쪽에 위치한 저택으로 한참을 들어가자 커다란 소음과 비명이 계속 들려왔다.

챙! 챙!

"으아악!"

"누구냐?"

"뭐, 뭐야?"

통하방도들은 유생 차림을 한 무당 제자들의 상대가 되지 않았다. 일방적인 싸움이었다. 다만 무당 제자들은 되도록이면 피를 보지 않으려는 듯 극렬하게 저항하지 않으면 칼등이나 권장법으로 제압하고 혈도를 짚었다.

마통은 그런 싸움을 지켜보며 온몸에 소름이 돋았다.

무당 제자들은 별 소리가 없었다. 눈빛을 빛내며 대항하는 자가 나타나면 조를 지어 제압할 따름이었다. 시끄러운 것은 모두 통하방도들

뿐이었다.

마통에겐 무당 제자 하나하나가 살아 움직이는 사신(死神) 같았다. 몇몇 통하방도들이 무기를 들고 결사적으로 대항했지만 서너 명씩 짝을 지어 검진을 쓰는 무당 제자들 앞에서 짚단처럼 허무하게 쓰러졌다. 무림의 명가란 것은 결코 허명(虛名)이 아니었다.

이 많은 무당파 제자들이 갑자기 어디서 솟아났는지 마통에겐 눈앞의 일이 마치 꿈결처럼 느껴졌다. 그런 마통의 어깨를 밀며 각진 얼굴의 무당 제자가 거칠게 재촉했다.

"똑바로 안내해라, 적산 사형이 계신 곳을! 만일 사형 일가족에게 조금이라도 위해를 가했다고 판단되면 이후의 일은 내가 말하지 않아도 짐작하렷다!"

마통이 노인 일행을 끌고 객잔 뒤편에 난 문을 통해 통하방주인 흑면철서(黑面鐵鼠) 정일동이 거처하는 내원으로 향했다.

객잔 뒤편에 자리한 내원은 결코 어수룩한 규모가 아니었다. 부지런히 걸음을 재촉해야 했다. 몇 개의 작은 전각을 지나 마침내 내원의 입구에 다다랐다.

그곳엔 통하방도 몇몇이 모여 무기를 들고 길을 막고 있었다. 그들은 이미 주위에서 들려온 고함 소리에 사색이 되어 있었다.

"누구냐?"

마통을 따라오던 노인이 턱으로 앞쪽을 가리키며 물었다.

"부방주 흑면호(黑面虎) 상지호와 방주를 호위하는 자들입니다."

마통이 뒤돌아보며 나직이 대답할 때 부방주 흑면호가 고함을 질렀다.

"멈춰라, 마통! 어찌하여 적도들을 데리고 방주께서 계신 내원으로 난입하는 거냐?! 네놈이 감히 반역을 하다니!"

마통이 그들의 얼굴을 슬쩍 외면했다.

마통이 침묵하자 덩치 큰 사내가 내원으로 들어가는 작은 전각 문 앞에서 발을 크게 굴렀다.

"마통, 네놈이 어찌 감히?"

마통이 그를 향해 서글픈 얼굴로 입을 뗐다.

"부방주, 다 끝났소. 병장기를 던지시오."

"뭐라? 네놈이 어찌 방을 배반할 수 있느냐? 방주께서 네놈에게 한 번이라도 섭섭하게 대한 적이 있었더냐?"

"방주께서 그동안 이놈에게 섭섭하게 한 적은 없소. 그것이 아니요. 다만 이놈은 힘에 부쳐 감히 대항할 수 없었을 뿐이요."

"뭐라? 대항을 못해서? 이들이 누구길래?"

풀죽은 마통의 대답에 내원 앞에서 무기를 들고 있던 사내들에게서 갑자기 정적이 흘렀다. 마통은 그들과 비슷한 수준이나 더 높은 무위를 가진 통하방의 몇 안 되는 고수였다.

바늘 하나라도 떨어지면 부서질 것 같은 고요함을 깬 것은 어이없게도 마통의 뒤에 서 있던 노인이었다.

"뭐 하느냐, 어서 제압하지 않고?!"

"봉행하겠나이다."

가차 없이 각진 얼굴의 유생이 앞으로 뛰어나갔다.

유생의 신형은 허깨비처럼 서 있던 덩치 큰 사내의 면전으로 검을 휘둘렀다.

챙!

바위가 부딪치는 소리가 울렸다.

통하방 부방주 흑면호(黑面虎) 상지호는 눈앞에 번득이는 칼날에 소스라치게 놀라 저도 모르게 손에 든 대감도를 휘둘러 막았다.

챙! 챙! 챙!

단 삼 합 만에 상지호는 온몸이 부서질 듯한 통증을 느꼈다.

그러나 유생의 검날은 멈추지 않고 그의 목젖을 노렸다. 몇 번 더 대감도를 휘둘러 검을 맞받았지만 검 끝은 교묘하게 상지호의 대감도를 타고 올라왔다.

도대체 검 끝이 어디 있는지 알 수도 없을 만큼 표홀한 검법이었다. 문득 검 날의 끝에서 하얀 기운이 솟아 오르는 것을 언뜻 보았을 때 상지호는 대감도를 떨어뜨리고 비명과 함께 정신을 잃고 말았다.

"끅."

남은 통하방의 방주 호위들에게도 유생들이 한 명씩 달라붙어 밀어붙였다.

몇 수도 되지 않는 칼부림 속에서 비명이 끄리를 물었다.

챙! 챙! 챙!

"으윽!"

"으아악!"

일반적인 민간의 저택 구조와는 다르게 중문을 지나서도 한참이나 깊은 곳에 위치한 내원까지 순식간에 유생들이 진입했다. 중문을 지나 내원까지 이르는 동안 곳곳에 위치한 전각의 방에서 무수한 사내들이 나타났으나 모두 유생들에게 당했다.

얼떨떨한 표정과 분한 표정이 섞인 통하방도들이 차가운 땅바닥 곳곳에 무릎 꿇려졌다.

그들로서는 참으로 황당한 일이었다.

기루라는 이곳의 특성이 그들의 반격을 거의 무력화시켰다. 밤에 일어나 주로 활동하는 특성 탓에 거의 대다수가 느지막이 잠을 자다 기습을 당했던 것이다. 그러나 그들은 한밤중에 공격을 당했다고 하더라도 꼼짝없이 당할 수밖에 없었다는 것은 모르고 있었다.

통하방을 기습한 자들은 보통의 흑도들이 아니었다. 흑도의 작은 방파인 통하방으로선 감히 상상치도 못할 제대로 무공을 익힌 고수들이었다. 유생 차림의 사내들 대부분이 통하방도들과 격한 싸움을 벌이고서도 상처 입은 자가 거의 없었다.

이때, 저택 후원 방향에서 무기 부딪치는 소리와 고함 소리가 다시 들려왔다. 어느새 저택 후원의 작은 쪽문으로 탈출하려는 시도와 이를 막고 있다는 신호였다.

노인이 멍청히 서있던 마통의 어깨를 다시 밀었다.

"안내해라."

두려움에 질린 마통을 앞세우고 노인이 느긋하게 뒷짐을 지고 걸었다.

내원 전각의 처마 밑을 한참이나 돌아 걸어갈 동안 길을 막는 자는 아무도 없었다.

후원의 정자 뒤편 쪽문에는 서너 명의 사내가 무기를 들고 서 있었다. 그들과 유생 차림의 무당 제자들이 서로 대치하고 있었다.

칼을 든 사내들은 온몸에 피를 흘리고 있었다. 탈출을 시도하면서 입은 상처였다. 대항할 의지를 상실한 그들은 죽음을 눈앞에 두고 공포에 질려 있었다.

노인이 천천히 걸어가 통하방 무사들에게 말했다.

"우리는 이곳 통하방에 갇혀 있는 본 문의 제자를 구출하러 온 것이다. 죄를 지은 자들은 응분의 벌을 받으리라."

＊　　　　＊　　　　＊

통하방(通河幫) 방주 흑면철서(黑面鐵鼠) 정일동(鄭一同)은 저택의 후원에 위치한 작은 전각에서 근래에 들인 자신의 세 번째 첩 월향의 침상에 누워있었다.

본처의 눈치를 보느라 반년에 걸쳐 온갖 고생과 심려를 다해 맞아들인 어린 첩실이었다. 근자에 그는 후원의 은밀한 곳에 자리 잡은 이 별채에서 하루의 대부분을 보내고 있었다.

정일동이 월향을 품에 안고 한바탕 꿈결 같은 시간을 보내고 있을 때였다.

난데없이 칼 부딪치는 소리와 부하들의 다급한 비명 소리가 들려왔다.

침상에서 벌떡 일어난 정일동이 서둘러 바지를 꿰입었다. 그리고 밖으로 나가려 했다. 그 서슬에 놀란 월향이 맨몸으로 그의 등에 달려들었다.

"나으리, 무섭습니다. 소첩도 데려가옵소서."

"비켜라! 일이 터진 모양이다! 아무 낌새도 없었는데 칼부림 소리가 이 심처까지 들려오지 않느냐?"

"밖에 큰일이 벌어진 것입니까? 그럼 소첩도 죽는 것입니까? 소첩, 죽기 싫습니다! 함께 가겠습니다!"

흑도들의 세계에서 패자와 그 가솔들에게 내려지는 것은 곧 죽음이었다. 그것을 잘 알고 있는 월향이 죽기 살기로 정일동에게 매달려 졸랐다.

"이거 놓아라! 내가 밖에 나가보아야 무슨 일인지 알아볼 것이 아니
더냐?"

"안 됩니다! 함께 가옵소서!"

그래도 월향은 정일동의 바짓자락을 끝내 놓지 않았다.

"놓거라. 걱정 말고. 내가 살아야 너도 사는 게 아니냐?"

"저 소리로 볼 때 이미 싸움이 벌어졌고, 무인지경으로 이곳까지 적
도들이 난입했다면 나으리 수하들은 열에 아홉은 당한 것입니다! 지금
나으리가 가시면 이년도 죽습니다!"

쓰게 웃던 정일동이 갑자기 손바닥으로 월향을 후려쳤다.

"캬악!"

얻어맞은 월향이 바닥에 쓰러졌다. 정일동은 그에 그치지 않고 쓰러
진 월향의 뒤통수를 다시 손으로 후려쳤다.

벌거벗은 월향이 벌레처럼 꿈틀대다 곧 잠잠해졌다.

침상 위 벽걸이에 놓여 있던 호신용 단검을 급히 찾아 든 정일동이
윗옷도 대충 껴입으며 전각 밖으로 나갔다.

그때 그의 호위 하나가 미친 듯이 달려와 외쳤다.

"방주! 피하십시오! 적도들이 쳐들어왔습니다!"

"뭐라? 누구냐? 도대체 어떤 놈들이냐?"

"그것은 소인도 모르겠습니다. 너무나 강한 자들입니다. 정체도 알
수 없습니다. 방도들 대부분이 당했습니다. 방주께서 나서시렵니까?"

호위가 정일동의 눈치를 살피며 넌지시 말했다.

흑도에 발을 디디고 있는 자 중 원수가 없는 자는 없었다. 살기 위해
싸우고, 싸우다 보면 반드시 원수가 생겼다. 그들 중 누구인가가 세력

을 규합해서 급습해 오는 것은 늘 있는 일이었다.

무한의 한 모퉁이에 자리한 흑도의 일개 방파인 통하방을 노리는 자들이라면 뭔가 사연이 있을 것이며, 그 책임은 당연히 방주의 몫이었다. 방주가 나서서 뭔가 해결을 보았으면 하는 뜻이 담긴 말투였다.

잠시 생각에 잠겨 있던 정일동이 가만히 호위를 불렀다.

"이리 귀를 대 보거라. 내 너에게 은밀하게 지시할 일이 있다."

"옙."

호위 사내는 방주가 그에게 뭔가 중요한 일을 시킬 것이라 생각했다. 일단 적이 강하면 목숨을 보존하고 도주하는 것이 흑도의 생리였다.

그때 제일 긴요한 것이 재물이었다. 그는 방주가 숨겨진 비고(秘庫)에서 재물을 챙겨오라는 명령을 내릴 것으로 짐작했다.

그러나 그에게 내려진 것은 방주의 손에 들려 있던 단검이었다.

"꾹."

호위의 목에 정일동의 칼날이 박혀들었다.

"왜에에 ?"

말을 삼키며 호위가 쓰러졌다.

피 묻은 칼날을 빼내며 정일동이 혼잣말로 쓸쓸히 내뱉었다.

"내가 살려면 할 수 없었다. 염라대왕전에 있는 명부에 네놈 명줄이 이것밖에 안 된다고 적힌 때문이라고 생각해라. 지금 이 부근에서 나를 칠 놈들은 없다. 그리고 방도들이 이토록 쉽게 당할 만큼 강한 자들이라면 무당파가 틀림없다. 무당파가 경천장이 여기 감금돼 있는 것을 기어이 알아냈구나. 그렇다면 저항해 봤자 상대가 안 된다. 도망쳐야 한다. 아무도 모르게. 그래서 네놈에게 손을 쓴 것이다. 네놈 입장에선 억울해도 할 수 없다.”

정일동이 피 묻은 단검을 쓰러진 호위의 옷자락에 닦으며 중얼거렸다.

짧은 시간, 정일동은 생각했다.

경천장 이적산 부부를 진작 죽여 후환을 없앴어야 했다. 때늦게 후회했지만 지금은 일단 자신의 목숨부터 살고 봐야 했다. 그는 회(會)의 수뇌들이 이적산을 감금하라고 강요했을 때부터 크게 불안했다.

그래서 반대했지만 회를 쥐고 흔드는 노회한 것들은 고개를 흔들었다. 그들은 일이 틀어졌을 때, 이적산을 무당파를 위협할 마지막 수단으로 써먹을 요량이었다. 그런데 오늘 무당파가 들이쳤다는 것은 회의 모든 것이 드러났다고 봐야 했다.

순식간에 생각을 정리한 그가 황급히 별채의 뒤편으로 돌아가 마당의 정원으로 달려갔다.

정원에는 온통 꽃이 심겨져 있는 야트막한 가산(假山) 하나가 만들어져 있었다. 정일동이 가산의 주위에 둘러쳐져 있던 정원석 장식 중 호랑이처럼 생긴 석상 하나로 손을 뻗었다. 석공의 손에 의해 곱게 다듬어진 그것엔 쇠로 만든 고리 하나가 달려 있었다.

정일동이 그 쇠고리를 붙잡아 위로 힘껏 당겼다.

끼이익!

돌이 갈리는 소리가 들리며 가산이 서서히 반으로 벌어지기 시작했다. 그 틈으로 석도(石道)가 조금씩 드러났다.

그것은 정일동이 만일의 사태에 대비해 누구도 모르게 만들어뒀던 비상 탈출구였다.

하지만 만들어두고 한 번도 사용하지 않은 탓인지 입구가 열리다 갑자기 정지했다.

목숨이 경각에 달린 정일동이 혼신의 힘을 다해 그 쇠고리를 당겼다. 그 때, 그의 귓가에 점점 비명 소리가 가깝게 들려왔다. 부근에 있던 그의 호위들이 지르는 비명 소리였다. 이쪽으로 신형을 날리는 가벼운 발걸음 소리도 점점 가깝게 느껴졌다.

정일동이 다시 있는 힘을 다해 쇠고리를 당겼다.

끼이이익!

마침내 가산의 갈라진 사이로 시꺼먼 암도(暗道)의 입구가 모두 열렸다. 재빨리 그곳으로 뛰어 들어간 정일동이 암도 속의 석판 위에 놓인 쇠고리를 정신없이 힘껏 당겼다.

끼이이익!

돌이 긁히는 소리와 함께 이번엔 전과 반대로 암도의 입구가 천천히 좁혀졌다.

정일동이 이마에 땀을 철철 흘리며 사력을 다해 쇠고리에 매달렸다. 조금씩 빛이 점점 사라지며 암도의 입구가 닫혀졌다. 그런데 입구가 거의 닫혀가고 정일동이 안도의 한숨을 내쉬고 있을 때, 갑자기 별채의 정원으로 낯선 유생 몇이 나타났다.

경악한 정일동이 쇠고리를 당기는 손에 더욱 힘을 주었다. 그 때, 유생 중 하나가 흘낏 이쪽으로 신형을 날리며 그에게 뭔가를 던졌다.

"게 서라! 감히 도망가다니?"

"큭!"

짧은 비명과 함께 암도가 모두 닫혔다.

*　　　*　　　*

챙! 챙! 챙!

지하 모옥 문밖에서 칼 부딪치는 소리가 아련하게 들렸다.

여기저기 횃불이 조용히 불을 밝히고 있는 모옥 지하에 숨겨진 옥사(獄舍)였다.

얼굴에 병색이 완연한 경천장 이적산이 흐릿한 시선으로 고개를 들었다.

그는 경천회 인물들이 이토록 비겁한 짓을 저지를 줄은 미처 몰랐다.

그들은 무한 일대의 물품 수송에 관한 상담을 빌미로 그를 찾아왔다. 당연히 구미가 당겼다. 대를 이어 표국을 해 온 집안의 장손인 그였기에 찾아온 인물들이 호북성 상계에 어떠한 영향력을 행사하는지 모를 리 없었다.

그러나 그는 그들의 제안을 수락할 수 없었다. 그들은 자기들만의 직종(職種)에서 여타 상인들을 몰아내고 독점적 상행위를 하고 있는 부패한 상인들이었다.

그들이 모여 무한을 포함한 호북성 일대의 물가를 좌지우지하고 있었다. 일부 관리들과 결탁한 그들은 매점매석으로 엄청난 부를 독점하며 폭리를 취했다. 그 덕분에 죽어나는 것은 힘없는 민초들이었다.

가뭄이나 홍수, 또는 전염병도 없었지만 여기저기서 도적떼들이 들끓었다. 하지만 그들 상인연합은 이에 아랑곳하지 않고 흑도의 무리들까지 휘하로 끌어들여 상행위의 방패막이로 이용했다. 그래도 도적 떼가 끊이지 않자 마침내 자신을 찾아와 손을 내밀었던 것이다.

더하여 그들은 자신들이 은밀한 조직을 형성하고 있다고 세력을 과시했다. 그들은 무당의 속가제자인 자신에게 감히 세력 운운할 수 있을 만큼 뿌리를 탄탄하게 다져 놓은 듯, 자신들과 연수하지 않으면 무한 바닥에서 살아갈 수 없을 것이라고 엄포까지 놓았다.

하지만 그는 도저히 그들의 제의를 수용할 수 없었다.

다만 그 대안으로 그들이 상행위로 벌어들인 이익 중 일정액을 헐벗을 자들을 위해 내놓으라고 타협안을 제시했다. 그리고 매점매석 행위로 터무니없이 올려놓은 물가를 내려야한다고 강조했다. 그렇지 않으면 그들이 내놓은 물품 호송 계약에 응할 수 없다고 버텼다.

도가인 무당파의 속가제자로서 그에겐 그것이 최선의 대응책이었다. 세상에서 어느 한 부류만이 모든 것을 독점할 수는 없었다. 모든 것은 순리에 따라야 한다. 그래서 함께 살 수 있는 것이란 것이 그의 철학이었다.

이적산의 제의에 상인들은 확실한 응답 없이 일단 고려해 보겠다는 말만 남기고 돌아갔다.

이적산은 그들이 그의 제안에 순순히 응할 것이라고는 처음부터 생각하지 않았다. 다만 조금씩 협상을 통해 서로 간의 타협점을 찾을 수 있을 것이라고 생각했다.

그는 본문인 무당파에서도 손에 꼽히는 속가제자였다. 그는 상인들이 무한에서 그의 입김을 정면으로 거부할 담력을 지닌 자들이라고는 미처 생각하지 못했다.

지금까지는 그들의 행위를 알면서도 모른 체했으나, 갈수록 물가가 요동치고 있었다. 이런 상황에서 그들이 정면으로 그의 제안을 물리친다면 이적산은 사문인 무당파에 달려갈 작정이었다. 사문에 고해서라도 더 이상의 행위를 용납할 수는 없었다.

그런데 상인연합의 결정을 기다리던 중에 사문으로부터 급한 전갈이 왔다. 무한에 위치한 금호방의 보표들이 무당산 아랫마을 객잔에서 엄청난 일을 벌였다는 소식이었다.

그놈들이 감히 이적산 자신에게는 사숙이 되는 장문인의 외아들과 며느리에게 시비를 벌였다는 것이다. 다행히 사숙 부부께서는 고강한 무공으로 그들을 제압해 천만뜻밖의 불상사는 일어나지 않았다.

그러나 어찌 감히 이런 일이 무당산 아랫마을에서 일어날 수 있다는 말인가? 당연히 진노한 사문의 어른들께서 의논을 하신 결과, 그에게 소동의 당사자인 무한성에 있는 금호방 방주 정규를 대동하고 입산하라는 명이 떨어진 것이다.

그래서 서둘러 휘하 표사들을 데리고 금호방주 정규를 포박하려 했다.

그런데 그날 아침, 행장을 챙기던 그는 몸이 이상하게 무거워짐을 느꼈다. 그리고 쓰러져 정신을 잃었다.

그리고 깨어났을 때 그는 자신의 눈을 의심할 수밖에 없었다. 그가 본 것은 그를 향해 징그럽게 웃고 있는 그의 이복동생이었다. 그리고 그에게 물품을 호송해 달라고 부탁하던 상인들이 그 옆에 서 있었다. 상인들 속에는 그가 포박하려 했던 금호방주 정규도 섞여 있었다.

공력을 잃고 쇠사슬에 묶여 있던 이적산의 얼굴에 분노가 떠올랐다.

"죽일 놈들."

친 혈육을 배신한 이복동생의 얼굴을 떠올리며 이적산이 몸을 떨었다.

그러나 갇힌 상태에서 그의 사문인 무당파에 이 더러운 소식을 전할 길이 없었다. 그는 사문에 씻을 수 없는 대죄를 지은 것이었다. 그것이 더 서럽고 원통했다. 게다가 죄도 없는 그의 아내와 충복들도 이곳에 함께 감금돼 있었다.

그때 지하 모옥의 입구 부근에서 더욱더 큰 소음이 들려왔다.

병장기들이 부딪치는 소리와 사내들의 고함 소리가 좀 더 또렷이 들려왔다.

그의 아내 서경미(敍景美)도 이 소리를 들었는지 불안한 얼굴로 그에게 가까이 다가왔다. 그녀가 움직이자 그녀의 상체를 묶고 있던 벽에 고정된 쇠사슬이 땅바닥을 긁는 소리가 들렸다. 그동안의 감금 생활로 초췌해진 몰골로 서경미가 힘없이 말했다.

"상공, 저자들에게 무슨 일이 생긴 것인가요?"

"그런 것 같소."

이적산의 대답에 서경미가 파랗게 질린 얼굴로 되물었다.

"상공, 마침내 저들이 우리 목숨을 해치려 드는 것인가요?"

서경미가 이적산의 어깨에 얼굴을 파묻으며 말했다. 그 말에 이적산은 가슴이 찢어질 듯 아파왔다.

"부인, 아직 모르오. 너무 비관하지 마시오. 이 무능한 자를 만나 이렇게 고생하게 만들어서 정말 부끄럽기 그지없구려."

서경미가 얼굴을 들어 남편의 얼굴을 자세히 살폈다.

"그런 말씀 마시어요. 소첩은 상공과 만난 것을 지금껏 후회한 적이 없답니다. 다만 죽기 전에 우리 혜린이 얼굴을 단 한 번만이라도 보고 싶습니다. 그것 말고는 더 이상 다른 소원은 없답니다."

이적산의 뺨에 눈물이 가득 고였다.

"나도 그렇구려. 하나 혜린이가 무당산에 있었으니 그나마 천만다행으로 이 횡액을 피할 수 있었던 것이 아니겠소?"

서경미가 억지로 미소를 지었다.

“하긴 그렇네요. 혜린이는 무당산에 잘 있겠지요?”

쇠사슬에 묶인 이적산 부부가 죽음을 예감하며 애절하게 말을 주고받았다.

그때 갑자기 그들이 갇혀 있던 지하 모옥의 문이 부서졌다.

와장창!

그리고 한 떼의 사람들이 들이닥쳤다.

그 맨 앞에 서서 검을 휘두르던 유생 차림의 사내 하나가 이적산과 서경미를 발견했다.

“사형, 적산 사형. 접니다. 알아보시겠습니까?”

그 사내를 본 이적산의 눈에서 눈물이 흘러내렸다.

“사제, 여기까지 어찌 알고 왔는가? 사문에 크나큰 죄를 지은 몸이네. 차마 볼 낯이 없네.”

유생 차림의 사내가 이적산을 부둥켜안았다.

“사형, 살아 계셔서 정말 다행입니다. 그리고 형수님께서도.”

이적산의 곁에 있던 서경미도 눈물을 감추지 못했다.

그녀가 무당 제자에게 물었다.

“우리 혜린이는요?”

사내가 서경미에게 말했다.

“산에 잘 있습니다. 사형과 형수께서 이 고생을 하고 계신지는 아직 모릅니다. 그동안 장로님들께서 철저히 비밀에 붙이라고 하명하셨지요. 사질이 이 일을 알았다면 아마 혼자 산을 떠나 이곳으로 달려왔을 겁니다.”

그 말에 서경미가 남편의 등에 얼굴을 묻으며 말했다.

“잘하셨습니다. 참으로 잘하셨습니다.”

무당 제자가 말했다.

"이제 사형과 형수께서 안전하게 되셨으니 산에 연락하겠습니다. 혜린 사질을 곧 만나실 수 있을 것입니다. 아무 걱정 마시고 보중하셔야 합니다."

이적산과 서경미가 눈물을 뿌렸다.

"고맙네, 사제."

"죽는 줄 알고 체념하고 있는 참이었습니다. 이제 혜린이를 다시 볼 수 있다니 꿈만 같습니다."

제2장

청풍객잔

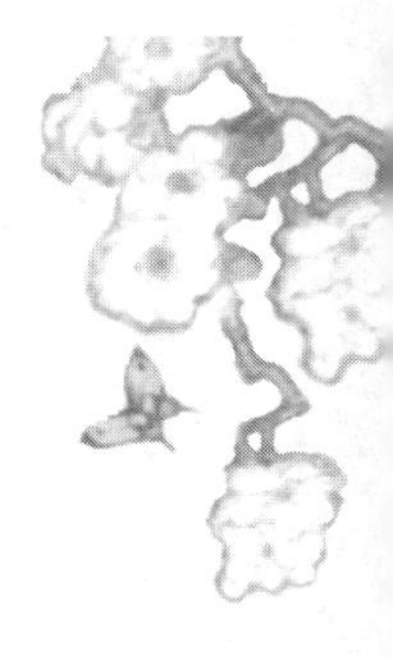

무한성 경내를 남북으로 크게 관통하는 주작대로(朱雀大路) 서편에 위치한 청풍객잔 창문마다 등불이 밝혀졌다.

무한은 중원 교통의 요지인 만큼 물산이 풍부하고 상주하는 인구와 오고가는 인파로 늘 북적이는 곳이다. 특히 갖가지 색의 등롱이 내걸리는 무한의 밤 풍경은 참으로 장관이었다.

청풍객잔은 이런 무한성 내의 야경(夜景)을 구경하기엔 더없이 좋은 무한의 명소로 일찌감치 소문난 곳이었다.

청풍객잔 이층은 전망이 좋은 데다 내부의 시설마저 최상급이어서 유숙 비용이 엄청났다. 무한을 오가는 대상인들이 자신들의 일정에 따라 미리 선금을 쥐어주고 일찌감치 예약을 하곤 해서 일반 손님들은 방을 잡기가 아주 어려웠다.

특히 청풍객잔 맨 꼭대기에 있는 삼층은 무한 야경을 관망하기엔 최상의 장소였다. 그러나 그곳에 오른 이는 드물었다. 거금을 들여도 결코 자리를 차지할 수 없었고, 늘 등불이 꺼져 있었다. 왜냐하면 삼층은 이 객잔 주인이 사용했기 때문이다.

한데 웬일인지 어제부터 늘 비어 있던 삼층 창가에 휘황한 등불이 내걸렸다.

삼층 창가 등롱 사이로 웬 어린 계집애 얼굴 하나가 불쑥 나타나 주위를 두리번거렸다.

바짝 얼굴을 내민 계집애가 눈을 빛내며 환호성을 질러댔다.

"우와아! 별은 하늘에만 있는 줄 알았는데 땅에도 무지 많네!"

동서남북, 사통팔달한 무한성 거리를 휘휘 내려다보며 계집애가 감탄했다.

"흠흠, 자랑은 아니지만 저희 청풍객잔에서 바라보는 무한 야경은 일품입지요. 일층은 일반 손님들이 숙박하고 식사하는 객방과 식청을 겸하고 있습니다. 이층은 은자가 두둑한 특별 손님들을 모시고 있습죠. 그리고 이곳 삼층은 은자를 주고서도 올라올 수 없는 소주인 마님의 처소입니다. 그리고 다른 객잔과는 달리 우리 청풍객잔은 특별히 지하층이 따로 있습니다요."

계집애 뒤쪽에서 사내의 목소리가 공손하게 들려왔다.

그러자 계집애가 이상하다는 듯 대번에 되받았다.

"뭐야? 누가 객잔 밑에 땅 파서 취미로 두더지 길러?"

"예? 아, 아닙니다요. 객잔에서 두더지를 왜 키웁니까? 천부당만부당한 말씀입니다요. 객잔 지하층은 은자를 많은 내는 부자나 한량들만 들어갈 수 있는 매우 특별한 곳입니다요."

"희한하네? 부자들이나 한량들이 은자 들고 왜 땅 밑으로 기어들어가? 별 괴상망측한 곳도 다 있네?”

“흠, 어리신 주인님께 말씀드리긴 조금 곤란하지만 그곳은 도박장입니다요.”

“어? 도박장이 뭐야?”

“노름을 하는 도박장을 모르십니까요?”

“엥? 노름은 또 뭐야?”

“큼, 뭐라 해야 할까요. 은자를 내고, 그것으로 은자를 따기도 하고 잃기도 하는 그런 놀이를 하는 곳이라고나 할까요?”

“돈 많은 어른들이 지들끼리 모여서 땅 밑에서 노는 거야? 은자 걸고?”

“아, 예. 뭐, 그렇습니다요.”

“그런 거야, 아닌 거야? 딱 부러지게 말해라.”

“네, 네. 방금 말씀하신 그런 겁니다요.”

“흠! 어른들이 애들 몰래 두더지처럼 깜깜한 곳에 숨어서 몰래 논다 이거지? 알았어.”

계집애가 이상하게 결론을 내자 어렵게 설명하던 곽 총관이 도리어 헷갈렸다. 그래서 아니라고 부정했다.

“아이고, 소주인 마님 그런 게 아닙니다요. 숨어서 몰래 놀다니요? 등불을 환하게 켜고 합니다요.”

“에? 등불 환하게 켜놓는다고? 그럼 뭐 한다고 어른들이 구질구질하게 땅 밑에서 그러냐? 등불 밝히려면 은자도 꽤 들고 숨 쉬기도 답답할 건데? 객잔 앞의 큰 길이나 이렇게 바람 선선한 이층이나 삼층에서 놀면 더 좋잖아? 에이! 곽 총관아! 지금 당장 그 사람들 불러내라. 그리고 밖에서 놀라고 해라. 다 큰 어른들이 좀스럽게 그게 뭐하는 짓이래?”

"아휴, 그게 아닙니다. 아무튼 그리 아십시오. 그곳은 소주인 마님과 별 상관없으니 아예 모른 척 하십시오."

"왜 모른 척 해? 상아가 여기 주인이라며?"

"예, 맞습니다요. 아무튼 소주인 마님은 그곳은 모르셔도 됩니다요. 욕간에 물 받아놨으니 수욕하시고 일층에 내려오셔서 식사하십시오. 소인은 그럼."

곽 총관이 얼른 사라지려 했다. 하지만 계집애는 깐깐했다.

"왜 한참 말하다가 어정쩡하게 끊고 도망가? 상아한테 뭐 잘못한 거 있어?"

"아이고, 없습니다요. 참, 소주인 마님께서 마파두부를 특히 즐기신다고 들었습니다. 마침 우리 객잔 주방장이 사천요리(四川料理)를 아주 제대로 배운 숙수입니다요. 톡 쏘는 신맛과 매운맛을 특히 기대하셔도 좋을 겁니다. 소인 놈은 주방장이 새로 오신 주인님 입맛에 맞는 요리를 정성을 다해 준비하는지 둘러볼 겸 겸사겸사 내려가 보겠습니다요."

그 말에 계집애의 눈이 홱 돌아갔다.

"뭐라고? 마파두부라고? 갑자기 배고프고 군침 마구마구 돈다. 그래, 얼른 가봐라. 주방 가서 딴 데 눈알 뱅뱅 돌리지 말고 주방장 옆에서 단단히 감독해라."

"예, 예."

곽 총관이 속으로 고개를 설레설레 흔들며 방에서 나갔다.

총관이 물러가자 계집애는 기다렸다는 듯 객방 문고리를 안쪽에서 꽉 잠그고 옷을 홀러덩 벗어버렸다.

그리곤 객방에 붙어 있는 작은 욕실로 쪼르르 달려갔다. 욕실엔 오동나무를 잘라 속을 파서 만든 나무통 속에 뜨거운 물이 찰랑대고 있었다. 게다가 물속엔 말린 국화 꽃잎도 한가득 떠 있었다. 그윽한 향내가 물씬 풍겨나는 향기로운 목욕물이었다. 계집애가 통 속에 퐁당 뛰어들었다.

＊　　　＊　　　＊

그 시각이었다.

무한에서 오직 하나뿐인 거대한 관청의 한 구석이 퇴청 시간임에도 불구하고 시끌벅적했다.

보통 일이 아닌 듯 관청의 아래위 대소 관리들이 그 집무실 부근에서 끼리끼리 모여 수군대고 있었다.

이 관청은 행정구역상 호북성(湖北省) 전체를 관할하고 있었다. 정식 명칭은 호북성 무한부(武漢府), 즉 부(府)라는 관명이 붙은 큰 관청이었다.

이 관청의 최고 책임자는 지부대인(知府大人)이다. 그 아래로 동지, 통판, 추관 등의 하위 행정 및 치안 책임자들이 자리했다.

이중 무한부의 치안을 담당하는 책임자는 추관으로 정칠품 벼슬아치였다. 추관은 휘하에 동서남북 네 곳을 담당하는 네 명과 추관을 보좌하는 부추관 격의 한 명을 포함해 다섯 명의 순검(巡檢)을 두고 있었다.

순검을 다른 말로 대포두라고도 불렀다. 대포두들은 각기 그 아래 다섯 명 정도의 포두를 거느렸고, 포두는 필요에 따라 여러 명의 포쾌들을 부리고 있었다. 포쾌 또한 자신의 직속으로 포졸과 나졸 등을 데리고 성내에 배당된 자신의 구역에서 각각 치안을 담당했다.

무한성의 서쪽 지역을 담당하는 순검이자 대포두인 왕일악(王溢樂)이 포청에 있는 자신의 집무실이 떠나갈 듯 소리치고 있었다.

"도대체 네 놈들은 이 직속상관의 얼굴에 먹칠을 하려고 작정한 놈들이냐, 뭐냐?!"

지금 그의 면전에는 그의 부하인 포두 한 명과 포쾌 한 명이 포청 바닥에 바짝 엎드려 사시나무 떨 듯이 떨고 있었다.

대포두 왕일악이 화를 참지 못하고 주먹으로 앞에 놓인 책상을 후려 쳤다.

쨍!

그 충격에 책상 위의 기물들이 튀어 포청 돌바닥을 치며 굴렀다.

"성민들이 모여 있는 대낮 성문 입구에서 이런 병신 짓거리들을 하다니? 네놈들이 간이 부어터진 게냐, 아니면 이 상관을 물 먹이려고 죽기를 각오하고 미친 척을 한 게냐? 어디 대답을 해라, 대답을?"

그러나 그의 앞에 엎어진 두 부하는 대답도 못하고 덜덜 떨고만 있었다. 그것이 왕일악의 부아를 더 끓게 했다.

왕일악이 이번엔 앞의 책상을 후려 찼다.

뿌격!

마침내 왕일악이 오 년 전 대포두에 임관될 때 선물 받아 애지중지하던 고급스런 오동나무 탁자가 그의 발길질에 산산이 부서졌다.

"성문 입장을 빌미로 여아 하나의 푼돈을 뺏으려 했다고? 그러다 아이가 울자 어린 것의 뺨까지 때렸다고? 나중에는 아이 손에 바지가 벗겨져 그 흉한 물건을 온 성민들에게 보여줬다고? 아니, 바지 안에 고차도 입지 않은 맨 몸으로 근무하고 있었다는 말이더냐? 에라, 이 미친놈들아!"

왕일악이 길길이 날뛰었다.

"본관이 이 대포두 직분을 오래 하다 보니 세상의 별 흉악한 놈들도 여럿 겪어보았다! 온갖 괴이한 짓을 하고 잡혀온 죄인들도 허다했지! 하지만 죄인들을 잡는 내 부하들인 네 놈들이 이같이 요상한 짓을 저지를 줄은 내 미처 몰랐다! 덕분에 본관이 추관 대인께 불려가 얼마나 닦달을 당했는지 아느냐?! 게다가 그 푼돈이란 것이 여아의 말을 빌면 사탕 값이라며? 온 성안에 이 소문이 퍼져 성민들이 포청을 손가락질하며 비웃고 있단 말이다, 이 빌어먹을 놈들아!"

노발대발하는 왕일악의 호통에 그의 면전에 엎드려 떨고 있던 사내 둘이 바닥에 얼굴을 찧으며 애원했다.

"죽을죄를 지었습니다요, 나으리!"

"죽여주옵소서, 나으리!"

왕일악이 부서진 자신의 탁자 조각들을 발로 밟으며 씹어버릴 듯이 둘에게 말했다.

"네놈 둘을 죽여 이 일이 잠잠해진다면 당장 내 손으로 칼을 들어 네 놈들 목을 날려 버리겠다! 하나 네놈들을 죽인다고 이 일이 덮어지겠느냐?! 네 놈들이 벌인 이 일이 누구의 귀에까지 흘러들어 갔는지 아느냐?! 다름 아니라 지부대인의 안주인이신 이화낭낭(梨花娘娘) 마나님께옵서 아셨단 말이다! 대노하신 이화낭낭께서 이 사실을 지부대인께 직접 고하셨단 말이다, 이 되먹지 못한 쳐 죽일 놈들아!"

"헉!"

"억!"

왕일악의 말에 엎드려 있던 말상의 포두 최육관(崔六官)과 살짝 곰보인 포쾌 마봉춘(馬蜂春)이 사색이 됐다.

　무한지부의 지부대인 유상천(兪相泉)이 그의 부인인 이화낭낭 여은지(呂恩旨)에게 쥐여사는 것을 포청관원 중 모르는 이는 없었다. 오죽하면 포청의 관원들이 무한 지부의 지부대인은 유상천이 아니라 이화낭낭이라고 입을 모을 정도였다.

　공처가인 무한 지부대인 유상천을 쥐락펴락하는 여은지는 항주 출신의 권문세가 출신이었다. 정치적 뒷줄이 부족한 유상천의 뒤에서 중요한 정치적 조언을 함과 동시에 지부에 올라오는 중요 사안들까지 입김을 행사하고 있었다.

　여자인 그녀가 이 일을 들었다면 포청의 말단인 포두 최육관과 포쾌 마봉춘은 잘못하면 먼 타향으로 유배를 가는 중형에 처해질 수도 있었다.

　둘은 상관인 대포두 왕일악에게 불려올 때 곤장 몇 대쯤은 각오를 하고 있었다. 그런데 이대로 있다간 치도곤을 면치 못할 것 같다는 판단을 한 말상의 포두 최육관이 그의 직속상관을 향해 죽을힘을 다해 입을 뗐다.

　"소관 포두 최육관, 입이 백이라 해도 할 말이 없사오나 잠시의 말미를 주신다면 감히 어제 아침 성문에서 일어난 일의 정확한 전후 사정을 여쭙겠습니다."

　왕일악이 '흥!' 하며 크게 콧김을 내뿜었다.

　슬슬 눈치를 보던 최육관이 죽기 살기로 입을 열었다.

　"그때 성문에서의 불상사는 소관말직(小官末職)도 마 포쾌 이놈의 곁에서 지켜보았지만 불시에 일어난 불상사였습니다. 아시다시피 성문에서 노인(路認)과 호패(號牌)를 지니지 않는 자는 이유 불문하고 포박하는 것이 엄연한 국법이옵니다."

"그래서?"

왕일악이 눈 꼬리를 꼬며 대꾸했다.

포두 최육관이 내친김에 이빨을 악물고 말을 계속했다.

"그런 연유로 이놈 마포쾌가 여아와 여아의 아비라는 놈을 포박하려 했으나 아비 놈이 제 스스로 주작로 서쪽에 있는 청풍객잔의 주인인 오가라고 밝혔습니다."

"그으래?"

왕일악이 금시초문이라는 듯이 고개를 돌렸다.

불같이 노한 상관이 잠시 진정된 기미를 보이자 최육관이 잽싸게 말을 이었다.

"아시다시피 청풍객잔이면 이 무한성 내에서 이름 높은 고급 객잔이옵니다. 평소 고관대인들이나 그 친척 분들이 자주 들르시는 곳이옵니다. 하여 그곳 주인이라면 고관대인들과도 연줄이 적지 않을 것으로 사료됐습니다. 하여 청풍객잔 주인을 별 특이한 이유도 아닌 것으로 포박, 압송하면 사후 문제가 될 소지가 다분했습니다. 또한 평소 객잔 주인은 보이지 않고 곽가 성을 가진 총관이란 놈이 때때로 포청에 들러 인사까지 했잖습니까?"

"그렇지. 청풍객잔 곽가 총관이란 놈은 소관에게도 몇 번 인사를 왔었지."

대포두 왕일악은 자기 관내의 노른자위인 청풍객잔의 곽가 총관이 명절마다 찾아와 적잖은 액수의 은자를 바치던 것을 기억했다.

"그렇습니다. 후환도 염려가 되었고, 평소 안면 있는 청풍객잔 곽가 총관 놈의 주인과 그 딸아이라고 하니 인정상 그냥 포청으로 압송할 수도 없었습니다. 그래서 마포쾌가 아주 잠시 망설였습니다. 그때 객잔 주인이라는 오가가 마포쾌도 모르게 은자를 슬쩍 마포쾌 품에 집어 넣었습니다. 청풍객잔의 주인이면 성안에서 대단한 부자 아닙니까? 신분도 확실하고. 노인과 호패는 없었지만 친척집에 잠시 다녀오다 보니 그랬다지 뭡니까? 그래서 별일 아니겠다 싶었고, 보는 눈이 많아서 억지로 몰래 품속에 찔러준 은자를 다시 돌려주기도 어려웠습니다. 그래서 마포쾌가 그냥 통과시켜 주었지요.”

“흠.”

대포두 왕일악이 손으로 턱을 괴며 눈을 감았다.

이대로라면 그가 생각해도 별 문제 삼을 일이 아니었다.

“그런데 아무 탈 없이 들어가던 객잔 주인 오가의 딸아이가 갑자기 미친 듯이 되돌아왔습니다. 그리곤 다짜고짜 마포쾌 저놈의 허리춤에 매달려 발악했습니다. 제 사탕 값을 돌려달라고 말입니다. 방금 제 아비 놈이 싫다는데도 쥐놓고는 인정상 어쩔 수 없이 받았던 마 포쾌에게 말입니다. 그 계집애가 성민들이 보는 곳에서 마치 마포쾌가 강제로 빼앗은 듯이 울고 불며 매달렸습니다. 옆에서 지켜본 제가 보기에도 환장할 일이었습니다.”

“그으래?”

“그렇습니다요. 그때, 그 오가도 제가 찔러준 돈을 딸애가 돌려달라고 악을 쓰자 황당했는지 말렸습니다. 약간 정신 나간 아이라고 아비 놈이 말했습니다. 아주 정확히 들었습니다. 그런데 그 정신 나간 계집애 힘이 정녕 대단했습니다. 아마 미치면 힘이 세어진다는 말이 사실인 모양입니다. 마포쾌가 무심코 뿌리치다 손바닥이 마침 계집애 뺨에 부딪쳐 애가 땅에 쓰러졌는데 그 년이 글쎄 벌떡 일어났습니다. 그리곤 그 미친 계집애가 달려들어 마포쾌의 허리띠를 당겨서 대번에 뚝하고 끊었습니다. 천하장사였습니다. 마침 마포쾌 이놈이 변비가 심해서 고차를 입지 않고 있었습니다. 그러니 볼썽사납게 아랫도리가 그냥 드러났습니다. 예상 밖의 사태에 놀라 마포쾌 이놈이 어쩔 줄 몰라 하고 있을 때, 그 미친 계집애가 그 틈에 마포쾌 저놈의 턱을 주먹으로 때리고 발로 마구 걷어찼습니다."

"정말이냐?"

"예, 예. 어느 안전이라고 소관이 함부로 입을 놀리겠습니까? 그때 주위의 우매한 성민들이 포쾌가 어린 계집애를 때리고 돈을 갈취했다고 마구 소리쳤습니다. 하지만 실상은 미친 계집애가 공무를 집행하는 포청의 관리를 무참히 폭행한 것입니다. 마포쾌 저놈은 어리고 미친 계집애를 차마 손댈 수 없어 얻어맞고 그냥 자리를 비킨 것뿐입니다. 실상을 깊이 헤아려 주옵소서. 마포쾌 저놈과 소인 놈은 청풍객잔 오가 놈과 그 딸아이에게 농락당한 죄뿐이옵니다."

"한 푼도 어김없는 사실이냐?"

"그러하옵니다. 마포쾌와 말직(末職)은 성실하게 국법을 봉행하고 있었습니다. 그런데 청풍객잔 오가 놈이 포청에 무슨 철천지 원한을 품고 있었는지는 모르겠지만 그 미친 딸내미를 이용해서 포청의 관리를 농락하고 폭행한 것입니다. 굽어 살펴주옵소서. 으흐흐억!"

포두 최육관이 자신은 억울하다는 듯 눈물콧물을 함께 쏟아내며 바닥에 머리통을 쾅쾅 처박았다.

그의 이마가 터지며 가는 핏줄기까지 흘렀다.

왕일악의 시선이 포두 최육관을 스쳐 이윽고 곰보 포쾌 마봉춘에게 향했다. 바닥에서 위를 올려다본 최육관이 슬쩍 팔꿈치로 마봉춘의 옆구리를 찔렀다.

움찔하던 마봉춘이 울부짖으며 재빨리 바닥에 이마를 찧으며 대답했다.

"어흐흐흑, 나으리! 한 푼도 거짓 없는 사실입니다요! 말직은 미친 계집애에게 마구 얻어맞고 엉겁결에 바지가 벗겨지는 수모를 당했을 뿐입니다요! 게다가 그 돈은 그 미친년의 아비가 싫다는 데도 억지로 말직의 품에 몰래 찔러 넣은 것입니다요! 성민들이 벌겋게 눈을 치켜뜨고 있는 성문에서 은자를 뇌물로 받을 포쾌가 어디 있습니까요! 굽어 살펴주소서! 억울하옵니다! 억울하옵니다! 이는 객잔 주인 오가 놈이 평소 포청에 악한 감정을 지니고 있다 기회를 잡아 보복한 것입니다요! 억울하옵니다요! 어흐흐흑!"

말상 포두와 곰보 포쾌가 대포두 왕일악의 면전에서 함께 부르짖었다.

왕일악이 그래도 납득할 수 없다는 표정으로 다시 물었다.

"믿기지는 않지만 네놈들의 말이 사실이라고 하자. 그래도 어찌 어린 계집애가 건장한 사내를 때려잡고 허리띠를 함부로 끊을 수 있겠느냐?"

왕일악이 반신반의했다. 그 표정을 본 포두 최육관이 자신이 살아날 길은 지금뿐이라는 것을 간파했다.

"나으리, 그 어린 계집은 보통이 아니었습니다. 아비 말로는 미친 계집애라고 둘러댔으나 하는 짓이 아주 영특했습니다. 무공을 익힌 계집이 틀림없습니다. 그렇지 않다면 마포쾌가 당할 이유가 없습니다. 이는 청풍객잔 오가 놈이 평소 객잔에 묵는 고관대작들의 힘을 믿고 우리 무한포청을 업수이 여긴 것이옵니다. 어디서 고강한 무공을 지닌 계집을 초빙한 것입니다. 아시다시피 무림에는 동자공이란 무공이 있습니다. 그 무공을 익히면 신체가 아이처럼 된다고 들었습니다. 그렇다면 그 어리게 보이는 계집은 동녀공을 익힌 무림의 요녀가 틀림없습</p>

니다. 굽어 살펴주소서.”

바닥에 엎드려 애원하는 포두 최육관의 말을 들은 왕일악이 가만히 서서 뭔가를 오랫동안 고심했다.

“어쨌거나 잘난 네놈들 덕분에 추관 대인께서 오늘 이화낭낭께 불려가 엄청난 질책을 당하셨다. 그 여파로 본관은 무려 일 년 치의 녹봉을 반납해야 했다. 그깟 녹봉이 아까워서 그런 게 아니다. 죄도 없는 추관 대인과 본관이 네놈들의 죄를 뒤집어썼다. 추관 대인과 본관이 낭낭께 무능한 관리로 낙인 찍혔다는 말이다. 그러니 이 사안은 그냥 넘길 수 없다. 마침 네놈들 말대로 무림인들이 개입된 것이라면 포청의 포두나 포쾌가 감당할 작은 일이 아니다. 따라서 본관은 자세한 내막을 조사해야겠다. 만일 네놈들의 말에 한 치라도 거짓이 있다면, 그래서 추관 대인과 본관의 신상에 추호라도 누가 된다면 네놈들 목숨을 내놓아야 할 것이야.”

최육관과 마봉춘이 미친 듯이 바닥에 머리를 찧었다.

“여부가 있겠습니까요.”

“그렇습니다요.”

“그럼, 조만간 본관이 직접 조사할 것이다. 네놈들은 언제든 출두할 수 있도록 이 시간 부로 청 내에서 밤낮으로 근신하며 대기하라. 네놈들 꼴도 보기 싫다. 어서 썩 사라져라.”

“옙, 나으리.”

“옙, 봉행하겠습니다요.”

최육관과 마봉춘이 죽을 고비에서 살아난 죄인들처럼 허리를 굽실거리며 집무실에서 나갔다.

부하들이 빠져나가고 텅 빈 집무실에서 대포두 왕일악이 오랫동안 고심에 고심을 거듭했다. 왕일악은 자신이 처한 이 어처구니없는 작금의 난국을 빠져나갈 최선의 방안이 무엇인가를 곰곰이 생각했다.

그는 부하들의 말을 곧이곧대로 받아들일 만큼 어리석지 않았다. 안 봐도 뻔했다. 성문에서 은근슬쩍 뇌물을 받아먹던 저놈들이 어린 계집애에게 걸려 개창피를 당한 것이다. 하지만 어린 계집이 무공을 익힌 무림인인 것은 사실인 모양이다.

저놈들 때문에 그는 이화낭낭에게 무능한 관리로 지목된 상태였다. 앞으로 한직(閑職)으로 맴돌거나 조만간 옷을 벗어야 했다.

그런데 만일 이 소동에 무림인들이 개입됐다면?

그리고 그 무림인들이 무리를 지어 저들의 이익을 위해 황명을 봉행하는 관을 뒤엎고 우롱하려 했다면?

그리고 자신이 그들의 음모를 적발하고 분쇄한다면?

그렇다면 자신은 출세할 수 있는 기사회생의 발판을 마련하게 되는 것이다.

그렇지 않아도 요즘 무한 부근의 민심이 요동치고 있었다. 그 직접적 이유는 최근 시중의 물가가 지나치게 높은 데 있었다. 왕일악은 그 내막도 자세히 알고 있었다.

호북성의 대상인들이 담합해서 외지에서 들여오는 물품의 가격을 조작, 매점매석하고 있었다.

또 그들은 높은 이자를 받는 사채놀이로 가난한 자들을 착취하고 있었다. 시중의 은자를 몇몇 대상인 가문이 쓸어 모으고 있었고, 그들에 의해 가난한 자들은 점점 입에 풀칠하기도 어려워지고 있었다. 빚에 내몰린 헐벗은 자들은 집과 땅을 버리고 곳곳에서 무리 지어 떠돌고 있었다.

하지만 지부대인에게는 근자에 풍년이 들어서 쌀값이 폭락한 여파로 다른 물품의 가격이 상대적으로 높아진 것으로 보고되고 있었다. 대상인들로부터 정기적으로 거액의 뇌물을 받고 있는 지부의 고위 관원들이 제대로 보고할 리 만무했다.

타지(他地)에서 부임해 온 지 몇 개월이 안 된 유상천은 아직 무한의 전체 상황을 파악할 여유가 없었다. 유상천의 부인인 이화낭낭 여은지가 권문세가 출신답게 뭔가 이상하다는 것을 어렴풋이 눈치 채고 있는 듯도 했다. 하지만 그녀도 아직은 정확한 실상을 모르는 듯했다.

작은 비리를 만들어 큰 비리를 숨기는 것은 관리들이 늘 즐겨 써먹는 수법이었다.

지부 유상천에게 중앙 정계로 영전할 수 있는 공적을 만들어주면 그가 싫어할 리 없었다.

유상천이 뭔가 무한의 정확한 실태를 파악치 못하고 있을 때, 폭리를 취하고 있는 상인들과 그들의 뒷심이 되고 있는 흑도들을 연결해서 적발한다면 큰 공을 세우는 것이다. 동시에 자신을 포함한 무한지부 고위 관리들이 저지른 일도 이것으로 무마할 수 있었다.

물론 그와 그의 상관들에게 일정하게 뇌물을 주고 있는 토박이 대상인들을 건드릴 순 없었다. 그랬다가는 자신만 다친다. 대상인들이 아니라 그들이 눈엣가시처럼 여기는 중소 규모 상인들을 엮으면 된다.

어차피 상인치고 한두 차례 나라에서 금하는 소금 밀거래를 안 해본 자는 없다. 작은 규모로 드러나게 하지 않을 뿐이다. 중소 규모 상인 한두 놈과 어설픈 산적 떼 한두 패거리를 흑도들로 만들고, 그 연결점으로 청풍객잔 주인의 딸이라는 어린 계집아이를 흑도의 요녀로 몰면 썩 괜찮은 그림이 되었다.

게다가 마침 무림의 움직임도 심상찮았다. 흑도는 물론이고 출신이 불분명한 무리들이 도처에 출몰하고 있다는 보고가 있었다.

그리하려면 그의 직속상관인 추관과 의논을 해야 했다. 자신 혼자의 힘으로는 불가능한 일이었다.

대포두 왕일악은 머릿속에서 이번 일을 어떻게 풀어나가야 할지를 대충 정리했다.

어린 계집의 모습을 한 무림의 요녀가 불온한 무리들과 작당해서 무한을 뒤흔들 계교를 부렸고, 이것을 그가 해결한다면 이번 일은 오히려 그의 관운을 뚫어줄 호기 중의 호기였다.

무림과 관은 바닷물과 강물처럼 서로 섞이지 않는다는 법칙이 엄연했지만 이번 사건은 달랐다. 어린 계집의 탈을 쓴 무림의 요녀가 관을 먼저 건드린 것으로 만들면 되었다.

왕일악이 그의 직속상관인 추관 이형표(李亨票)를 만나기 위해 자신의 집무실을 벗어났다.

＊　　　＊　　　＊

그때, 통하방 방주 흑면철서 정일동은 그의 명호 그대로 검은 쥐처럼 어두운 암도 속의 지하 수로에 숨어 만 이틀을 보내고 있었다.

불시에 들이닥친 무당 제자들을 피해 목숨이라도 구한 것이 천우신조였다. 혹시 모를 만일의 경우에 대비해 만들었던 후원 정원의 암도를 이토록 요긴하게 써먹을 수 있을지는 자신도 예측하지 못했다.

그런데 암도가 닫힐 무렵, 아슬아슬하게 날아온 비도(飛刀) 한 자루가 문제였다. 그것이 그 순간 그의 왼쪽 어깨에 깊숙이 박혔다.

가까스로 안에서 암도를 닫고 잠금 장치를 움직였다. 거대한 석벽이 굴러내려 입구 자체를 봉쇄시켰다. 이제 밖에서 암도로 들어오려면 석벽을 파내야만 했다.

암도가 막힌 후, 무당 제자들이 밖에서 암도를 뚫기 위해 안간힘을 다했지만 한참이 지나자 포기한 듯 조용해졌다.

어깨에 박힌 비도를 간신히 뽑은 정일동은 기억을 더듬어 암도 속을 기어갔다.

암도의 끝은 무한의 복잡한 지하 수로와 연결돼 있었다. 미리 준비해 뒀던 작은 쪽배를 타고 거미줄처럼 뚫려 있는 지하수로 속의 피신처로 들어가 상처를 치료하고 휴식했다.

수로의 외진 구석에 위치한 피신처엔 만일의 위급한 사태에 대비해 그가 준비해뒀던 물품들이 고스란히 남아 있었다. 응급 약품과 비상식량, 보석들을 넣은 궤짝과 푼돈으로 쓸 은자 등이 그것이었다.

"후후, 천하의 정일동이 목숨은 살았지만 이제 갈 곳이 없구나."

지하수로 벽을 파낸 작은 골방에 누워 정일동이 중얼거렸다.

"무당파가 경천장 이적산을 숨긴 곳을 그리 빨리 알아채고 급습할 줄은 몰랐구나. 어리석은 회(會)의 놈들은 이제 끝이로구나. 그래서 내 진작 무당파는 건드려선 절대 안 된다고 했건만. 아마 호북 일대에서 회와 관련된 인물들은 일망타진되고 있을 게야. 무당의 뿌리가 오죽 깊은가? 게다가 황실과 관부에 흩어져 있는 그들 속가제자들이 한두 명인가. 호북성 토착 부호들과 흑도들이 힘을 모아 만든 회라는 것은 그 힘에 비하면 보름달과 반딧불이지. 이 몸이야 흑도의 힘없는 작은 방파를 끌고 가려니 어쩔 수 없이 가담했다가 그나마 목숨이라도 건졌으니 불행 중 다행이라고 할까? 그런데 밖으로 나가면 무당 제자들이 깔렸을 텐데? 그것은 문제구먼. 일단 변복하고 사창가나 도박장 같은 곳에 숨어 탈출할 기회를 엿봐야겠구나.”

정일동은 이미 자신이 무덤에 반쯤은 몸을 내밀었다는 것을 인정할 수밖에 없었다.

그가 방주로 있던 통하방은 이미 풍비박산이 났을 것이다. 무당파의 손에 구출된 경천장 이적산의 입을 통해 천명회(天命會)의 모든 것도 낱낱이 밝혀졌을 것이다.

아니, 이미 무당파는 호북성 전체를 면밀하게 파악하고 움직였을 것이다.

그렇다면 더 이상 회의 인물들에게 도움을 청할 수 없었다. 그들에게 접근하다 오히려 자신마저 위험에 빠질 공산이 컸다.

아무도 믿을 수 없고 누구에게도 의지하면 안 된다. 나이 열다섯에 흑도에 투신해서 도박꾼으로 시작해 마침내 작은 방파의 방주까지 된 자신이다.

하지만 지금은 호북 땅을 떠나 먼 곳으로 가서 처음부터 다시 시작해야 했다. 그런데 자금이 부족했다. 탈출용으로 준비했던 보석과 금괴, 약간의 은자가 있지만 이것만으로는 안심할 수 없었다.

정일동이 어두운 피신처 골방에 누워 자조하듯 뇌까렸다.

“후후, 이 흑면철서 정일동이 또다시 도박꾼이 돼야 하나? 인생 참 돌고 돈다더니 바로 내가 이 꼴이 되다니.”

잠시 꿈틀대던 정일동이 다시 중얼거렸다.

“변복을 한다 해도 무당파 놈들이 쫙 깔려 있을 텐데. 가만있자, 등잔불 밑이 어둡다 했지? 무한성 밖으로 나가 돌아다니면 오히려 위험해. 당분간 무한성 안의 적당한 곳에 몸을 감추고 있어야 오히려 안전할 것이야. 그러자면 어디가 좋을까? 참, 전에 한번 가봤던 그 객잔에 있는 도박장이 좋겠다. 변복하고 인피면구를 쓰면 내 얼굴을 알아볼 놈은 없을 게고, 낮엔 타지에서 온 유숙객으로 객잔 방에서 쉬고 밤에는 도박장에 가서 오랜만에 솜씨 발휘해서 자금도 마련해야겠다.”

＊　　　＊　　　＊

같은 시각이었다.

주작대로를 마주 보며 청풍객잔 맞은편에 자리한 와룡객잔 이층의 한 객방에서 이상한 짐승 소리가 연이어 들려왔다.

꺄아악!

꺄우웅!

숨죽이고 있던 사내아이의 목소리가 그 울음소리를 향해 확인하듯 울려 퍼졌다.

“금아야, 설아야, 너희들도 방금 봤지? 상아 얼굴이 저쪽 맞은편 객잔 삼층 창가에 나타났다가 방금 사라졌어. 그렇지? 그렇지?”

소년의 말을 알아듣기라도 한 듯 짐승들이 또 한 번 소리를 질렀다.

꺄아악! 꺄아악!

꺄울!

“공심 사형, 우리 당장 상아한테 가자. 가서 내가 싹싹 빌면 제가 뭐라 할 거야. 설마 세상에 하나뿐인 서방님을 내치기라도 하겠어? 안 그래, 사형?”

열어젖힌 창밖을 정신없이 바라보던 소년이 조바심이 나는 듯 몸을 꼼지락거렸다.

그러나 그의 등 뒤에 잔잔히 서 있던 노도인이 찬찬히 고개를 저었다.

"흠, 아직은 제수씨를 직접 만날 때는 아닌 듯하네. 제수씨가 사제의 말을 오해해서 산을 내려갔잖은가. 지금 사제가 불쑥 나타나면 오히려 놀라 도망갈 공산이 크네. 게다가 대충 한 달이라는 적지 않은 시간도 흘렀으니 그동안 무슨 일이 있었는지 모를 일 아닌가? 잠시 제수씨 곁에 모른 척 머물면서 사정을 살펴보다가 사제가 직접 얼굴을 내미는 게 좋지 않겠는가?"

노도인의 말에 사내아이가 창틀에 턱을 괴며 대번에 시름에 잠겼다. 눈썹을 양쪽으로 찌푸리고 한참이나 고심하던 그가 머리통을 벅벅 긁으며 말했다.

"하긴, 공심 사형 말이 옳은 것도 같아. 상아가 집 나가던 날, 할머니랑 나랑 둘이 찰싹 붙어서 쑥떡 됐었어. 상아 고게 가진 구슬이랑 금붙이를 몽땅 빼앗아야 한다고 했지. 앞뒤 사정 모르는 상아가 그걸 들었으니 얼마나 섭섭했겠어? 하나뿐인 서방이라는 내가 각시인 저를 싫어한다고 당연히 생각했겠지? 에휴, 아무튼 방정맞은 요놈의 입이 문제야, 문제."

사내아이가 제 입술을 툭툭 치며 후회했다.

그 모습을 지켜보던 노도인의 입가에 슬며시 미소가 맺혔다.

"사제, 자신이 저지른 잘못에 대한 반성은 해도 해도 끝이 없는 것이네. 이 미욱한 늙은 사형도 태극권을 정진하는 데 있어 그토록 오랜 세월을 낭비했지 않은가? 초식의 완숙함이나 공력의 깊이에 치중하다 보니 깨달음을 얻어야 하는 것을 몰랐던 걸세. 하지만 지나고 보니 그것 또한 모두 어리석음만이 아니라 깨달음의 한 과정이었다는 것을 알게 됐네. 어리석음 또한 깨달음의 일부분이었던 것이네. 마찬가지로 사제 또한 제수씨가 산을 떠난 후에야 제수씨의 소중함을 깨달을 수 있었던 것일세. 누구나 늘 곁에 있는 것에 대해선 그 가치를 쉽게 잊어버리곤 하지. 그것을 잃고 나서야 땅을 치며 후회하지만 한번 떠난 것은 쉽게 되돌릴 수가 없는 법일세. 하나 사제는 제수씨를 떠나보내고 이렇게 다시 만날 수 있는 길이 열렸지 않은가? 게다가 사제는 이번에 많은 것을 느낄 수 있었지 않은가? 그런 뜻에서 사제와 제수씨는 행운아들일세. 아니 그런가? 허허허.”

노도인이 부드럽게 너털웃음을 터뜨렸다.

그의 말을 눈을 지그시 감고 듣고 있던 사내아이가 활짝 웃으며 대답했다.

“히히, 사형 말이 맞아. 상아가 도망간 후에 명이는 많이 느꼈어. 상아는 내 것이고, 당연히 내 뜻에 따라 불만 없이 평생 함께 살아줄 거라고 생각했어. 하지만 그렇게 하기 위해 상아가 얼마나 힘들어했는지는 신경도 안 썼지. 상아는 멀리 천산에 계신 장인 외엔 이 세상에 피붙이 하나 없는 혈혈단신이잖아. 어린 나이에 고향 떠나고 아버지 떠나 머나먼 무당산으로 내게 시집와서 얼마나 힘들었을까? 게다가 시집올 때 뭘 알기나 했겠어? 겨우 아홉 살짜리 계집애가 아버지 등에 업혀 와서 혼사를 올렸으니. 그리곤 영문도 모르고 혈육과 헤어져 낯선 곳에 살아야 했잖아? 그동안 상아가 천산에 계신 장인 보고 싶다는 소리를 수도 없이 했어. 하지만 난 늘 한 귀로 듣고 한 귀로 흘려버렸지. 난 부모님과 한 번도 떨어져 살아본 적이 없거든. 그래서 상아의 아픔을 몰랐어. 상아 데리고 산으로 들로 놀러 다니기 바빴거든. 상아 성격이 워낙 쾌활해서 그동안 아무 문제없이 넘어갔던 거야. 둘이서 장난치다 어른들한테 걸려서 매도 엄청 맞고, 무공 수련 한다고 고학 태사조 할아버지에게 엄청 시달리는 동안 상아 마음의 병이 깊어졌던 거야. 명이는 상아 서방인데 그것도 미처 몰랐어. 그런데 내가 상아가 가장 아끼는 검은 진주랑 금궤를 뺏는다고 말했으니 어린 여자 애 마음이 한꺼번에 무너졌던 거야. 진주랑 금궤를 상아가 탐내서 그랬을까? 아니야. 상아는 그때 진주랑 금궤의 가치도 몰랐어. 예쁘니까 인형처럼 가지고 놀았던 거야. 그것들은 어린 상아가 힘든 무당산 속에서 하나뿐인 낙(樂)이었는데 그걸 빼앗는다고 했으니 내가 저를 싫어서 내치는 것으로 알아들었던 거야. 그래서 버림받았다고 느껴서 밤에 몰래 떠났던 거야. 하지만 막상 산을 떠나려고 보니 중월 천지에 상아가 갈 데가 어디 있겠어? 천산에 계신 장인 밖에 없지. 근데 천산 가는 길을 제가 어찌 알아? 또 안다고 해서 아무나 쉽게 갈 수 있는 곳이야? 길 밝은 어른들도 혼자서는 안 되고 여러 명이 뭉쳐서 몇 달이나 걸려야 찾아가는 머나먼 길인데. 그래서 아마 불쌍한 야적을 풀어주고 길잡이 삼아서 함께 길을 떠났을 거야."

사내아이의 눈빛이 촉촉해졌다.

노도인이 대견하다는 듯 어린 사내아이의 어깨를 톡톡 두드리며 말했다.

"사제가 그런 세세한 것까지 깊이 헤아리고 있었다니 놀라울 따름일세. 방금 제수씨의 마음을 헤아렸던 것처럼 주위에 살아 있는 세상 모든 만물들에 대해서도 깊이 헤아려야 하네. 그것이 다른 것이 아니라 하나일세. 만물에 대한 이런 따뜻한 마음이 도(道)에 이르는 것일세. 아니, 도(道) 그 자체일세. 이런 마음을 잊지 않고 살면 그가 바로 도인(道人)이네. 도는 경전이나 말 속에 있는 것이 아닐세. 내가 스스로 도가 되어야 하네. 그렇게 살며 타인들을 도의 세계로 인도하는 것일세.

그런 면에서 작금(昨今)의 무당파는 자연스런 도의 세계로 침잠하는 것보다 무공 수련을 중시하는 중원 무림의 한 문파로 굳어지는 것 같아 심히 안타까울 따름일세. 무공을 대성한다고 해서 그가 도인이 될 수 있을까? 아닐세. 무공은 몸을 튼튼히 해서 도를 닦기 위한 하나의 방편일 뿐이네. 그런 의미에서 도문(道門)으로서의 무당파의 미래는 사제와 제수씨에게 있다네. 대기(大器)는 하늘이 내는 것일세. 본 문의 많은 윗대어른들이 사제 부부에게 거는 기대는 그러한 것일세. 단순히 무공 성취만을 원하시는 것이 아니라는 뜻일세. 아마 사제의 친족(親族) 어른들께선 고학 사조로부터 절세의 무공을 전승받아 무당파와 진가장의 이름을 드높이는 데 더 기대를 걸고 계시겠지만 사제 부부의 도근(道根)은 그런 세상의 명성보다 더 깊은 도인으로서의 운명도 겸하고 있을 것이네. 깊이 명심하기 바라네, 사제."

노도인이 엄숙한 표정으로 긴 말을 끝냈다.

가만히 고개를 끄덕이던 사내아이가 이윽고 말했다.

"명심할게, 공심 사형. 비록 반절도 제대로 이해 못하지만 두고두고 깊이 생각할게. 그러자면 일단 상아를 만나 오해를 풀어야 하는데 사형이 끝까지 도와줘야 해."

"여부가 있겠나."

사내아이가 노도인의 대답에 안심하는 표정을 지었다. 그러다 갑자기 근심 가득한 표정으로 바뀌었다. 잔뜩 풀 죽은 목소리로 사내아이가 다시 입을 열었다.

"근데 말이야, 공심 사형. 상아가 야적이랑 함께 도망쳤는데 그동안 혹시 무슨 일을 당한 건 아닐까? 아직 어리지만 상아는 아녀자의 몸이잖아. 그리고 상아 쫓아오면서 여러 사람들에게 들었지만 우각산이란

곳에서 도적 떼와도 싸웠고, 무한으로 오면서 무한성 대로변 찻집에서
흑도 방파 수하들과 시비도 붙었잖아. 오늘 아침 무한성문에선 또 포
쾌 한 놈에게 뺨까지 맞았다고 엄청나게 소문났잖아. 물론 그 덕분에
사형과 내가 무한성 내에 들어오자 말자 헤매지 않고 상아 있는 곳을
찾을 수 있었지만 말이야. 바로 저 앞에 있는 청풍객잔에 상아가 묵고
있는 걸 확인했지만 아무리 생각해도 불안해. 상아가 뭐든 제 싫은 건
못 참는 성질이잖아? 누가 또 상아를 건드리면 어쩌지?"

노도인의 고개가 끄덕여졌다.

"사제가 우려하는 마음이 틀리지 않네. 제수씨가 일신에 고명한 무
공을 지녔다고 하지만 아직 세상을 알기엔 어린 나이일세. 그동안 제
수씨의 행적을 살펴보면 아슬아슬한 순간들이 많았던 것 같네. 지금까
지 우여곡절은 많았지만 다행히 원시천존의 보살핌으로 제수씨 일신상
에 큰 변고는 없었던 것 같네. 그렇지만 지금부터는 이 늙은 사형이 밤
낮으로 제수씨 부근을 떠나지 않고 철저히 살피겠네. 여기 금아와 설
아도 있으니 이 녀석들이 냄새로 쫓아가면 제수씨 행방을 놓칠 리도
없네."

노도인의 대답이 사내아이 얼굴에 생기가 돌아오게 했다.

"공심 사형이 몰래 상아를 돌봐준다면 명이는 이제 한시름 놓을 수
있어."

"허허허, 부탁이라니 당치 않네. 이 공심은 사제와 제수씨가 화목해
질 수 있다면 무슨 일이든 가리지 않을 것이네. 이 어리석은 목숨을 구
해준 사제 부부가 아니던가. 그럼 일찌감치 먹은 저녁도 소화시킬 겸
해서 저편 청풍객잔으로 함께 가보겠나? 다만 제수씨가 사제와 내가
온 것을 눈치 채지 못하게 조금 모습을 바꿔야 하네."

“어떻게 해야 해, 사형?”

“무한을 오가는 이름 없는 잡상인처럼 복장을 바꿔 입어야 하네. 그리고 얼굴을 가리기 위해 삿갓도 써야 하네.”

“나도?”

“당연히 그래야지.”

“사제는 장사치들을 따라다니는 시동이나 아들처럼 행세해야 하네. 마침 며칠째 노숙하느라 얼굴에 먼지투성인 것이 다행이네. 지금 입고 있는 낡은 무명 옷 차림에 작은 삿갓을 쓰면 제수씨도 못 알아볼 게야.”

“히히, 알았어. 이것만 쓰면 된다 이거지?”

노도인이 객방 안에서 한참을 부스럭거리며 옷을 갈아입고 머리에 대나무로 만든 삿갓을 썼다. 그가 새하얀 작은 여우 새끼 한 마리를 품속에 집어넣었다. 초롱초롱한 작은 눈알을 굴리던 여우가 그의 옷자락 속에서 꿈틀댔다.

사내아이가 제 품속에 숨어 있는 금빛 원숭이와 노도인 품의 여우에게 나지막하게 속삭였다.

“금아야, 설아야, 상아 보더라도 소리 내지 말고 가만히 있어야 돼? 알았지?”

원숭이와 여우가 사내아이의 말에 꼬리들을 살랑살랑 흔들었다.

캥!

꺄우웅!

잠시 후, 늙은 상인 하나와 어린 시동 하나가 주작대로를 가로질러 갔다.

아직 이른 밤 시각이어서 그런지 대로상에는 행인들의 인적이 끊이지 않았다. 수많은 인파 속에서 어울리지도 않게 큰 삿갓을 쓴 상인 한

명과 그 뒤를 따르는 소동 하나가 사람들 속으로 사라졌다.

＊　　　　＊　　　　＊

와룡객잔은 대로변에 자리한 커다란 저택의 규모였다. 자연히 그 주변에 제법 큰 상가(商家)들이 밀집해 있었고, 상가 주변엔 오고 가는 행인들을 위한 좌판을 벌이는 작은 상가들도 모여 있었다.

와룡객잔에서 십여 마장 떨어진 여인숙의 작은 골방에서 창을 열고 밖을 두리번거리던 노인 하나가 고개를 갸우뚱했다.

"아니, 명이 저것은 피곤하지도 않나, 어린 녀석이?"

소리 죽인 노인의 의혹 가득한 목소리였다.

그 노인이 다시 뒤를 보며 중얼댔다.

"사형들, 공심이 녀석과 명이가 객잔에서 나왔소. 이 저녁에 어딜 가는지 꼴에 장사치 차림에다 삿갓까지 덮어쓴 행색이요. 상아의 자취를 찾았는가 보오."

그 말에 방 안 어둑한 곳에서 또 다른 늙은이의 음성이 울렸다.

"에구구, 허리야! 다 늙어 애들 뒤꽁무니나 몰래 따라다니는 신세가 되다니 이게 무슨 생고생인지, 원. 그나저나 저것들이 저리 급히 움직이는 걸 보니 황학 사제 말마따나 상아가 나타나기라도 한 것인가? 황학 사제 자네 부적술에도 상아가 이 부근에 있다고 했으렷다? 그럼 이 밤에 황급히 움직이는 것은 상아를 찾았다고 보는 게 옳지 않겠나?"

창가 뒤쪽 객방 벽에 붙은 침상 위에서 또 다른 불퉁스런 목소리가 들려왔다.

"그나저나 저 녀석들이 향하는 곳이 한참 전에 공심이란 사손 녀석이 몰래 기웃기웃하던 건너편 객잔이 아닌가? 이름이 청풍객잔이라 했지?"

그 말에 맨 처음 입을 열었던 뚱뚱한 체격의 창가 늙은이가 대답했다.

"그렇소, 고학 대사형. 공심이 사손 녀석이 해 떨어진 이 시각에 괜스레 발길을 옮기겠소. 명이까지 대동하고. 저것들이 허겁지겁 길을 가로질러 가는 쪽이 건너편 객잔이오. 그나저나 저것들이 오가는 사람들이 저리 많은데 도둑고양이처럼 잘도 인파 속을 헤치고 가는구려."

그 말이 떨어지기가 무섭게 두 번째로 입을 뗐던 빼빼 마른 노인이 벌컥 화를 냈다.

"아니, 황학 사제는 말을 해도 그리 막무가내로 하는가? 공심이 놈이야 그렇다 쳐도 명이에게 도둑고양이가 뭔가?"

그 핀잔에 창가에 선 노인이 화들짝 화를 냈다.

"엥? 청학 사형은 별 것 아닌 것에 왜 시비를 거는 게요? 명이 걸음이 고양이처럼 날렵하다는 소린데 그게 그리 고깝소?"

빼빼 마른 노인이 당연한 사실을 왜 묻느냐는 듯 투덜댔다.

"우리 명이가 어떤 아이인가? 이 청학의 깨달음을 이어받을 귀하디 귀한 몸인데 도둑고양이가 뭔가? 사제는 자중하게. 흠흠."

그 말에 뚱뚱한 노인이 폭발했다.

"으이그! 다 같이 쪽쪽 늙어가는 주제에 나이 차도 별로 안 나면서 망령 난 사형들까지 데리고 다녀야 하다니. 노도를 사형들보다 늦게 입문시킨 죽은 사부가 정말 원망스럽구려. 아이고!"

마른 노인과 뚱뚱한 노인이 툭탁거리자 객방 침상 위에 좌정하고 있던 노인이 불퉁스레 외쳤다.

"둘 다 시끄럽다!"

"아니, 대사형은 지금까지 뭐 한 일이 있다고 소리는 치는 게요? 대 사형이 여기까지 오는 동안 때 맞춰 식탐 부린 것 말고는 한 게 뭐 있 다고."

"뭐라고? 이게 막내사제가 대사형에게 하는 말투인가?"

"아이고오! 비장의 법술을 발휘해서 고생고생하며 명이 뒤를 밟게 해주었더니 사형이란 자들이 막내라고 핍박단 하는구나! 이래서 무림 에선 자고로 사형제를 잘 만나야 팔자가 편한 건데 노도가 전생에 무 슨 죄를 크게 지어 이 늘그막에까지 망령 든 노인네들 수발까지 들어 야 하는지! 아이고, 내 팔자야!"

뚱뚱한 노인이 여인숙 객방의 낡은 의자에 털썩 주저앉으며 한탄했 다. 삐걱거리는 의자에 몸을 맞추던 그가 갑자기 벌떡 일어났다.

"아휴, 사형들 등쌀에 시달리느니 소제는 저편 객잔에 갈 것이요. 소 제가 은신법을 써서 상아의 동정이나 살펴야겠수. 사형들을 보내봤자 괜스레 무공 자랑하다 들킬 게 뻔하니 별수 있소, 솜씨 좋은 소제가 나 서야지?"

그의 말에 나머지 두 노인도 발딱 자리에서 일어났다.

"어허, 무슨 소린가? 솜씨라면 노도가 빠질 수 없잖은가?"

"어허, 천하에서 무공이라면 누가 노도의 앞자리에 서겠는가? 내가 감세."

순식간에 여인숙 객방에서 그림자 셋이 앞을 다투며 사라졌다.

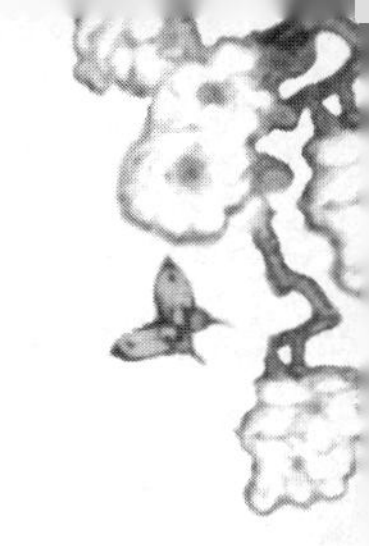

제3장

꽃 파는 오누이

따뜻한 초여름 햇살이 비치는 창가에 면한 폭신폭신한 침대였다.

연추상이 그 위에서 부드러운 닭털로 채워진 베개를 껴안고 잔뜩 하품을 해대며 뒹굴고 있었다.

연추상은 청풍객잔에 도착한 후 이틀간 씻고 먹고 자는 것만 반복했다. 거의 달포에 가까운 거친 노숙에 지친 연추상의 어린 몸뚱이를 녹이는 데는 이만한 보약(補藥)이 없었다.

엉겁결에 생긴 노복에게 그동안, 생사일보(生死一步)라는 강시 걸음을 배우느라 바빴다. 또 여래장과 여래각법이라는 이름 하나는 거창한 무공도 수련해야 했다. 노복이 그걸 안 배우면 천산으로 가는 길을 안 가르쳐 준다고 협박하니 배우지 않을 수 없었다.

게다가 우각산을 지나가다 얼토당토않게 달려드는 어리숙한 산도적 아저씨도 때려잡아야 했다. 막무가내로 달려들기에 그냥 때려잡고 보니 도적떼 식솔들이 너무 불쌍했다. 그래서 주머니 털어 먹여줬다. 배 불리고 보니 이번엔 산채에 아픈 사람도 많았다.

별 수 있나? 침 놔주고 약초 구해서 탕약 달여 먹일 수밖에?

그리곤 무한 쪽 관도를 쭉 따라 내려오다, 무지 배고파서 논두렁에 있던 농꾼에게 밥 한 끼 얻어먹었다.

그 죄로 또 밥 값 한 번 엄청 비싸게 치렀다.

밥 준 농꾼 부부의 딸아이가 알고 보니 벙어리였다. 이상해서 진맥 해 봤다. 말은 할 수 있는데 귀가 안 들려서 그랬다.

말 못하면 평생 답답해서 어찌 사냐?

아빠에게 배운 대로 침놓고 약 먹여서 고쳐 줬다.

그랬더니 이게 또 웬일이래?

아랫동네, 윗동네 병자들이 소문 듣고 한꺼번에 바리바리 밀려들었다. 또 불쌍했다. 노복아가 뭐라 불평했지만 그냥 모른 체할 수 없어 침 놔주고 약 달여 먹였다.

게다가 무한성 내로 들어오면서 길가 찻집에서 시비 거는 불한당들도 괘씸해서 패줬다. 또 성문에선 웬 이상한 살짝 곰보 포쾌 하나가 쩨쩨하게 상아 사탕 값을 뺏으려 달려들었다. 성질나서 달려들다가 되레 뺨 맞고 나동그라졌다.

하지만 상아가 누군가? 흠씬 때려주고 은자를 뺏었다.

몰래 무당산을 내려온 후로 이래저래 재밌긴 했지만 고달픈 날이 태반이었다.

이런 저런 생각을 떠올리던 연추상의 얼굴이 문득 찡그려졌다.

"히이잉, 아빠 보고 싶다. 아무튼 빨랑 천산으로 가야지 이러단 아빠 얼굴도 다 까먹겠다. 갈수록 가물가물하단 말이야."

연추상이 객잔 창밖을 바라보며 혼자 쫑알댔다.

"근데 이상해. 상공아 얼굴도 자꾸 떠오르네? 아무리 상아를 싫다한 상공아지만 그래도 자꾸 보고 싶네. 그런데 무당산에 있을 상공아가 지금 꼭 상아 옆에 있는 것 같단 말이야? 에이, 엉뚱한 생각하면 자꾸 가슴만 아프다."

그때, 아래쪽에서 갑자기 떠들썩한 고함 소리가 들렸다.

그녀가 뭔 일인가 하는 얼굴로 창가에 다가가 아래를 한참 내려다봤다. 그녀가 있는 대로 고개를 아래로 내밀었지만 아래쪽 객잔 입구는 조용했다. 그녀가 갸웃갸웃하더니 인상을 한번 쓰곤 후닥닥 아래층으로 달려갔다.

그녀가 다시 나타난 곳은 객잔 이층에서 일층으로 내려가는 나무 계단 맨 아래였다. 단숨에 이곳까지 내려온 연추상이 계단 옆에 붙은 큰 나무 기둥 뒤에 숨어 고개만 빼꼼히 내밀었다.

연추상이 눈을 말똥말똥하게 뜨고 시끄러운 소동이 벌어지는 그곳을 주시했다.

객잔 일층 대청 중간이었다.

사람들 칠팔 명이 한꺼번에 식사할 수 있는 커다란 식탁 사이에서 지금 뭔 일이 벌어지고 있었다.

대청 한 구석엔 여인이라고 부르기엔 아직 이른 열대여섯 살의 소녀 하나가 쓰러져 있었다. 이목구비가 제법 반듯했다. 아직 채 피어나지 않았지만 조금만 자라면 제법 인물값을 할 것 같은 반반한 소녀였다.

그녀의 무릎 옆엔 채 다섯 살도 안 되어 보이는 사내아이 하나가 쭈그려 앉아 엉엉 울고 있었다.

소녀와 사내아이 옆에는 하얗고 노랗고 빨간 꽃송이들이 이리저리 흩어져 있었다.

그 소녀와 어린 소년에게 화려한 비단옷을 걸친 청년 하나가 술에 취한 몰골로 한참 삿대질을 하고 있었다. 시끄럽던 소리는 그 청년이 낸 소리였다.

"뭐야, 이거? 밥맛 떨어지게. 고작 이런 꽃 나부랭이들을 들고 다니며 팔아먹고 사는 천한 것이 이 공자님의 기분을 엉망으로 만들었단 말이지? 끄응!"

술기운이 가득한 청년이 거드름을 떨며 소녀와 울고 있는 소년에게 다가갔다. 객잔 바닥에 눈송이처럼 떨어져 있던 하얀 꽃잎들이 청년의 검은 비단신발 아래에서 무참하게 짓밟혔다.

그때, 객잔의 점소이 하나가 사람들 속에서 튀어나왔다. 아랫입술을 잔뜩 깨문 스무 살 정도 되는 점소이가 걸음을 옮겨 비단옷 청년의 곁으로 다가갔다.

점소이가 행패를 부리고 있던 비단옷 청년에게 간곡한 어조로 말했다.

"상 공자님, 노여움을 거두십시오. 배운 것 없는 천한 것이라 공자님의 심기를 어지럽힌 것 같습니다. 꽃을 팔아 어렵게 하루하루를 살아가는 아이들 입니다. 이 무한 땅에 위명이 자자하신 상씨 가문 공자님께서 천하디천한 것들에게 이렇게 화를 내시면 오히려 높은 명성에 손상이 가지 않겠습니까? 네 이년, 경향아! 얼른 일어나 공자님께 사죄 올리지 못하느냐?!"

점소이는 오누이 사이로 보이는 소녀와 소년을 예전부터 잘 알고 있는 눈치였다. 점소이의 재촉에 바닥에 쓰러져 있던 경향이란 소녀가 힘겹게 몸을 일으켰다.

거친 베옷 사이로 마르고 가는 팔과 다리가 언뜻 드러나 있었다. 가난하고 배고픈 흔적이 그녀의 몸 곳곳에 배어 있었다. 그런 그녀의 뺨엔 손바닥 모양의 붉은 자국이 선명했다. 방금 비단옷 차림의 상 공자란 자에게 얻어맞은 흔적이었다.

소녀가 억지로 몸을 일으켜 청년에게 깊숙이 고개를 숙였다. 가늘고 생기 없는 목소리가 흘러나왔다.

"공자님, 소녀가 잘못했사옵니다. 용서하시어요."

그러나 상 공자라고 불린 술 취한 청년은 막무가내였다.

"큭큭, 네년 이름이 경향이란 말이지? 네년이 감히 이 공자님의 손길을 거절해? 죽고 싶다는 것이렷다! 오냐, 네 이년! 오늘 소원대로 해 주마! 이리 오너라!"

오라는 말과는 달리 청년이 경향에게 다가가 확 머리채를 휘어잡았다. 그리고 마구잡이로 흔들었다.

"꺄아악!"

머릿칼을 잡힌 경향이 정신없이 비명을 질렀다. 몸뚱이가 빈 수수깡처럼 가볍게 흔들렸다. 그녀 곁에서 울고 있던 사내아이가 제 누나가 청년에게 마구 휘둘리는 것을 보고 울고 불며 청년에게 매달렸다.

"놓아줘요! 엉엉!"

작은 사내아이가 청년의 옷깃을 잡고 흔들었지만 청년의 몸은 요지부동이었다.

경향의 머리채를 흔들던 비단옷의 청년이 짜증이 가득 배인 표정으로 자신의 허리춤에 매달린 그녀의 남동생을 벌레 보듯 징그럽게 봐 봤다.

"오오라! 요 어린놈이 이년의 동생이었지?"

무슨 생각을 했는지 청년이 씨익 웃었다. 그리고 갑자기 다섯 살 정도 된 어린아이에게 발을 휘둘렀다.

퍽!

"악!"

청년의 발길에 채인 아이가 객잔 바닥에 나동그라졌다. 청년에게 가슴팍이 차인 아이가 저쪽 구석으로 밀려가 힘없이 축 늘어졌다.

"꺄악! 아두야!"

머리채를 잡힌 소녀는 동생이 청년의 발길질에 채여 쓰러지자 비명을 지르며 몸부림을 쳤다.

보다 못한 점소이가 청년의 어깨를 감싸 안으며 만류했다.

"공자님, 이제 그만 하십시오. 아직 어린것들 입니다."

하지만 술에 취한 청년은 더욱 성질을 부렸다.

"이놈이 누구 어깨를 잡아, 점소이 주제에! 썩 꺼져라!"

소녀의 머리채를 잡아 흔들던 청년이 말리던 점소이를 향해 남은 한 손을 모아 주먹을 내질렀다. 마구 내지른 주먹이 점소이의 턱을 후려 쳤다.

퍽!

"끅!"

점소이의 얼굴이 청년의 주먹에 맞아 휙 돌아가며 점소이가 바닥에 쓰러졌다.

비록 술에 취했지만 청년의 주먹은 체계적인 무공을 익힌 솜씨였다. 평범한 점소이가 감당하기엔 청년의 주먹에 실린 힘이 대단했다.

"이 새끼가 감히!"

청년이 바닥에 쓰러진 점소이의 옆구리를 다시 발로 걷어찼다.

퍽!

"으아악!"

점소이가 외마디 비명을 지르며 객잔 바닥을 굴러 저쪽으로 내동댕이쳐졌다.

소동을 지켜보던 대청 안의 사람들은 청년의 마구잡이 행패에 불만 가득한 표정을 감추지 못했다.

하지만 선뜻 나서는 사람이 없었다.

이 자리에 있는 사람들 중 청년의 악명(惡名)을 모르는 이는 거의 없었다. 비단옷을 입은 청년은 이곳 무한 땅에서 큰 세력을 떨치고 있는 토박이 집안인 상씨 집안 외동아들 상건평(詳建平)이었다.

그는 집안의 위세를 등에 업고 온갖 패악질을 일삼는 파락호로 이름난 한량이었다. 무한 사람들이 뒤에서 몰래 무한일견(武漢一犬)이라 부르며 손가락질하는 망나니 중의 상 망나니였다.

지금 소동은 상건평이 꽃을 팔아 생계를 잇고 있는 경향이란 소녀의 미모에 혹해 엉큼한 수작을 부리다 일어난 일이었다.

경향은 병든 홀어머니와 어린 동생 아두를 위해 무한 거리를 돌며 꽃을 팔았다. 그리고 그것으로 홀어미와 어린 동생을 키우고 있는 효녀(孝女)였다. 어렵게 살면서도 늘 웃음을 지우지 않아 이 근처 사람들이 모두 그녀를 아끼고 있었다.

그녀가 방금 청풍객잔에 들어와 식사하는 사람들 사이를 돌며 꽃을 파는 와중에 하필이면 무한일견 상건평의 눈에 띈 게 화근이었다.

술에 취해 거들먹거리던 상건평이 꽃을 시주겠다며 소녀를 불렀다. 경향이 꽃을 들고 다가가자 상건평이 다짜고짜 경향을 끌어안고 입을 맞추며 희롱했다. 소스라치게 놀란 경향이 발버둥치자 상건평이 그녀의 뺨을 때리고 밀쳐 버렸던 것이다.

상건평이 붉어진 눈알을 휘휘 돌리며 소녀의 머리채를 낚아챘다. 바들대는 그녀를 제 눈앞에 바짝 당기며 이죽댔다.

"흐흐, 무한 땅에 미모가 괜찮은 꽃 파는 어린 계집 하나가 있다더니 바로 네년이었군. 끌고 가서 즐기다 싫증나면 기루(妓樓)에 팔아버려도 괜찮겠지. 오늘 괜찮은 물건 하나를 건졌군."

그때, 대청에서 식사하던 사람들 속에서 불평 어린 말이 새어 나왔다.

"거참, 정녕 너무하는군. 어린아이들에게 이토록 모질게 행패를 부리다니. 무한 땅이 처음이지만 이토록 무법천지일 줄은 미처 몰랐군."

그 소리에 상건평이 뒤를 돌아보며 벌컥 소리쳤다.

"웬 놈이냐? 본 공자님께서 하시는 일에 감히 토를 달다니! 강 호위는 뭐 하는가, 냉큼 저놈 주둥아리를 꿰매지 않고?!"

식탁에 앉아 있던 사람들 속에서 상건평의 지목을 받은 강 호위라는 사내가 나섰다. 그가 방금 입을 연 상인 차림의 중년사내를 찾아 멱살을 틀어쥐고 흔들었다.

호위가 흘깃 상건평을 쳐다보며 말했다.

"이놈이 어디서 함부로 입을 놀리나! 네놈은 어디서 온 놈이냐? 어찌 처리할까요, 공자님?"

"알아서 해."

상건평의 말에 강씨 호위 사내가 상인 차림 중년사내의 얼굴을 주먹으로 강타했다.

퍽!

"억!"

중년사내가 비명과 함께 나자빠졌다.

살벌한 분위기가 객잔 일층 대청을 한순간 지배했다.

그사이, 상건평은 몸부림치다 힘이 부친 소녀를 끌어당겨 그녀의 파리한 뺨에 '쪽' 하고 입술을 맞췄다.

"흐흐흐! 그럼 이제 방해하는 놈은 없으렷다."

*　　　　*　　　　*

이때, 청풍객잔 일층 구석진 곳에는 나이 든 상인 하나와 그의 아들 같은 차림새의 사내아이 하나가 앉아 있었다.

객잔 입구에서 멀리 떨어진 탁자에 앉아 있는 그들 앞엔 요리 접시들이 손도 대지 않은 채 식어가고 있었다.

그들은 객잔 안에서 벌어지고 있는 소동을 벌써부터 지켜보고 있었다.

술 취한 무한일견 상건평이 꽃 파는 소녀를 불러 희롱하는 걸 목격했다. 소녀가 몸부림치며 거부하자 상건평이 그녀를 밀쳐 넘어뜨렸고, 그걸 본 사내아이가 몸을 부들부들 떨며 분노했다.

그리고 소녀의 머리채를 잡고 그녀의 어린 남동생을 발로 차 기절시킬 때, 사내아이가 주먹을 쥐고 벌떡 일어나려 했다.

그러나 옆 자리의 늙은 상인이 그의 옷자락을 슬며시 잡고 놓아주지 않았다.

와중에 상건평을 말리던 객잔 점소이가 그에게 맞아 쓰러졌다. 상인 하나가 불평불만을 터뜨렸고, 상건평의 호위에게 맞아 쓰러졌다.

더 이상 참지 못한 사내아이가 식탁을 박차고 달려 나가려 했다. 그러나 상인이 움켜쥔 옷자락을 놓아주지 않고 있었다.

붉게 얼굴이 상기된 사내아이가 자리에 도로 주저앉으며 소리 죽여 식식거렸다.

"공심 사형, 저걸 보고도 가만있으란 말이야? 어디 저런 미친놈이 다 있어?"

"사제, 지금 이 객잔 어디엔가 제수씨가 묵고 있단 말일세. 지금 사제가 나섰다가 제수씨가 그걸 보면 어쩌겠나? 조금 참아보게. 이 객잔에는 우리 말고 나설 사람들이 있네. 기세를 감춘 무림인들이 객잔 안에 있네. 일단 지켜보세."

상인 차림을 한 무당파 제자 공심 도장은 그들이 앉아 있는 청풍객잔 대청 안에 심상찮은 기운을 가진 사람들이 있음을 진작 느끼고 있었다. 그래서 더욱 조심하고 있었다.

"그래도 더 이상은 못 참겠어. 놔줘, 사형. 저런 놈은 요절을 내야 해."

그에게 소매를 잡힌 진연명이 몸을 비비 꼬며 탁자에서 일어나려 했다.

"참아야 하네, 사제."

공심 도장이 그의 어린 사제의 목을 껴안았다.

남들이 보기엔 늙은 아비가 어린 아들을 안고 토닥이는 정겨운 모습이었다.

"우쒸! 제발 놔줘! 저런 나쁜 놈을 그냥, 캑캑!"

진연명이 고개를 흔들며 발버둥 쳤지만 공심도장은 기어코 진연명의 목 뒤 혈도를 짚어 그를 억지로 주저앉혔다.

이때, 진연명의 목을 잡고 반대쪽을 보던 공심 도장의 시선에 뭔가가 잡혔다.

진연명을 안고 토닥이는 흉내를 내던 그의 눈에 객잔 이층으로 올라가는 계단이 있었다. 그런데 그 계단 옆 기둥 뒤에 얼굴 하나가 볼록 튀어나왔다.

공심 도장이 순식간에 몸을 움츠리며 진연명을 더 세게 껴안았다.

"사제, 꼼짝 말게. 제수씨가 방금 저쪽에 나타났네."

요동치던 진연명이 그 말에 굳어버렸다.

"가만히 몸을 일으켜서 옆에 있는 삿갓을 쓰게. 그리고 삿갓 틈으로 천천히 그쪽을 살펴보게."

사내아이가 후닥닥 삿갓을 쓰고 그쪽을 조심조심 살폈다.

삿갓 속에서 아이의 눈이 화등잔 만하게 커졌다.

＊   ＊   ＊

난데없이 야멸찬 어린 계집애 목소리 하나가 청풍객잔 대청 안을 뒤흔들었다.

"야, 술 취한 놈아! 그 언니, 당장 못 놔주니?"

느닷없이 뒤통수를 후려치는 목소리에 상건평이 주위를 휘휘 두리번거렸다.

"어, 이건 또 뭔 잡소리냐?"

한참이나 고개를 돌리던 상건평의 시선이 닿은 지점은 객잔 이층으로 올라가는 나무 계단 옆 커다란 기둥 부근이었다.

그곳엔 아직 물기가 채 남아 있는 긴 머릿결을 허리까지 드리운 어린 계집애 하나가 서 있었다. 그 계집애는 제 허리에 양손을 얹고 잔뜩 성난 암코양이처럼 눈에 불을 켜고 있었다.

몇 번이나 눈을 꿈적이던 상건평이 돌연 능글맞게 웃으며 커다란 웃음을 터뜨렸다.

"하하하, 오늘 이 공자님이 여복(女福)이 터졌나? 이 객잔에 어여쁜 계집애가 또 하나 있었다니! 요것은 이년보다 더 어리고 깜찍한데 그래?"

상건평이 제 손아귀에 머리채가 잡힌 꽃 파는 소녀의 머리를 흔들며 낄낄거렸다.

그러나 이런 상건평의 가가대소(呵呵大笑)는 그리 오래가지 않았다.

그가 채 웃음이 끝나기도 전에 긴 생머리의 자그마한 계집애가 갑자기 계단을 박찼다.

계단을 떠난 자그마한 몸뚱이는 마치 구르듯이 상건평의 앞으로 무작정 돌진했다. 희뿌옇게 보일 정도의 재빠른 움직임이었다.

그 번개 같은 작은 그림자 속에서 앙증스런 주먹 하나가 나타났다. 그리고 그 주먹은 '어, 어' 하며 당황해하던 상건평의 복부에 거침없이 꽂혀 버렸다.

퍼억!

"끄윽!"

이죽거리던 상건평의 허리가 가을 벌판의 마른 갈대처럼 힘없이 숙여졌다. 불시에 명치를 얻어맞은 상건평이 잠시 호흡이 끊겨 바닥을 굴렀다.

"네 이년!"

이때, 대청 저쪽에서 중년 상인을 한 주먹에 해치웠던 상건평의 호위가 계집애를 향해 크게 호통 쳤다.

그가 대청 중간에 있던 탁자를 밟으며 계집애를 향해 불쑥 신형을 날렸다. 잠시 한 눈 파는 사이 갑자기 출현한 어린 계집이 공자에게 위해를 가해 쓰러뜨린 것이다.

"감히 공자님께!"

거한의 사내가 빛살처럼 계집애에게 달려들었다.

그 광경을 본 대청 안 사람들은 저도 모르게 오금이 저렸다. 어린 계집애가 일신에 지닌 재간이 대단해 술 취한 파락호를 해치웠지만 호위무사인 거한을 상대할 수는 없으리란 생각이 들었던 것이다.

그러나 그들의 예상은 다음 순간 빗나갔다.

공중에 솟아 자신에게 날아오는 거한을 찬찬히 살피던 계집애가 그 순간 눈을 반짝였다.

그리고 계집애는 살짝 무릎을 굽혀 바닥을 찼다. 그 반동으로 녹색 비단옷을 입은 계집애의 몸뚱이가 순식간에 제 키보다 높이 떠올랐다.

동시에 거한의 발길질이 그녀의 다리 밑에 아슬아슬하게 닿았다.

그때, 계집애가 허공에서 허리를 세차게 비틀었다.

작은 신형이 공중에서 크게 휘돌았고, 계집애의 녹색 치마가 우산처럼 허공에 쫘악 펼쳐졌다.

깨끗한 격타음이 터졌다. 그 뒤를 이어 단말마와 같은 거한의 비명이 이어졌다.

빠악!

"으악!"

쿵!

커다란 덩치의 호위무사가 계집애 뒤편에 있던 식탁을 들이받으며 바닥에 떨어져 나뒹굴었다.

그와 반대로 거한의 허리밖에 되지 않는 자그마한 키의 계집애는 나
비처럼 치맛단을 팔랑거리며 가뿐히 바닥에 착지했다. 그제야 계집애
는 뻗어냈던 제 한쪽 다리를 천천히 접었다.

지켜보던 대청 안 사람들이 손으로 제 눈을 비볐다. 그들 모두는 지
금 제 눈앞에 펼쳐진 일련의 일이 꿈인지 생시인지 아련한 표정을 하
고 있었다.

멍하니 입을 벌리고 굳어 있던 사람들 속에서 계집애가 두 손으로
제 허리를 통통 두드리며 헤실헤실 웃었다.

"흥! 원래 실력은 개뿔도 없는 것들이 마구 술 처먹고 힘없는 아이들
에게 행패 부리지! 그런 놈들은 이 상아가 절대 그냥 안 놔둔다!"

"허어!"

삽시간에 일어난 결과에 주위 사람들의 입에서 탄성과 비명이 뒤범
벅되어 이상한 소리들로 새어 나왔다.

쓰러진 상건평의 호위는 이미 안면이 터져 있었다.

계집애의 돌려차기에 맞은 부위가 마침 인체에서도 특히 약한 인중
이었다. 코와 윗입술 사이인 그 곳을 적중당해 입 안의 이빨이 모두 부
서졌다. 충격은 그것으로 끝나지 않고 그의 아래턱까지 이어져 그곳도
반쯤 깨어져 정신을 놓고 있었다.

자신의 호위까지 어린 계집애에게 당한 것을 본 상건평이 경악했다.

"네, 네년은 뭐냐?"

그 소리에 거한을 바라보며 혀를 날름대던 계집애가 또 발끈했다.

"어? 너 아직도 정신 못 차리고 욕하냐?"

바닥에 쓰러져 있던 상건평을 째려보며 계집애가 소맷자락을 걷어
붙였다.

어느새 겁에 질린 상건평이 계집애에게서 떨어지려 제 뒤쪽으로 기어갔다.

"가까이 오지 마라, 이 괴물 같은 년아!"

화다닥 놀란 그가 계집애를 향해 입에서 나오는 대로 마구 지껄였다.

그 말을 들은 계집애가 독 오른 살모사처럼 얼굴이 더욱 붉어졌다.

"방금 뭐라고 했니? 상아보고 괴물이라고 했니?"

양손을 제 허리에 걸친 계집애가 이를 바드득 갈았다. 그리고 상건평에게 한 발짝씩 천천히 움직였다.

"어딜 다가오느냐? 오지 마라, 이년아!"

상건평이 계집애에게 마구 손을 휘저었다.

그는 정말 난생처음 목숨을 잃을 것 같은 절실한 공포를 느끼고 있었다.

눈앞에서 자신을 노려보는 작은 계집아이가 마치 사신(死神)처럼 느껴졌다. 무림에서 흔히 어린아이와 노인을 조심하라는 경구가 있음을 그는 오늘에야 실감하고 있었다.

계집애를 보며 상건평이 저도 모르게 허리를 움찔했다. 항주에서 들여온 최고급 비단으로 만든 그의 바짓자락 사이로 어느새 노란 액체가 줄줄 흘러나왔다.

그걸 본 계집애가 제 코를 움켜쥐며 오만상을 썼다.

"아이고, 냄새야! 너 지금 뭐 하냐? 너같이 비겁한 게 술 먹고 저 언니랑 남동생을 그렇게 때렸냐?"

계집애가 바닥을 적시는 노란 액체를 피해 상건평에게 조심조심 발길을 옮겼다.

그리고 작은 발을 들어 상건평의 다리 사이를 세차게 걷어찼다.

팍!

"끄와악!"

상건평이 온몸을 비비 꼬며 입에 잔뜩 거품을 물고 쓰러졌다.

"상아는 말이야, 술 먹고 아이들 줘 패는 건 도저히 용서가 안 돼."

계집애가 객잔의 차가운 바닥에서 소금 뿌려진 지렁이처럼 부들부들 떠는 상건평에게 마지막으로 건넨 말이었다.

그리고 계집애는 긴 생머리를 나풀거리며 꽃 파는 소녀 경향에게 다가가 부축했다. 제 몸뚱이보다 큰 경향의 몸을 어루만지며 계집애가 근심 가득한 얼굴로 말했다.

"언니, 괜찮아?"

바닥에 주저앉아 있던 경향이 힘없이 머리를 끄덕이며 대답했다.

"아가씨, 고맙습니다. 저보다 제 동생이 지금……."

"아참, 그렇지."

경향의 말에 계집애가 저쪽 바닥에 쓰러져 있는 경향의 남동생에게 쪼르르 달려갔다. 아이는 이미 정신을 잃고 축 늘어져 있었다.

계집애가 인상을 쓰더니 아이를 일으켜 세웠다. 그리고 아이의 등을 제 손바닥으로 세게 몇 번 쳤다.

탁! 탁! 탁!

"큭!"

새파랗게 질려 있던 어린 몸뚱이가 등을 치는 손길에 그제야 숨이 돌아왔다. 허옇게 뒤집혀 있던 아이의 눈동자도 돌아왔다. 눈가에 눈물방울이 말라붙어 있었다.

계집애가 어린 사내아이를 안고 와서 제 누나 품에 안겼다.

"흑흑, 아두야."

경향이 어린 남동생을 안고 서럽게 울었다.

*   *   *

연추상이 삼층 객실 침대에 누워 자는 것을 보고 잠시 출타했던 오천상은 기가 막혔다.

천산 쪽으로 가는 뱃길을 알아볼 겸 선착장에 다녀온 길이었다.

여기저기 떠나는 배들은 많았지만 천산으로 가려면 사천 땅을 경유하는 것이 제일 빠르고 안전했다. 그런데 하필이면 하루 전에 여행객을 가득 실은 큰 배가 사천으로 떠난 후였다. 이래저래 허탕만 치고 무거운 발걸음으로 객잔으로 돌아왔다.

그런데 객잔 대청이 난장판이 돼 있었다. 대형 탁자 하나가 부서져 있고, 여기저기 사람들이 쓰러져 신음하고 있었다.

그사이 일이 터져도 보통 큰 일이 아닌 소동이 벌어져 있었다. 자그마한 몸집을 가진 연추상이 사람들 시선의 중심에 있었다. 보나마나 연추상이 또 한 번 난리법석을 떤 형세였다.

크게 한숨 쉬며 오천상이 연추상에게 말했다.

"못 살겠네. 도대체 또 뭔 일이요?"

"엥? 어디 갔다 왔어? 안 보이데?"

"아니, 객잔 대청에서 이게 또 뭔 일이요? 바닥에 쓰러진 비단옷 입은 저 청년과 저 덩치 큰 사내는 또 누구요?"

"몰라. 술 먹고 사람들 마구 때리데? 그냥 가만둘 수 있어? 그래도 여기 주인인데? 그래서 혼 좀 내줬지? 왜?"

"아휴, 저게 조금 혼내준 거요? 아주 죽여놨구먼, 죽여놨어. 도대체 왜 자꾸 이러슈? 이 노복을 말려 죽일 셈이요? 며칠 전 성문에서 포쾌를 때려잡아 그 소란을 떨더니 오늘은 또 객잔에서 웬 사내들을 아예 쳐 잡았구려, 쳐 잡았어. 이리 소란을 떨면 사람들 귀에 금방 알려질 텐데. 소주인이 떠나온 그곳으로 도로 붙잡혀 돌아가고 싶소? 도대체 천산은 갈 거요 안 갈 거요? 아버님 뵙기가 정말 싫은가 그 말이오!"

열이 하늘까지 뻗친 오천상이 다그쳤다.

천산 얘기가 나오자 연추상이 금방 풀이 죽었다.

"너무 그러지 마라. 천산이야 하루라도 빨리 가고 싶지. 근데 지금 일은 상아 잘못 아니다. 비단옷 입은 저놈이 술 취해서 여기 있는 이 꽃 파는 언니랑 언니 남동생까지 마구 팼다. 근데 아무도 안 말렸다. 할 수 없이 상아가 손봐준 거다. 너무 화내지 마라, 노복아."

"참 내, 주인 한번 잘못 골라서 이놈의 노복 노릇도 정말 지겨워서 못 해 먹겠소. 그런데 곽 총관은 어디에 있나?"

황당한 사람은 오천상 뿐만이 아니었다.

연추상이 한바탕 활극을 벌이는 동안 청풍객잔 총관 곽일성도 사람들 틈에 끼어 애만 태우고 있었다. 그는 무한일견 상건평의 행패를 보며 전전긍긍했다. 하지만 파락호에 맞서봤자 득 될 게 없었다.

그런데 난데없이 어린 주인이 나타나 그와 시비를 벌이지 않는가?

뜯어 말리려고 나서려는데 금방 투다닥 하며 한 판 크게 붙어버렸다. 그리곤 결과가 이것이었다. 난감하기 그지없었다.

"아이고, 말도 마십시오. 이제 오시면 어떡합니까요? 큰일이 났습니다요. 저 비단옷 입은 공자는 무한 땅에서 이름난 상암장 상씨 가문의 외동아들이온데 평소 술주정이 심했습니다. 한데 객잔에서 꽃 파는 이 아이를 희롱했습니다요. 후환이 두려운데 누가 말립니까요? 그 행패를 보고 새로 오신 어린 주인님께서 다짜고짜 상 공자와 그 호위무사를 쓰러뜨렸습니다요. 말릴 새도 없었습니다요.”

곽일성이 오천상에게 주저리주저리 하소연했다.

“휘유, 소주인 성질은 나도 잘 아네. 안 봐도 뻔 할 뻔 자네. 그나저나 이제 어이해야 뒤탈을 줄일 수 있을까? 곽 총관 자네는 어서 빨리 의방으로 저 상 공자인가 하는 자와 호위를 옮기게. 우선 치료부터 해야 할 게 아닌가? 그리고 보상금을 달라 하면 얼마든지 달라는 대로 주고 어찌 됐든 합의를 보게. 은자를 아무리 써도 뒷감당이 어렵겠지만 말이야. 하는 데까지 해보게.”

“큰일입니다요. 상 공자라면 무한에서 제일가는 부잣집 아들인데 은자로 될 턱이 없습니다요. 상씨 가문에서 가만있지 않을 겁니다요.”

“어쩌겠나. 일은 이미 터졌는데.”

“에휴, 알겠습니다.”

총관 곽일성이 고개를 설설 흔들었다.

그가 점소이들을 시켜 상건평과 호위를 업고 객잔 밖으로 사라졌다.

그사이 연추상은 경향과 아두에게 달라붙어 그들의 몸 이곳저곳을 살펴주고 있었다.

그때 홀연 객잔 한 구석에서 카랑카랑한 노파의 웃음소리가 들렸다. 맑은 고음(高音)이 듣기 좋은 목소리였다.

“호호호, 참으로 대견한 여아(女兒)로다.”

잔잔한 노인의 맑은 목소리도 거들었다.

“허허, 노니(老尼)께서도 그리 생각하시오? 소승도 오늘 안계(眼界)를 크게 넓혔소이다. 나이 어린 여아가 이 객잔에 즐비한 쓸모없는 중생들 여럿보다 더 용기가 가당찮소이다. 게다가 그 몸놀림을 보시오. 명가의 조련을 받은 듯한데, 초식조차 종잡을 수가 없구려. 일신에 지닌 내공 또한 기이하기 이를 데 없소. 불문 정종의 장중함과 도가 비전의 현묘함이 함께 풍겨나니 말이오이다.”

그 말에 노파가 맞장구쳤다.

“끌끌, 대사도 눈치 채셨구려? 저 아이가 므슨 귀한 인연을 이어받았기에 대사와 본니도 한 눈에 사승 내력을 알아볼 수 없을꼬? 하나 대사, 그것보다도 저 아이의 몸놀림 말이오. 초식도 없이 제 하고 싶은 대로 하는 데도 절도가 있고 막힘이 없구려. 누가 있어 저렇게 가르칠 수 있으리오. 참으로 대단하구려.”

“허허, 노니께서도 보셨소? 본사의 고승대덕들께서 유시무종(有時無終)이요, 무시유종(無始有終)이라 하신 말씀들이 불시에 떠오르는구려. 무공 수련 시에 시작과 끝에 얽매이지 말고 자유자재하라는 말씀이지요. 본 사의 무능한 것들은 이미 잃어버린 고절한 기풍(氣風)인데 오늘 우연히 무한 땅 외진 곳에서 저리 어린 여아에게서 그것을 엿보다니 참으로 놀라운 일이오. 부처님의 가호가 분명하오. 아미타불, 아미타불.”

“그러하오이다, 대사. 본니(本尼)도 참으로 호기심을 이기기 힘드오이다. 애야, 이리 좀 와보거라.”

객잔 대청 작은 식탁 앞에 그들이 앉아 있었다.

사람들 속에 섞여 전혀 존재감조차 없던 이들이 갑자기 소리 높여 얘기하자 사람들의 시선이 일제히 그들에게 모였다.

호호백발의 늙은 노부부 같던 그들 중 노파가 손을 내밀어 연추상에게 손짓을 했다.

흘깃 뒤돌아본 연추상이 쫑알댔다.

"어, 할머니 할아버지는 누구야? 상아 지금 바쁘니까 귀찮게 하지 마. 나중에 봐."

"호호, 본니가 생전 처음 눈앞에서 거절이란 것을 다 당해보는구나. 애야, 그러지 말고 이 할미에게 잠시만 와보거라."

작게 얼굴을 찌푸린 노파가 다시 부드러운 목소리로 불렀다.

"바쁜데 왜 자꾸 불러, 할머니? 상아가 지금 이 언니랑 남자 동생 돌봐주는 거 안 보여? 좋은 약이라도 있어서 내준다면 몰라도 지금 못 가."

연추상이 툴툴댔다.

그 말에 노파의 곁에 앉아 있던 노인이 박장대소를 터뜨렸다.

"허허허, 도와주지는 못할망정 귀찮게 하지 말라. 오늘 노니께서 저 여아에게 크게 당하는구려. 한데 여아의 말속에 뜻이 숨어 있구려. 약한 이들이 당할 때는 가만히 있다가 이제야 저를 부르는 우리 늙은 둘에 대한 질책이 담겨 있으니 말이오."

노파가 잠깐 멈칫하더니 곧 빙긋이 웃으며 말했다.

"호호호, 애야. 너는 참으로 거칠 것이 없는 아이로구나. 한가로운 구름 아래 노니는 한 마리 학, 이름 하여 한운야학(閑雲野鶴)이로다. 이 할미가 오늘 네게 크게 꾸짖음을 당하는구나. 하나 네 말이 옳으니 반박하지 않겠다. 다만 이 할미가 너를 지금 부른 것은 이 보잘것없는 약이나마 주려 해서이니라. 받겠느냐?"

노파가 소매 속에서 작은 환약 하나를 꺼내 손에 쥐고 흔들었다.

옆에 있던 노인이 잠시 놀라운 눈으로 그것을 쳐다봤다. 설마 노파가 그걸 꺼낼 줄은 몰랐던 모양이다.

"호호, 남매 아이들에게 이것 하나를 반으로 갈라 맑은 물에 타서 먹이면 금방 괜찮아질 게다. 탐나지 않느냐? 보아하니 너는 일신에 무공뿐만 아니라 의술마저 익힌 것 같구나. 그럼 이 약이 저 아이들에게 도움이 될 수 있다는 것을 알아볼 눈이 있을 텐데? 뭐 하느냐, 어서 가져가지 않고?"

놀라는 노인을 본체만체하며 노파가 손에 든 하얀 알약을 흔들었다.

그걸 본 연추상이 히쭉 웃으며 그녀에게 후닥닥 달려갔다. 그리고 솔개가 병아리 채듯 답삭 그걸 빼앗아 코에 대고 흥흥 냄새를 맡았다.

"어? 이 약, 아주 좋은 약제로 만든 건데? 그냥 줘도 괜찮아, 할머니?"

"호호, 좋은 걸 네가 어찌 그리 잘 아느냐?"

노파가 대견하다는 표정으로 연추상의 머리를 쓰다듬으며 말했다.

"히히, 상아가 왜 몰라? 이거 아주 귀한 약초 여럿을 오래오래 약탕기에 끓여서 만든 거 같다. 몸에 아주 좋은 거야. 저 언니랑 동생이랑 오늘 횡재한 거네."

"그럼 이것도 알아보겠느냐?"

노파가 다시 소매 속에서 다른 알약 여럿을 꺼냈다.

연추상이 그걸 얼른 제 손바닥으로 가져왔다.

"흠흠, 이것도 아주 좋은 약이네, 할머니."

깔깔대며 노파와 얘기하는 연추상을 보며 오천상이 뭔가 꺼림칙한 표정을 지었다.

그는 연추상의 주변에 낯선 이들이 몰려드는 것이 반갑지 않았다.

노인과 노파는 일단 정체불명의 인물들이었다. 오천상은 이래저래 골치가 아파왔다. 무당 제자들이 연추상을 찾아 몰려들기 전에 천산으로 가는 사천 쪽 배편을 한시바삐 물색해 보리라 내심 다짐했다.

제4장

성승(聖僧)과 신니(神尼)

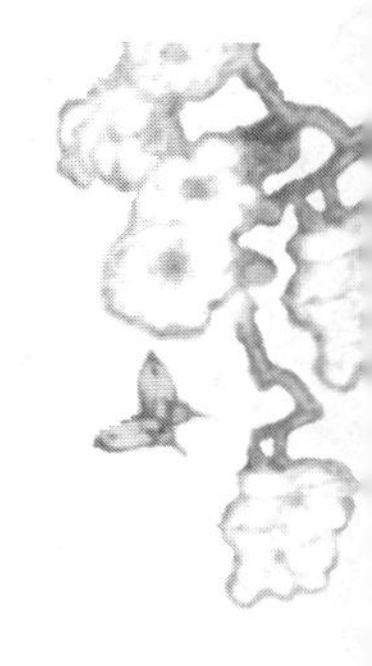

조정으로부터 호북성 지역의 소금 전매권을 부여받은 무한의 거부(巨富) 상씨(詳氏) 가문이 자리한 상암장(詳唵莊)이 들썩였다.

어제 오후, 장주인 상인석(詳仁石)이 애지중지하는 외아들 상건평이 기식이 엄엄한 채로 실려 왔기 때문이다.

평소 술을 먹으면 주사(酒邪)가 심한 아들이었지만 이렇게 만신창이가 돼서 업혀온 것은 처음이었다. 청풍객잔에서 술을 먹고 호기를 부리던 아들이 객잔 주인의 딸에게 말도 못할 봉변을 당했다고 아랫사람들이 알려왔다.

그런데 아들이 다친 곳이 또 치명적인 부위였다. 대를 이을 하나뿐인 아들이 다친 곳이 바로 하초(下焦)였다.

장주 상인석이 그의 방에서 길길이 날뛰었다.

"네놈들은 내 집에서 먹고 자며 대체 뭘 하는 자들이냐, 이 밥버러지

들아?! 저 아이가 어떤 아이인지 아느냐?! 이 상암장을 이어받을 귀하
디귀한 아이란 말이다! 그런데 저 아이가 이 지경이 되도록 뭘 하고 있
었느냐?!"

상인석이 날뛰자 얼어붙은 듯 고개를 숙이고 있던 그의 식솔 중 하
나가 슬며시 고개를 들었다.

구레나룻이 턱 전체에 검게 퍼진 거구의 장한이었다.

"장주, 야밤이지만 당장 이 육중경(陸中京)이 나서서 소장주의 복수
를 하오리까?"

상암장의 식객(食客) 중 하나인 거력도부(巨力刀斧) 육중경이었다.

그가 문제없다는 듯이 허리춤에 꽂힌 도끼를 슬쩍 만지며 상인석에
게 말했다.

상인석이 반색했다.

"호, 거력도부께서 나서주시겠소?"

"흐흐, 그까짓 어린 계집년 하나쯤이야 단박에 이 도끼로 목을 댕강
잘라버릴 수 있소이다. 그동안 장주께 큰 신세를 지고 있었는데 이번
에 밥 값 한번 해보겠소이다."

"육 도부께서 나서준다면 아들놈도 은혜를 잊지 않을게요."

"흐흐, 명만 내리십시오."

이때, 상인석의 식솔 중에서 극력 만류하는 목소리가 튀어나왔다.

"아니 됩니다, 장주."

하관이 바짝 마른 염소수염을 한 중년인이었다.

"장주, 아뢰옵기 황송하오나 소장주께 위해를 가한 장본인은 열 살
조금 넘은 어린 계집년이라 하옵니다. 그 어린 것이 술에 취한 소장주
에게 행패를 부렸다고 하옵니다. 하나 이 일에는 분명 괴이한 점이 한

두 가지가 아닙니다. 게다가 그 어린 계집년은 작금 포청에서도 예의 주시하는 요주의 인물입니다. 함부로 육 도부께서 나서서 그 계집을 참살하면 본 장에도 좋지 않은 여파가 미칠 것입니다."

상암장 집사 최위삼이었다.

최위삼의 말에 상인석이 화를 냈다.

"최 집사, 이상한 점이 많다는 것을 본 장주도 알고 있다. 열 살 남짓한 어린년에게 무공을 닦은 평아가 당했다는 것도 그렇고, 무공 수위가 꽤 되는 호위 강가 놈도 당했다 들었다. 아무리 생각해도 고절한 무공을 익힌 년이 틀림없다. 그렇다 해도 귀하디귀한 내 아들을 반병신으로 만들었다. 이것을 내 어찌 그냥 넘길 수 있겠느냐?"

상인석이 주먹을 불끈 쥐며 말했다.

그러나 집사 최위삼은 더욱 간곡하게 만류했다.

몸에 지닌 것은 용력 밖에 없는 무식한 육중경을 청풍객잔에 보내면 앞뒤 안 가릴 것이 분명했다. 도끼로 어린 계집은 죽을 것이나 그 뒷감당 또한 상암장이 져야 했다.

그러지 않아도 정체불명의 무림인들이 무한에 출몰하는 이상한 시국이었다. 얼마 전, 낙원가에 자리한 흑도인 통하방이 정체불명의 괴인들에게 당했다. 통하방주인 흑면철서 정일동도 그 후로 행방불명이었다.

"장주, 통하방의 일을 생각하십시오. 지금 성안이 온통 어수선하옵니다. 아무래도 무림의 명문 거파가 움직인 것이 아닐까 하는 우려가 일고 있는 극히 어려운 난국이옵니다. 이럴 때는 문제를 일으키지 말고 되도록 조용히 숨죽이고 있어야 하옵니다. 장주, 상 공자의 일은 억울하기 그지없는 일이지만 일단 상황을 파악하는 것이 우선이옵니다.

복수는 그 후에 해도 늦지 않습니다.”

“무슨 소리냐, 평아가 이 지경이 됐는데?!”

“청풍객잔의 어린 그 계집은 분명 뒷줄이 있을 것입니다. 어린 계집이 무슨 수로 그리 천방지축 날뛸 수 있겠습니까? 그 년은 소장주께 위해를 가하기 전에도 성문에서 이미 큰 소동을 일으켰습니다. 지금 성내에 소문이 자자한 마봉춘 포쾌가 당한 그 일 말입니다.”

집사 최위삼의 말에 상인석이 의아해했다.

“아니, 성문에서 포쾌 하나가 어린 여아에게 발가벗겨져 창피를 당했다는 소문이 자자한데 그 일도 그 계집년 짓이란 말이냐?”

최위삼이 대답했다.

“그렇습니다, 장주. 그래서 소인도 어젯밤 고심을 거듭했사옵니다. 한데 마침 오늘 아침녘에 포청의 왕일악 대포두에게 인편으로 연락이 왔습니다. 왕 대포두 또한 성문에서의 그 일로 지부대인과 이화낭낭께 큰 질책을 받았다하옵니다. 그런데 왕 대포두가 그 계집의 정체가 심상치 않다고 하옵니다. 청풍객잔 오가의 딸이라고 알려졌지만 아니라는 말도 있습니다. 오가가 그 어린 계집에게 주인이라고 부르고 계집이 오가를 노복으로 부른다 합니다. 그 년이 어디서 왔는지 그 정체를 알 수 없어 포청에서 내밀하게 조사 중이라 합니다. 왕 대포두의 말에 의하면 동자동녀공을 익힌 무림의 고수일 가능성이 크다 합니다. 하오니 일단은 지켜보시는 것이 좋을 것입니다. 왕 대포두도 어제 상 공자에게 일어난 일을 알고 있더이다. 그럼에도 당분간 그 계집년을 건드리지 말라고 신신당부하더이다. 참고 기다리면 그 계집년에게 복수할 기회가 분명히 있을 것이라고 장담하더이다.”

“왕 대포두가 분명 그리 말하더냐?”

"예, 장주. 그러합니다."

"왕 대포두의 부탁이 정녕 그러하다면 억울하지만 당분간 지켜볼 수밖에 없구나. 하나 그 계집년의 동태를 세세히 살피는 것을 잊지 말아야 할 것이야."

장주 상인석의 말이 떨어지자 집사 최위삼이 얼른 대답했다.

"예, 장주."

그러자 거력도부 육중경이 불만 가득한 표정을 지었다.

"장주, 그러면 소장주의 복수는 언제 할 수 있다는 뜻이오?"

"본 장주가 방금 말한 것을 듣지 못하셨소? 그러니 거력도부께서도 본 장주의 허락이 있기 전에는 그 계집을 손대지 말고 지켜만 보시오. 그리곤 때를 기다리시오. 배경이 있는 계집이 분명한 것 같으니 뒤탈 없이 복수하려면 그것을 자세히 알아보아야 하오. 상대가 뒷배가 강하면 함부로 손을 썼다가 오히려 후환이 더 큰 법이오. 게다가 왕 대포두의 특별한 언급도 있었다지 않소? 왕 대포두가 본 장주에게 평소 허언을 하지 않았소. 그러니 일단은 꾹 참아야지요. 군자의 복수는 십 년을 기다린다지 않소?"

"알겠소이다, 장주."

육중경이 대답했다.

*   *   *

"감사합니다, 아가씨."

청풍객잔 이층 객방 침상에서 호경향이 몸을 일으키며 말했다.

그녀 곁의 작은 침상에는 호경향의 어린 남동생 호아두가 새근거리며 잠들어 있었다.

"고맙긴 뭘. 근데 상아는 아가씨 아니다. 혼례식 했다. 상공아가 상아 싫다고 해서 몰래 떠나왔지만 말이야."

저보다 훨씬 어린 나이임에도 혼례를 올렸다는 말과 남편 몰래 떠나왔다는 말에 호경향이 일순 크게 당황했다.

그러나 은인의 내밀한 속사정까지 그녀가 감히 되물을 순 없었다.

"그럼 소부인 마님이시네요."

"응, 사람들이 전에도 그렇게 불렀다. 언니는 이제 일어날 만해?"

"네. 어제 주신 약을 먹고는 푹 잤어요. 몸도 괜찮군요. 그런데 제 동생 아두는요? 제가 얼마나 잤는가요?"

호경향이 걱정스런 얼굴로 옆 침상을 살폈다. 어제 험악한 일을 당해 기절했던 동생이다.

그녀의 근심을 읽은 연추상이 밝은 표정으로 대답했다.

"아두 동생도 괜찮아. 참, 지금은 대낮이야. 언니랑 남동생은 어제부터 지금까지 하룻동안 잤어. 어제 스님 할머니가 준 약이 아주 좋은 상약(上藥)이야. 그걸 물에 타서 반 쪽 씩 먹고 언니랑 저 동생이 푹 잠들었잖아. 그때, 스님 할머니랑 스님 할아버지가 와서 언니하고 남동생의 온몸을 두드려 줬어. 그게 말이야, 추궁과혈이라고 하는 건데 무공을 깊게 수련한 고수가 자기 공력으로 몸 곳곳의 혈도를 풀어주는 아주 좋은 거야. 그래서 하루 만에 이렇게 멀쩡해진 거지. 상아도 전에 받아봐서 잘 안다. 상아랑 상공아가 이거 받을 때는 처음엔 아파 죽을 뻔했다. 하지만 언니는 어제 할머니 스님이 아주 조심조심 두드러서 아프지 않았던가 봐. 깨어나지도 않고 잘 자던데?"

연추상이 꽃 파는 소녀 호경향에게 제가 알고 있는 사실들을 미주알

고주알 읊어댔다.

연추상의 말이 그치자 호경향이 그만 일어나려 했다.

"어머, 저와 아두가 잠들었을 때 그런 일이 있었군요? 고맙다고 인사를 드려야 할 텐데. 그리고 저는 이만 일어나야겠어요. 가슴 병이 깊은 어머니가 혼자 집에 계세요. 식사 수발을 해드리지 못해서 지금 굶고 계실 텐데 큰 걱정이네요. 약도 달여 드려야 하는데……."

연추상이 놀란 눈으로 호경향을 부축했다.

"언니에게 병든 엄마까지 있었어? 그럼 어제부터 지금까지 엄마가 밥도 못 먹은 거네? 얼른 가봐야겠다."

그때 객방 문을 열고 호호백발의 노승과 노비구니가 들어왔다.

"이제 일어났느냐?"

"아미타불, 다행이로다."

침상 옆에 앉아 있던 연추상이 발딱 일어나 노승과 비구니를 맞아들였다.

"스님 할아버지, 스님 할머니, 어서 와. 상아는 지금까지 누구한테도 말 높여본 적 없으니까 평소대로 할게. 기분 나빠하지 마."

"호호, 걱정 말거라. 오히려 노니는 너의 그 아녀자 같지 않은 호탕함이 좋단다. 그렇지 않은가요, 대사?"

노비구니가 그녀 곁에 선 노승을 보며 말했다.

어서 대답하지 않고 뭐 하느냐는 뜻이 담긴 눈초리였다.

노승이 껄껄거렸다.

"이거, 빨리 대답하지 않으면 속 좁은 노인네로 오해받겠구먼. 얘야, 상아라 했지? 걱정 말거라. 그런데 너는 이제 일어나도 되겠느냐?"

노승의 눈길을 받은 호경향이 힘을 쓰며 침상에서 일어났다.

　"예, 노스님. 제 성씨는 호가이옵고 이름은 경향이라 하옵니다. 저와 제 동생 아두는 스님 할머니와 스님 할아버지 덕분에 쾌차했습니다. 이 은혜를 어찌 갚아야 할지요."

　호경향이 침상에서 일어나 바닥으로 내려왔다.

　아직 충격이 다 가시지 않은 파리한 혈색이었다. 그녀가 바닥에 엎드려 늙은 두 승려에게 깊숙이 절을 올렸다.

　"괜찮다는데도. 끌끌."

　"호호, 애야. 경향이라 했지? 예의도 바르고 게다가 참하게 생겼구나. 어서 그만 일어나거라. 그리고 너의 진정한 은인은 여기 있는 이 어여쁜 여아란다. 이 여아가 너와 네 동생을 구해준 용기 있는 진정한 은인이다."

　늙은 여승이 연추상을 보며 흐뭇해했다. 그녀가 뒤늦게 생각난 듯 연추상을 보며 물었다.

　"참, 어여쁜 아이야. 너는 이름이 어찌 되는고? 어제는 경황 중이라 묻지를 못했구나."

　늙은 여승이 묻자 연추상이 급히 생각했다.

　지금은 어찌 됐든 무당산을 몰래 떠난 후다. 눈앞의 늙은 두 승려가 무당산 무당파를 알고 있는 무림인일 것 같았다. 그렇다면 이름을 다 알려줄 순 없었다. 천산으로 가서 아빠를 만나기 전에 제 이름이 무한에서 알려지면 생각 못한 복잡한 일이 생길 수 있다 했다. 오천상이 계속해서 당부했던 일이기도 했다.

　"난 상아라고 해. 미안하지만 사정이 있어서 성(姓)은 말 못해. 아빠 만나려고 시댁에서 몰래 떠나왔거든. 그리고 시댁도 묻지 마. 지금은 아무것도 말 못해. 누구에게도 말하고 싶지 않아서 그래."

노승과 노비구니가 크게 놀라워했다.

노비구니가 의혹 가득한 표정으로 연추상에게 말했다.

"아니, 애야. 벌써 혼례를 올린 몸이더냐?"

"응, 상공이랑 혼례는 작년에 치렀어. 히이잉, 자꾸 묻지 마. 상공아 보고 싶다."

노승 또한 괴이하다는 표정을 감추지 못하고 또 물었다.

"아니, 애야. 그럼 시댁 식구들 몰래 집을 나왔단 말이냐? 그리고 어디 멀리 가는 길이라 했지? 어린 네가 혼자서 어찌 먼 길을 가려고 하느냐? 그러지 말고 이 할애비에게 말해보거라. 네 시댁 어른들에게 잘 말해주마. 어른들이 지금 얼마나 근심하고 계시겠느냐?"

노비구니도 나섰다.

"상아라고 했지? 네 사정은 본니가 묻지 않으마. 그런데 혼자 어딜 간다는 게냐?"

연추상이 얼굴을 한껏 찡그렸다.

"이구, 상아 머리 아프게 왜 자꾸 물어? 상아는 지금 아빠 만나러 천산으로 갈 거야. 혼자는 아니야. 노복아가 함께 가준다고 했어. 스님 할아버지랑 할머니는 상관 안 해도 돼. 상아 데리고 천산 아빠한테 함께 가줄 것도 아니면서 말이야."

심경이 크게 불안한지 연추상이 갑자기 짜증을 냈다.

연추상의 말에 남녀 두 늙은 노승의 안색이 급변했다.

한참 생각을 거듭하던 노비구니가 이윽고 안색을 부드럽게 바꾸고 연추상에게 천천히 말했다.

"노니는 아미산에 있는 아미파 승려인 백미신니라고 한단다. 상아 네 신상에 무슨 심상찮은 일이 있는 것 같은데 더 이상 캐묻지는 않으

마. 다단 너 혼자 천산 그 먼 곳으로 갈 참이라니 이 늙은 할미 마음이 놓이지 않는구나. 해서 상아 네가 싫지만 않다면 이 할미가 상아 너를 천산에 사신다는 네 아버지에게 데려다주마. 네 노복이라면 어제 객잔 대청에서 얘기하던 이 객잔 주인이라는 키 큰 장한이 아니더냐?"

노스님 할머니라면 연추상도 믿을 수 있었다.

무당산에서 살면서 아미파란 이름을 들어본 적이 있었다. 시할머니인 남궁정의 생신 잔치에도 참석했던 사람들이다.

그때 아미파 장로라는 어느 여스님과 숭산 소림사 장로라는 스님 한 분이 언뜻 생각났다. 그들이 그녀와 진연명이 남궁정에게 혼날 때 말려줬었다. 덕분에 시할머니 남궁정의 회초리가 거둬졌었다.

연추상이 손바닥을 쫙 마주치며 좋아했다.

"스님 할머니, 정말이야?"

"오냐, 오냐. 네 사정은 모르지만 이 할미가 동행해 주마. 대사도 그리하시겠지요?"

백미신니가 그녀 옆에 서서 생각에 잠겨 있던 무괴 성승에게 눈을 끔벅였다.

무괴 성승은 백미신니가 그런 행동을 하는 이유를 얼추 짐작했다.

상아라는 이 범상치 않은 여아의 내력이 보통이 아닐 것 같았다. 하지만 이 아이 입으로는 무슨 사정인지 더 이상 알아내기는 어려웠다. 괜히 캐물어서 불같은 아이의 성질을 거스를 필요가 없었다. 일단 아이를 잘 다독여 제 입으로 말하게 해야 했다.

보통의 자질을 가진 아이가 아니었다. 이만한 천품을 가진 아이는 현재 소림에도 없었다. 아미파도 그럴 것이다. 제자로 삼고 싶은 마음이 절로 소록소록 일게 하는 아이였다. 비록 여아(女兒)지만 소림 속가엔 여제자들도 많았다.

어제 처음 본 이후, 백미신니가 제자로 삼고 싶어 안달복달하고 있었다. 그것은 무괴 성승 자신도 마찬가지였다. 반드시 이 깜찍한 여아를 자신의 제자로 삼고 싶었다. 그것은 무공을 익힌 고수라면 누구나 피할 수 없는 욕심이었다. 자신의 무공을 계승하고 대성할 인재는 세상에 귀하고 귀했기 때문이다.

무괴 성승이 고개를 끄덕이며 말했다.

"본승도 동행해도 되겠느냐?"

그 말에 연추상이 다시 손뼉을 치며 좋아했다.

"아휴, 그럼 이제 걱정 끝이다. 노복아도 있고 스님 할아버지 할머니까지 상아랑 함께 해 준다면 꼭 아빠 만날 수 있을 거 같다. 참, 그전에 이 언니 식구들을 좀 도와줘야겠다. 언니 엄마가 몸이 아프다고 했거든."

*　　　*　　　*

"아이쿠, 밤이슬 맞아가며 남의 집 지붕에 몰래 올라와 있다니, 우리 삼형제가 이게 무슨 짓이요, 사형?"

"사제 말이 틀린 게 없네. 다 늙어서 뜬금없이 야적 짓이라니… 천하제일고수를 자처하는 노도가 말년에 이게 뭔 짓인지. 끌끌."

달밤에 두 노인이 둥근 달을 쳐다보며 한숨을 내쉬었다.

그 옆에 앉아 있던 뚱뚱한 노인이 두 노인을 흘겨보며 길게 타박을 했다.

"이게 모두 다 고명하신 고학 대사형 덕분 아니오? 대사형이 명아와 상아를 오죽 험하게 굴렸소? 아직 뼈도 여물지 못한 그 어린 녀석들을 그동안 얼마나 험악하게 굴렸느냐 말이오. 무공을 가르쳐 주려면 다른 방법도 많은데 왜 하필이면 까마득한 금전 꼭대기까지 매일 계단 수백 개를 오르게 했소? 게다가 쇠 팔찌와 발찌는 왜 채우고 오르내리게 했소? 어디 그 뿐이요? 무당산 곳곳을 끌고 다니며 괴롭혔잖소. 대사형이야 몸에 익힌 신법으로 횡 하니 걸어 다닐 수 있지만 그 어린 것들에게는 신법도 가르쳐 주지 않고 오직 제 근력만으로 뛰게 했잖소. 그 뿐이면 소제가 말을 안 하오. 무공 대련이랍시고 지하 연무장에 가둬놓고 또 얼마나 쥐 팼소? 어린 것들이 오죽하면 며칠 만에 징징 짜고 그 난리를 쳤겠소? 그러자 또 난리친다며 그 불쌍한 어린 것들에게 제 부모들과 작당해서 밥도 하루 한 끼만 주고 괴롭혔잖소. 그러니 아이들이 고학 대사형이라면 이를 박박 갈지요. 착한 상아가 산에서 도망 안 가게 생겼소? 사형들도 봤으니 다 알 거요. 상아가 청풍객잔 대청에서 그 비단옷 입은 젊은 놈을 때리면서 했던 말을. 뭐라 했소? 술 먹고 아이들 쥐 패는 놈이 세상에서 제일 밉다잖소. 그게 바로 누굴 가리키는 말이겠소? 정확하게 고학대사형을 가리키는 말이 아니오? 그래놓고도 대사형은 지금 여기서 무슨 고생 운운하는 말이 입에서 나오시오? 고생은 진정 상아와 명아가 해야 하는 말이 아니겠소?"

그야말로 정확한 지적이요, 기나긴 핀잔이었다.

기가 꺾인 고학 도장이 투덜댔다.

"큼큼, 그렇다고 치세. 그래서 황학 사제는 지금 이 대사형을 훈계하는 겐가, 뭔가?"

황학 도장이 코웃음을 치며 대답했다.

"그래, 말씀 자알하셨소. 훈계요, 훈계. 대사형이 이날 이때까지 이 사제에게 도움 되는 일을 한 게 어디 하나라도 있소?"

뚱뚱한 황학 도장이 과거로부터 쌓인 신세타령을 막 늘어놓으려 하자 빼빼한 청학도장이 황학도장의 말허리를 자르며 끼어들었다. 사제의 길고 긴 신세타령이 시작되면 그도 괴로웠다.

"막내사제가 화를 낼 법한 일은 많소. 한데 사제, 지금 그게 큰 문젠가? 어찌 됐든 저 귀여운 상아를 찾았네. 한데 이제 상아의 마음을 돌려야 하는데 어찌했으면 좋겠는가? 게다가 시답잖게도 아미와 소림의 까마득한 후배들이 어찌 알고 상아 옆에 붙어 떨어지지 않고 있네. 저 땡중들이 우리 상아를 제 품에 넣으려 호시탐탐 노리고 있지 않은가? 이거 참."

대충 상투를 틀어 매고 낡은 일자건을 쓴 마포 적삼 차림의 노인 셋이었다.

진연명의 뒤를 쫓아 연추상을 찾아낸 무당의 삼학 도장이 청풍객잔 인근의 여염집 기와 지붕 용마루 위에 앉아 난감한 표정을 지었다.

갑자기 고학 도장이 부르르 화를 냈다.

"아니, 아미파의 백미 신니(白眉神尼) 저것은 제 사손들이 있는 아미산은 왜 버려두고 여기 무한 땅을 어슬렁거리는 건가? 그리고 소림사의 무치(武恥)라는 저 무괴 성승(無怪聖僧) 놈은 그 영험하다는 제 절이 있는 숭산은 다 놔두고 뭐 먹을 게 있다고 여기 저잣거리에 나타난 게야? 혹시 저것들이 다 늙어서 둘이 바람난 것은 아닐 테지?"

고학 도장의 말에 청학 도장까지 비분강개했다.

"저것들이 우리보다 무려 두 배분이나 어리다 하나 그래도 나이 아흔이 넘은 노물(老物)들 아니오? 그 나이에 둘이 바람날 일은 없을 게고, 나이 들어 산에서 할 일도 없고 하니 이것들이 짝을 지어 산천 유람이나 하는 중일게요. 한데 이것들이 왜 하필이면 무한 땅까지 흘러 들어 와서 상아를 만나느냔 말이오? 게다가 상아 큰어미인 항주 진가장의 안주인인 매향선자가 백미 신니 저것의 속가제자가 아니요? 따지고 보면 상아와도 인연이 있는 셈인데. 저것이 아직은 상아의 정체를 모르고 있어서 다행이지. 알고 나면 제 제자를 통해서 어찌 됐든 상아를 제 품에서 내놓지 않으려 할 텐데 이거 난감하오. 저것들을 내쫓자니 우리가 모습을 드러내야 하고, 그러면 상아가 또 도망갈 텐데 참으로 난감하오."

뚱뚱한 황학 도장도 동감했다.

"그러게 말이오. 이제 겨우 상아를 찾아서 큰 시름을 덜어보나 했는데 이 무슨 날벼락인지 모르겠소. 백미신니 저것과 무괴 성승 저놈이 어젯밤 상아가 술 취한 젊은 놈을 때려잡는 걸 보더니 아예 환장하지 않소. 저것들이 보기보다 눈썰미가 예리하오. 우리 상아의 천품이 극상(極上)인 것을 대번에 알아보고 제자 삼으려 아예 청풍객잔에 둥지를 틀었소이다 그려. 저것들이 감히 우리 삼형제의 공동 전인인 상아를 채갈려고 호시탐탐 노리다니……. 지금 이 상황이 아니라면 소제가 나서서 이 버르장머리없는 새까만 후배들을 아주 요절을 내줄 텐데 상아 눈치 때문에 그럴 수도 없고 미치겠구려. 게다가 명아도 지금 공심 사손 녀석과 함께 저 객잔에 몰래 방을 잡고 있으니 더더욱 나설 수도 없고. 쯧쯧쯧."

황학 도장이 혼자 중얼거리며 아쉬워했다.

그리고 고학 도장을 흘겨보며 말했다.

"대사형, 그나저나 내일쯤 남궁 대부인이 무한성에 도착할 게 아니오? 남궁 대부인이 도착하면 슬며시 상아가 있는 이곳을 알려주시려오?”

고학 도장이 침중한 표정으로 대답했다.

“귀찮게 노도가 기별하지 않아도 무한에 미리 들어와 있는 제자 아이들이 수소문해서 알려주겠지. 상아가 여기 들어와서 그동안 잠잠히 있었나? 무도한 포쾌 놈을 혼찌검 내고, 술 취한 무뢰배 놈 하나도 시원하게 때려눕혔잖은가? 상아 나이에 그런 일을 벌일 여아가 또 어디 있겠나? 소문 듣고 금세 청풍객잔으로 우루루 몰려올 게야. 그때까지 우리 사형제들은 상아와 명아 두 아이 신변에 아무 탈이 없도록 잘 지키고 있으면 되네. 남궁 노대부인께서 모습을 보이면 그때쯤 우리가 나타나서 자초지종을 말해주면 고마워할 게야. 그래야 우리 사형제 체면도 세울 수 있을 게고. 그렇지 않나?”

황학도장이 매서운 눈초리로 그의 대사형을 노려보며 말했다.

“고학대사형 입에서 오랜만에 허튼소리 아닌 걸 들어보는구려. 하지만 대사형 덕분에 우리 사형제 모두가 상아와 명아에게 미운 털이 톡톡히 박혀 버렸잖소. 우리 사형제가 제 뒤를 몰래 따라온 걸 알면 명이가 또 화를 낼 거요. 상아도 대번에 펄쩍펄쩍 뛸 거고. 그때, 대사형이 알아서 아이들 비위를 맞추시오. 아이들이 뭐라 하든 대사형 혼자 덮어쓰란 말이요.”

고학 도장의 신음 소리가 밤하늘에 길게 메아리쳤다.

“끄으응!”

＊　　　＊　　　＊

무한성은 호북성의 성도(省都)였다.

그런 만큼 돌을 층층이 쌓아 올린 성곽은 장정 서넛의 키를 훌쩍 뛰어넘을 만큼 높이 솟아 있었다.

고래의 성이 그렇듯이 넓은 땅 위에 성을 쌓는 것은 일차적으로 외적의 침입을 방비하는 것이 그 목적이었다. 그리고 이차적인 목적은 거대하고 웅장한 성을 통해 황실과 조정의 힘을 과시하는 데 있었다. 누구도 그 권위에 도전할 수 없도록 거대한 건축물을 통해 황조의 힘을 자연스레 보여주는 것이었다.

성에 들어올 때, 가장 먼저 만나게 되는 것은 성문이었다. 그래서 성문 또한 크기와 웅장함을 자랑하도록 설계되었다.

그러나 오늘 무한성의 성문은 입성자들에게 경외를 불러일으키려는 목적과는 다르게 사용되고 있었다.

오히려 그 반대였다. 오전부터 무한성에서 제일 큰 동쪽 성문은 개문(開門) 때부터 일반인들의 출입이 금지됐다. 무한지부의 포졸들과 포쾌들에 의해 삼엄하게 호위됐다.

그리고 그 맨 앞엔 무한부의 최고 수장인 지부대인 유상천이 그의 부인인 이화낭낭 여은지를 대동하고 서 있었다. 지부를 따라온 동지, 통판, 추관 등의 관리들은 영문도 모르고 아침부터 성문에서 대기하고 있었다.

마치 황족이나 조정의 대관을 영접하는 모습이었다. 유상천이 부임한 후 처음으로 벌어진 대규모 행차였지만 무한부 소속 관리들은 유상천 부부가 맞이하려는 인물이 누구인지 감도 잡을 수 없었다.

점심 무렵, 마침내 무한성 동문 앞에 한 떼의 인마가 나타났다. 그러나 그들은 황족이나 관리들이 아니라 일자건을 쓰고 송문검을 어깨에 비스듬히 멘 도사들이었다. 그리고 그들 속에 가마꾼들이 어깨로 메고

오는 작은 가마 둘이 섞여 있었다.

　말을 탄 도사들 속에서 하얀 수염을 턱 밑까지 늘어뜨린 노도인들이 모습을 드러냈다. 그들은 성문이 가까워지자 말에서 내려 작은 가마를 호위하듯 가마 주위에 포진했다.

　그러자 유상천과 그의 부인인 이화낭낭 여은지가 뛸 듯이 앞으로 나가 가마를 맞았다.

　유상천과 여은지가 앞에 선 가마를 향해 공손히 읍했다.

　"삼가 대모님을 뵈옵니다."

　앞장 선 가마의 주렴을 걷고 곱게 늙은 여인 하나가 얼굴을 살짝 드러냈다. 가마 안의 노부인이 다소 당황한 목소리로 말했다.

　"이렇게 성문까지 나올 줄은 몰랐구나. 내가 무슨 대단한 사람이라고 이렇게 사람들을 모아 번거롭게 하느냐? 사람들을 물리거라."

　그 말에 유상천과 여은지가 난감해했다.

　유상천이 먼저 대답했다.

　"이 유모가 대모님의 기별을 받고 어찌 소홀할 수 있겠습니까? 하여 사람들을 이끌고 나왔사온데 대모님께서 거북하시다니 참으로 불찰이 크옵니다."

　유상천에 이어 여은지가 노부인에게 공손히 말했다.

　"대모님께서 언니와 오라버니까지 대동하고 함께 오신다기에 이 은지가 상공께 강권하여 그리되었나이다. 대모님께서 이 은지의 성의를 부끄럽게 하시면 어찌하옵니까? 참, 대모님. 오라버니와 언니는 어디 계시옵니까?"

　뒤쪽의 가마에서 가벼운 목소리가 들렸다.

　"어머님께서 계시온데 어찌 목소리를 높일 수 있겠느냐? 동생은 그동안 잘 있었나 보구나. 얼굴도 더욱 화사해졌고. 하나 지금은 이런 정담(情談)을 나눌 만큼 우리 일가의 사정이 좋지 못하네."

뒤쪽 가마 뒤에서도 걸걸한 목소리가 들려왔다.

"이보게, 유제(兪弟). 반가운 마음 그지없으나 지금은 그럴 경황이 아니네. 우선 사람들을 물리고 숙소로 안내해 주게. 가서 자세한 사정을 의논하세."

그 말에 유상천과 여은지의 얼굴에 놀란 기색이 어렸다.

그들은 일찍이 눈앞의 사람들이 이토록 침중한 분위기를 보이는 것을 결코 본 적이 없었다.

유상천이 가볍게 손을 들어 관리 하나를 불렀다. 그 관리가 곁에 당도하자 유상천이 뭔가 귓속말로 지시했다.

그러자 그 관리는 가마와 유상천을 향해 고개 숙여 깊이 읍 한 뒤 재빨리 무한부의 관리들을 인솔해 가마와 일행을 안내했다.

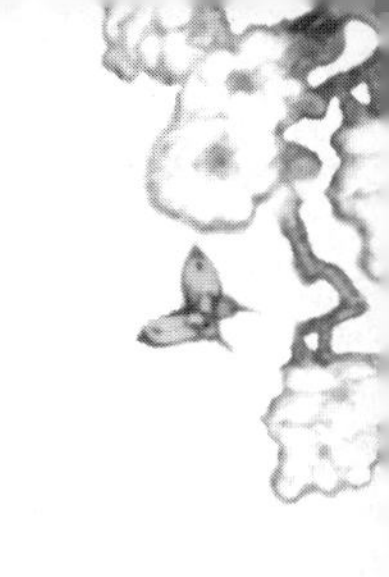

제5장

도박(賭博)

"**곽** 총관, 이렇게 순식간에 털리긴 처음이오. 너무 이상하잖소?"

배가 튀어나온 중년사내 하나가 청풍객잔 총관 곽일성을 붙들고 언성을 높이고 있었다.

곽일성이 난처한 기색으로 그 중년사내에게 말했다.

"거금을 잃으신 엄 대야(嚴大爺)의 심정을 모르지는 않지만 그렇다고 제가 어쩔 도리가 있는 것도 아니잖습니까? 저희 객잔에서 청풍도방(淸風賭房)을 운영한 지가 십 년이 다 돼가지만 한 번도 불의의 사고가 일어난 적은 없습니다. 그것을 잘 아시면서 왜 이러십니까?"

"이 엄 모가 청풍도방을 출입한 지 오 년째이니 그걸 모르겠나? 하나 오늘처럼 몇 번 이기지도 못하고 탈탈 털린 적은 결코 없네. 게다가 나뿐인가? 저기 있는 오월대루의 오(吳) 가, 매화루의 숙(熟) 가도 마찬가지일세. 도대체 주사위 몇 번 던져 보지도 못하고 번번이 지고 말았네. 나중엔 열화가 치밀어서 높은 쪽이 아니라 낮은 쪽이 승리한다고 규정을 바꿔 해보았지만 족족 잃기만 했네. 오늘 그 검은 비단옷을 입은 사내가 혹시 도방에서 우리 몰래 고용한 전문가가 아닌가?"

엄 대야라는 사내의 말에 그의 뒤에 서 있던 낭패한 표정의 다른 중년사내들도 작게 고개를 끄덕이며 동조했다.

"엄가 말이 일리 있네. 도대체 이럴 수가 있는가? 이 오 모가 그래도 노름 깨나 한 사람일세. 하나 오늘같이 황당한 일은 처음일세."

"그렇네. 이 숙 모 또한 이 계통에선 오래 늘아본 사람일세. 한데 검은 옷의 사내에게 열 판 중 여덟 판은 잃었네. 그것도 작은 판만 따고 큰 판을 잃다 보니 거금을 날렸네. 우리가 노름 경력이 얼마인데 곽 총관을 붙들고 이러겠는가? 그 자가 분명 남모르게 무슨 수를 쓰는 것이야."

기름기가 번지르르한 얼굴을 한 세 중년사내가 곽 총관에게 불평을 늘어놨다.

"아이고, 엄 대야, 오 대야, 숙 대야. 그래서 저희들도 그 검은 옷을 입은 사내를 자세히 살펴보았습니다. 하지만 이상한 점은 없었습니다. 그러니 어쩌겠습니까? 대야들께서 오늘 운이 없으셨다고 생각하십시오. 노름판에서 딸 때도 있지만 잃을 때도 있는 것이 아닙니까? 그 자가 수작을 부렸다면 당연히 저희들이 그 자를 잡아 포청에 넘기겠지만 증거가 없잖습니까? 대야들께서 이렇게 말씀하시면 저희들 입장만 난처해집니다. 하지만 대야들께서는 오랫동안 저희 도방의 단골들이시니 오늘 잃으신 은자의 일 할을 저희 도방에서 사과의 표시로 내어드리겠습니다. 이만 고정하십시오."

그러자 엄 대야라 불린 황색 비단옷 차림의 중년사내가 벌컥 화를 냈다.

“이 사람 곽 총관, 무슨 말을 그렇게 하나? 이 엄 모가 그리 못난 사람이란 말인가? 그리고 여기 있는 엄가와 숙가 또한 오늘 잃은 은자가 아까워서 그럴 만큼 속 좁은 사람들이 아닐세. 오늘 적잖은 은자를 날렸으나 그건 우리들에겐 있어도 그만 없어도 그만일세. 다만 너무도 이상하다는 말이야. 다른 노름도 아니고 주사위 놀음은 확률이 계산상 반반일세. 그만큼 잃기도 쉽고 따기도 쉽다는 말일세. 그런데 그 검은 옷의 사내는 팔 할을 따고 있네. 그러니 이상하다는 게지. 가서 좀 면밀히 살펴보게. 그 자는 처음 보는 얼굴일세. 타지에서 온 전문 도박꾼이 분명해. 그러니 우리가 이렇게 억울해하는 게야. 그런데 은자 일 할이라니? 우리가 그까짓 일 할을 받아서 뭐 하겠나?”

그 말에 곁에 서 있던 사람들이 일제히 고개를 끄덕였다.

“그렇다면 이걸 어쩌지요? 그렇다고 증거도 없이 그 사내를 쫓아낼 수도 없고. 대야들의 말씀을 듣고 보니 의심스럽기 그지없습니다만……”

곽일성이 전전긍긍했다.

곽일성이 세 중년사내에게 쩔쩔매는 동안, 그의 등 뒤로 작은 그림자 하나가 잽싸게 지하 도방으로 내려갔다.

지하 도방의 문 앞엔 항상 건장한 점소이 둘이 지키고 있었다. 도방은 아무나 출입할 수 있는 곳이 아니었다. 그러나 마침 세 중년인이 거칠게 떠들고 있어 무척 어수선했다. 그 틈으로 작은 신형 하나가 지하로 통하는 문으로 미꾸라지처럼 빠져 들어갔다.

＊　　　＊　　　＊

연추상은 저녁 식사 후, 백미노니와 무괴 성승의 손을 잡고 잠시 객잔 밖의 거리를 거닐었다.

산책을 끝낸 노승들이 자신들의 객방으로 들어가자 연추상은 객잔 후원 연못에서 잉어들에게 마른 만두 조각을 던져 주며 시간을 보내고 있었다.

그때 마침, 일층에 있는 지하 도박장 입구에서 중년인 셋이 곽 총관을 붙들고 시끄럽게 떠들었다.

곽 총관에게서 청풍객잔 지하에 도박장이 있다는 얘기를 들은 후 그녀는 도박장이 뭐 하는 곳인가 하고 호기심이 새록새록 일어났다. 하지만 오천상이 도박장 출입만은 극구 안 된다고 말려서 어쩔 수 없이 호기심을 참고 있었다.

그런데 우연히 천재일우의 기회가 생긴 것이다. 잽싸게 곽 총관의 등 뒤로 숨어들어 지하로 통하는 계단을 밟고 내려갔다.

"이게 뭔 냄새냐? 이구! 숨 막혀. 어른들이 애들 몰래 지들끼리 몰래 땅 밑에서 논다더니 이렇게 냄새 지독한 괴상한 데서 노네?"

일층 대청에서 아래로 이어진 나무 계단을 타고 내려온 연추상은 코를 움켜쥐었다. 계단을 통해 지하층의 나무문을 열자마자 코를 찌르는 냄새가 닥쳐왔던 것이다.

연추상이 살그머니 큰 기둥 위에 몸을 숨기며 주위를 살폈다.

지하 층 입구는 오색 등불이 휘황하게 걸려 있었다. 그 불빛 아래, 지하실의 어둡고 눅눅한 습기가 뒤섞여 있었다.

도박꾼들이 먹다 남긴 술병이 곳곳에 나뒹굴고 있었다. 도박 중에 먹으라고 가져다놓은 술안주와 과일도 탁자 위에 널려 있었다. 그것들과 등불이 타며 뿜어내는 기름 냄새가 혼합돼 풍기는 냄새였다.

그것과 함께 지하실은 도박꾼들이 뿜어내는 음울한 열기가 끈적끈적하게 들어서 있었다.

한구석에는 사내들 여럿이 모여 정신없이 마작에 빠져 있었다. 그리고 나머지 사람들은 모두 지하 대청 중간에 놓인 큰 탁자 주위에 있었다.

연추상이 기웃기웃하고 있을 때, 큰 탁자를 둘러선 사람들이 갑자기 마작을 하던 사내들을 소리쳐 불렀다.

"이봐, 그런 푼 돈 걸린 시시한 마작은 때려치우고 이쪽으로 오게! 주사위 판이 점점 커지고 있네!"

"그래?"

곳곳에서 마작에 빠져 있던 사내들이 중앙에 자리한 탁자쪽으로 모두 몰려들었다.

탁자 위에는 오천상과 검은 비단옷을 입은 무표정한 얼굴의 사내 하나가 도박에 몰입해 있었다.

탁자 앞에 앉은 둘의 주위로는 사람들이 심각한 표정으로 그 둘을 주시하고 있었다.

둘이 마주 앉아 하고 있는 것은 일찍이 당 현종과 양귀비가 즐겼다는 쌍육(雙六), 또는 육각(六角)이라는 도박이었다.

주사위는 보통 짐승의 뼈로 만든 것을 쓴다. 상아로 만든 것을 최고로 치며 그 다음으로 사슴뿔로 만든 것을 썼다. 그러나 그런 것은 귀했고, 보통은 옥돌이나 단단한 나뭇조각을 사용했다.

이 도박놀음은 여섯 면에 차례대로 일에서 육까지의 숫자를 새겨 넣은 주사위 두 개를 작은 그릇에 넣어 돌리다가 내려놓아 그 합에 따라 승패를 결정짓는다. 보통은 합이 높은 쪽이 이기는 것이지만 때에 따라 합이 낮은 쪽을 승자로 하기도 했다.

연추상이 그 탁자로 다가갔을 때는 검은 옷을 입은 사내가 주사위를 넣고 나무 그릇을 제 머리 위에 높이 들고 흔들고 있을 때였다.

그가 얼굴에 미소를 지으며 나무 그릇을 이리저리 흔들었다. 그리고는 '팍' 소리가 나도록 그것을 탁자 위에 내렸다.

검은 옷 사내가 손을 들어 천천히 나무 그릇의 덮개를 열었다.

"허어!"

주위의 사람들도 안타깝다는 듯이 낮은 침음성을 내뱉었다. 사내 앞에 앉아 있던 오천상의 얼굴이 조금 일그러졌다.

나타난 수의 합은 열이었다. 주사위 둘은 똑같이 오(五)라는 숫자를 위로 내밀고 있었다.

"또 이겼구려. 오늘 내게 연이어 좋은 숫자가 나오는구먼. 재신(財神)이 오늘은 이 몸에게만 연이어 복을 내리시는구려."

사내가 웃으며 탁자 위에 놓여 있던 전표 다발들을 제 앞으로 쓸어갔다.

"그만 하시겠소?"

사내가 능글맞게 웃으며 오천상에게 말했다.

오천상이 인상을 구기며 말했다.

"여기서 그치면 이 청풍도방의 주인인 오 모의 체면이 뭐가 되겠소? 계속합시다. 이번엔 은자 이천 냥이오."

오천상이 품안에서 전표 다발 묶은 것을 모두 꺼내 탁자 위에 놓았다.

은자 이천 냥이라는 말에 둘러싼 사람들이 혀를 내둘렀다. 은자 반 냥이 다섯 가족의 한 달 생활비였다. 그만큼 어마어마한 액수였다. 그들 눈앞에 몇 년 만에 기막히게 큰 판이 벌어지려 하고 있었다.

　객잔에서 쉬던 오천상은 도방에서 급한 연락을 받고 이곳으로 왔다. 사내 하나가 판을 휩쓸고 있다는 전갈이었다. 급한 걸음으로 와서 보니 과연 그대로였다. 쌍육을 하던 노름꾼 모두가 검은 옷을 입은 사내에게 품에 든 은자를 털리고 자리를 떠나고 있었다.

　그래서 오천상이 나섰다. 그런데 얼마 되기도 전에 그를 제외한 모든 다른 도박꾼들이 자리를 털고 일어섰다. 가진 것을 모두 잃은 것이다.

　오천상은 그의 아비에게 도박 기술을 일부 전수받아 익히고 있었다. 그래서 사기도박을 판별하는 눈을 가지고 있었다.

　도박 중에 주사위를 사용하는 이 쌍육은 속임수를 잘 쓸 수 없는 순수한 운이 크게 작용하는 도박 종류였다.

　만일 눈앞에 앉아 있는 자가 사기도박을 하고 있다면 이 자는 정말 대단한 도박 고수였다. 오천상은 아무리 눈을 크게 뜨고 자세히 지켜봤지만 눈앞에 있는 자가 술수를 부리는 것을 알아챌 수 없었다.

　그래서 운을 믿고 다시 크게 한 판을 걸었던 것이다.

　"은자 이천 냥이라……. 꽤 큰 판이군. 이 몸이야 판이 클수록 힘이 나는 체질이니 거절할 수 없지요. 콜록콜록!"

　사내가 기침을 하며 제 품에서도 은자 다발을 주섬주섬 꺼내 들고 세었다.

　사내는 일신에 병이 있는 모양이었다. 자주 기침을 했다. 사내가 은자 이천 냥에 해당하는 전표를 꺼내 주위에 금액을 확인시켰다. 그것과 오천상이 내놓은 전표를 합쳐 탁자 위에 올려놓았다.

　사내가 오천상의 앞으로 주사위가 든 나무 그릇을 밀었다.

“그럼 이번엔 노형이 먼저 굴리시오.”

사람들은 거금이 걸린 이 판을 숨죽여 지켜보고 있었다. 하지만 그들 뒤로 어린 계집아이 하나가 어느새 끼어든 것을 눈치 챈 사람은 아무도 없었다. 계집애가 호기심 가득한 눈으로 기둥 뒤에서 나와 사람들 옷자락 틈에서 탁자 위를 가만히 훑어보고 있었다.

오천상이 아무 말 없이 그릇을 손에 들고 높이 흔들었다.

그때, 오천상의 앞에 앉아 있던 흑의사내가 크게 기침을 콜록거렸다. 그러나 오천상은 신경 쓰지 않고 머리 좌우를 오가며 크게 흔들던 나무 그릇을 탁자 위에 내렸다. 그리고 손을 아주 천천히 움직였다.

탁자 위에서 나무 그릇 덮개가 열렸다.

덮개가 열리는 순간, 주위 사람들이 일제히 환호성을 질렀다.

“우와! 쌍오(雙五)가 나왔다!”

“세 판이나 연속해서 지더니 과연 이런 큰 판에 운이 트이는구먼. 그럼 그렇지, 계속해서 좋은 운이 한쪽에만 나을 리 없지.”

“진짜 도박꾼은 이런 큰 판을 이기는 법일세. 작은 판 수십 번을 이기면 뭘 하나, 이런 판에서 이겨야지.”

“휴우, 은자 사천 냥이라…… 저 전표가 만일 내 것이 된다면 식구들까지 평생 떵떵거리며 살 텐데.”

사람들은 입에서 침을 튀기며 감탄성을 내질렀다. 이제 승부는 거의 결정 났다는 듯이 떠들었다. 그들 대부분이 눈앞의 거액을 보며 군침을 흘리고 있었다.

주사위의 합은 십(十)이었다. 육오와 육육 이외에는 더 높은 숫자가 없는 높은 것이다.

조금 안도하는 표정을 지은 오천상이 주사위 그릇을 눈앞의 사내 쪽으로 밀며 말했다.

"이번엔 다행히 재신께서 이 몸에게 한 번 손짓을 하시는 것 같구려. 자, 이번엔 노형 차례요."

"호오? 이번 판은 이 몸이 이기기 힘들 것 같구려. 그동안 계속 이겼는데 이렇게 큰 판에서 몰리다니. 콜록! 하나 노형, 오늘은 이 몸에게 운수가 좋은 것 같으니 두고 봐야겠지요?"

워낙 거액이 걸린 큰 판이어서인지 검은 옷을 입은 사내도 긴장한 표정이었다.

그가 앞에 놓인 주사위가 든 나무 그릇을 잡아 천천히 머리 위로 들어올렸다. 그때 사내가 잠시 얼굴을 찌푸렸다. 어딘가 몸이 좋지 않은 표정이었다. 그러나 사내는 한번 크게 숨을 들이쉰 다음 눈을 감고 나무 그릇을 신중하게 흔들었다.

그리곤 탁자 위에 내려놓았다.

사내가 천천히 눈을 떴다. 그리고 뚫어질 듯 나무 탁자 위의 그릇을 쳐다봤다.

그리고 천천히 손을 뗀 후 제 앞에 앉아 있는 오천상에게 말했다.

"노형, 이 몸은 간이 떨려서 차마 숫자를 직접 확인하지는 못하겠소. 게다가 기침병이 갑자기 도지는구려. 콜록콜록! 그러니 노형께서 이 덮개를 열고 확인해 주시오."

자신은 두려워서 대신 오천상에게 확인해 달라면서도 사내는 여유만만한 미소를 지었다.

의외의 제의에 오천상이 약간 불쾌한 표정을 지었다. 그러나 잠시 후 조심스럽게 앞으로 손을 놀렸다.

"좋소. 노형이 이 몸의 담력까지 시험하려는 모양이군."

오천상이 주사위가 든 나무 덮개로 천천히 손을 가져갔다.

그의 손에 덮개가 열리자 주위 사람들이 일제히 경악했다.

"헉, 이럴 수가!"

"쌍육(雙六)이다."

"재신이 미쳤다! 이런 큰 판에 하필이면 저자에게 쌍육이 나오다니!"

"으으, 저자에게 오늘 도박 귀신이 붙었다!"

지켜본 사람들의 탄식대로 나무 그릇 속의 주사위는 나란히 최고 숫자인 육육(六六)이었다.

그걸 본 오천상이 두 눈을 질끈 감았다. 저도 모르게 탁자 아래 내려진 그의 두 주먹이 불끈 쥐어졌다.

주사위 둘을 가지고 벌이는 판에 한꺼번에 육 두 점을 잡는 것은 보통 운이 아니었다. 품에 지닌 은자를 모두 건 이 마지막 판까지 저자에게 진 것이었다. 오오를 먼저 잡고도 육육이 나오다니……. 지금 그의 품에는 더 이상의 은자가 없었다.

사내가 탁자 위에 놓여 있던 사천 냥에 해당하는 전표 다발들을 쓸어 품에 쑤셔 넣으며 너스레를 떨었다.

"이거 참, 죄송하기 그지없구려. 사실 이 몸도 노형이 오오를 먼저 잡았기에 내심 이번 판은 포기했소이다. 한데 오늘 운이 남다른 것 같소이다."

사내가 오천상에게 눈을 찡긋하며 다시 말했다.

"한 판 더 하시려오?"

오천상이 쓰게 웃으며 자리에서 일어서려 했다.

"노형의 제의에 응하고 싶지만 수중에 은자가 없구려. 이제 일어서

야겠소.”

흑의사내가 혀를 찼다.

“쯧쯧, 그렇구려. 그럼 이 몸과 판을 벌일 사람 또 없소?”

아무도 대답하는 사람이 없었다.

사내가 아쉽다는 얼굴로 자리를 털고 일어서려 했다.

“오늘 판은 이쯤해서 끝내야겠소이다.”

그때, 목소리 하나가 급작스레 끼어들었다.

“끝내긴 뭘 끝내?”

＊　　　　＊　　　　＊

오천상은 연추상의 얼굴을 보고 기겁했다.

언제 여기까지 내려왔단 말인가? 그리고 도방 앞에 세워둔 놈들은 대체 뭘 하고 있기에 그의 어린 주인이 여기까지 내려올 동안 제지하지 않았다는 말인가?

오천상은 혹 이런 일이 생길까 우려해서 도방 앞을 지키는 점소이들에게 소주인이 나타나면 절대 출입을 하지 못하게 미리 단단히 엄명을 내렸다. 그런데도 그의 당돌한 어린 주인은 사람들 틈에서 혀를 날름 내민 채, 배실배실 웃고 있었다.

그 모습에 당황한 오천상이 말도 못하고 잠시 머뭇머뭇했다.

판을 구경하고 있던 다른 도박꾼들도 웬 어린 계집애가 나타나 떠들자 놀랐다. 어린 계집애가 아무도 모르게 그들 틈에 끼어들어 태연히 도박판을 구경하고 있었던 것이다.

연추상의 옆에 서 있던 건장한 도방 일꾼 하나가 급히 그녀의 팔을 잡아 비틀며 말했다.

"요년, 예가 어디라고 이곳까지 내려왔더냐? 객잔에 묵고 있는 모양인데 당장 네 부모에게 돌아가거라! 아니면 크게 경을 칠 것이다!"

연추상이 팔을 휙 뿌리치며 대들었다.

"아야! 넌 뭐니? 팔 아프잖아!"

그 말에 도방 일꾼이 울컥 화를 냈다. 그가 주먹을 쥐고 연추상의 머리를 톡톡 두드리며 말했다.

"이 조막만한 년이? 얻어터지고 싶으냐?"

연추상이 고개를 삐딱하게 해서 그를 쳐다봤다.

"어! 마구 욕하고 톡톡 치네? 그만 해라. 까불면 맞는다."

그 모습을 본 오천상이 일꾼 사내에게 불같이 화를 냈다.

"이봐, 육진방(陸進邦) 네놈은 아무에게나 입을 함부로 놀리나? 그분은 이 오 모의 소주인 마님이시네. 바로 이 객잔과 도방의 진짜 주인이시기도 하지. 네놈 따위가 감히 함부로 거친 말을 입에 놀릴 분이 아니야. 당장 그분께 죄를 빌지 않으면 네놈은 몸 성히 이곳을 빠져나가지 못하게 될 게야."

육진방이 대경실색했다.

"예? 뭐라굽쇼?"

그는 지금까지 오천상을 이 청풍객잔과 청풍도방의 주인인 무한의 거부로 알고 있었다.

그런데 눈앞의 어린 여아가 실제 주인이라고 오천상이 말하고 있었다. 그렇다면 이 도방의 허락을 받고 상주하는 도박장 일꾼인 그가 도방 주인에게 함부로 설친 것이었다.

육진방의 등에 금방 진땀이 흘렀다. 그가 방금까지 을러대던 연추상에게 얼른 고개 숙여 사죄했다.

"주, 주인님, 미처 알아뵙지 못하고 이놈이 죽을죄를 지었습니다요. 미처 몰라 뵈었습니다요."

쩔쩔매는 육진방에게 연추상이 고개를 획 돌리며 말했다.

"흥, 지금은 상아가 다른 일로 해서 바쁘고, 또 처음이고 몰라서 그런 거라니 한 번은 봐준다. 가봐라."

육진방이 바닥까지 허리를 숙였다.

"죄송합니다요."

그러지 않아도 방금 거금을 잃어 심기가 언짢은 오천상이었다. 육진방에게 거침없이 쏘아붙였다.

"소주인께서 방금 하신 말씀을 듣지 못했느냐? 꺼져라, 당장!"

"예, 예."

겁에 질린 육진방이 어눌한 표정으로 사라졌다.

그걸 본 사람들이 슬금슬금 움직여 연추상의 주위에서 물러섰다.

연추상이 오천상에게 몇 발짝 다가가며 입을 실룩실룩했다.

"아이 참, 잘못하면 팔 빠질 뻔했네. 근데 노복아, 여기서 뭐 해? 상아가 방금 봤는데 앞에 앉은 저 검은 옷 입은 아저씨하고 주사위놀이 해서 은자 이천 냥이나 뺏겼지? 그렇지?"

오천상이 의자에서 일어나며 씁쓸하게 대꾸했다.

"언제 그걸 다 보셨소? 어쩌다 보니 그렇게 됐소."

"흥, 자알 한다. 전에도 포쾌한테 은자를 뺏기더니 오늘은 이 까만 옷 입은 아저씨한테 또 은자 이천 냥이나 뺏기고 말이야. 안 봤으면 모를까 상아가 봤는데 그냥 두고 볼 수 없지."

"그냥 두고 볼 수 없다니요? 이건 소주인께서 나설 일이 아니오. 그런데 여기는 어찌 알고 오셨소?"

"어찌 알긴? 어른들이 몰래 객잔 땅 밑에서 두더지처럼 숨어서 논다고 하길래 와봤지. 근데 방금 은자 홀랑 다 뺏기데. 노복아 은자는 몽땅 상아 거잖아? 당연히 도로 찾아야지. 얼른 비켜봐. 궁뎅이 비비적대지 말고."

흑의사내는 연추상의 등장에 잠시 흥미로운 눈길을 보였다. 그러나 연추상이 오천상 대신 탁자를 사이에 두고 자신 앞에 자리하자 크게 실소하며 자리를 털고 일어섰다.

그가 오천상에게 포권하며 말했다.

"노형, 잠시 즐거웠소. 그럼 이만."

일어서는 그를 연추상이 재빨리 제지했다.

"가긴 어딜 가. 은자 다 뺏고 도망치면 비겁하지?"

연추상의 도발에 사내가 엉거주춤했다.

"아니, 방금 도망이라고 하셨소?"

연추상이 당연한 것을 왜 묻느냐는 표정으로 콧김을 흥흥댔다.

"그럼 그게 도망 아니면 뭐야? 방금 상아가 주사위 놀이 하자고 말했잖아? 근데 안 하고 뺑소니치려고 했잖아?"

사내가 너털웃음을 크게 터뜨렸다.

"으핫핫! 이 몸이 천하의 도박장은 안 가본 곳이 없건만 오늘처럼 황당한 적은 처음이요. 그래서 소저께서는 이 몸과 한 판 도박판을 벌여보자는 게요? 정녕 그러하오?"

연추상이 불쾌한 듯 입술을 삐죽였다.

제 옆에 서 있는 오천상을 한 번 흘깃하며 말했다.

"박쥐처럼 시꺼먼 옷 입고 시끄럽게 웃긴 왜 웃고 난리야? 전에 누구도 그렇게 하다가 온 몸이 녹신녹신하게 얻어터졌지. 근데말야 상아는 나이는 어리지만 소저 아니다. 혼례도 올렸고 물론 상공아도 있다. 그런데 아저씬 강시처럼 푸르뎅뎅한 얼굴에 남자가 어째 분칠을 다 했냐? 상아도 아직은 얼굴에 분칠 안 하는데.”

연추상이 사내의 얼굴에 조금 남아 있는 하얀 흔적을 들먹였다. 약간의 분칠을 한 자국이 있었다. 그러고 보니 사내의 얼굴이 조금 이상했다. 그 소리에 사내가 멈칫했다.

사내가 자리에 도로 앉으며 연추상에게 낮은 목소리로 말했다.

“소저, 아니, 소부인. 방금 하신 그 말씀은 결례되는 말씀이오이다. 콜록!”

연추상이 사내를 똑바로 쳐다보며 말했다.

“아니, 상아가 틀린 말 했어? 아저씨 꼭 시체 같은 얼굴이다. 꼭 남의 얼굴을 빌려온 거 같아. 이상하게 분칠도 했고, 기침도 많이 하고. 하지만 어쨌든 상아와 한 판 하자. 주사위 놀이.”

오천상이 연추상의 어깨를 흔들며 만류했다.

“무슨 소리요? 절대 안 되오. 이것은 놀이가 아닌 거금이 걸린 도박이오. 생전 산에만 사시던 분이 무슨 도박판을 벌인다는 말이오? 말도 되지 않는 소리 말고 어서 방으로 돌아갑시다.”

그러나 연추상은 완강하게 고개를 저었다.

“안 가. 왜 가? 잃었던 은자 다 돌려받아서 그때 가야지.”

오천상이 짜증이 가득 묻어나는 목소리로 말했다.

“또 왜 이러시오, 대체? 고집도 부릴 때 부려야지. 게다가 은자도 없으면서 무슨 도박을 한단 말이오?”

그 말에 연추상이 ‘히히’ 웃으며 후다닥 제 품을 뒤져 비단 주머니 하나를 꺼냈다. 그녀는 오천상이 말리기도 전에 손에 든 주머니를 뒤집었다. 탁자 위에 그 내용물이 주루룩 쏟아졌다.

"여기 있어. 은자는 아니지만 이 구슬이 보배라고 했잖아? 이거면 되지. 뭘? 안 그래?"

탁자 위에 갑자기 보광이 어렸다. 아이 주먹 만한 검은 구슬 네 개였다.

거무튀튀한 묵(墨) 빛의 윤기가 자르르 흐르는 그것을 본 사람들의 눈이 휘둥그레 떠졌다.

연추상의 맞은편에 앉아 있던 흑의사내가 자리에서 벌떡 일어나 소리쳤다.

"설마 동해 주산군도 특산의 흑진주? 이걸 볼 수 있다니! 더구나 이렇게 큰 것이 있었다니!"

흑의사내의 반응에 연추상은 별것 아닌 것에 호들갑을 떤다는 얼굴로 말을 받았다.

"어? 그건 어떻게 알았어? 전에 할머님아도 그랬는데? 어쨌든 이 구슬이면 되지?"

검은 옷 입은 사내의 눈에 삽시간에 탐욕이 어렸다. 그가 혀로 제 입술을 핥으며 눈알을 굴렸다.

그가 연추상 옆에 선 오천상을 넌지시 올려다보며 말했다.

"노형의 소주인께서 이리도 원하시는데 이 몸이 그것을 거절한다면 예의가 아니지 않겠소?"

오천상의 얼굴이 삽시간에 크게 일그러졌다. 이러지도 못하고 저러지도 못하는 얼굴이 됐다.

그는 그동안 연추상이 한번 시작한 일을 중도에 그치는 경우를 본 적이 없었다. 말리면 분명 펄펄 날뛸 것이다. 뜯어말린다고 귀담아 들을 소주인도 아니었다. 그렇다고 그게 귀찮고 두려워서 에라 모르겠다는 심정으로 방관할 수도 없었다. 저 흑진주가 보통 진주인가? 천하의 귀물(貴物)이었다. 제 눈앞에서 연추상이 그것을 저 흑의사내에게 잃는 것을 볼 수도 없었다.

오천상이 한 손으로 앉아 있는 연추상의 어깨를 짚으며 허탈하게 웃었다.

그는 속으로 한참 생각했다. 이 어린 주인은 한번 세상의 쓴 맛을 봐야 할 것 같았다. 그동안 철없이 날뛰며 벌인 일마다 아슬아슬하지 않은 것이 없었다. 이번 기회에 자신의 뜻대로 밀어붙여도 뭐든지 뜻대로만 되지 않는다는 것도 배울 필요가 있었다.

그래서 말했다.

"이렇게 된 이상 말린다고 그만 둘 주인이 아닌 걸 잘 압니다. 그렇다면 한 가지만 약조하고 저 사내와 판을 벌이도록 하십시오. 우선 딱 한 판만 하는 것입니다. 그리고 이기든 지든 군말 없이 자리에서 일어나 다시는 이 도방에 들어오지 않는다고 약조하십시오. 약조하지 않으면 이 노복을 이 자리에서 죽여도 이 판을 벌일 수 없습니다."

연추상이 실실 웃으며 말했다.

"히히히, 듣고 보니 별 어려운 것도 아니네. 안 그래도 상아도 한 판만 할 생각이었어. 한 번만 이기면 노복아가 빼앗긴 은자 다 찾을 수 있다. 자, 약조한다. 그럼 됐지? 이제 인상 팍팍 그만 써라."

연추상이 엄지손가락을 앞으로 내밀며 말했다. 오천상이 할 수 없이 그녀의 손을 맞잡았다. 그리고 흑의사내에게 말했다.

"노형의 욕심이 대단히 과하구려. 나이 어린 주인이 세상물정에 어둡다는 그 약점을 파고들어 감히 감당치 못할 보화를 노리다니. 내 오늘만은 소주인께 이 일로 교훈을 드리기 위해 넘어가는 것이오. 좋소. 판은 딱 한 번이오 그리고 저 구슬은 분명 주산군도 특산 흑진주요. 아시다시피 저것 한 알은 은자 만 냥을 호가하는 귀물이오. 노형이 지금 품에 은자 만 냥이 있으면 판을 허락하겠소. 만 냥이 없으면 이 판도 없소.”

오천상이 연추상에게 판을 허락할 때 연추상이 짐작 못할 복안이 있었다.

딱 한 판이란 의미에는 흑진주 하나의 가치인 은자 만 냥이 저 사내의 품에 현물로 있어야 성립되는 것이었다. 오천상의 생각엔 저 사내의 품에 대략 칠천 냥 정도의 은자와 전표가 있으리라 짐작했다. 아무리 전문 도박꾼이라도 은자 일만 냥이란 거금을 낯선 곳에서 몸에 지니고 다니지는 않았다. 그 사실이 알려지면 그는 주위의 표적이 될 수밖에 없었다.

그런데 오천상의 계산은 보기 좋게 빗나갔다.

검은 옷의 사내가 기다렸다는 품에서 은자와 전표를 끄집어냈다.

“허허, 노형께서 이 몸을 너무 가볍게 보신 것 같구려. 먼 여행을 하는 중이어서 때맞춰 품에 거금이 있었소. 확인해 보시오. 노형에게 딴 이천 냥까지 합치면 만 냥을 채울 수 있을 것이외다. 그럼 노형의 소주인께서 내놓은 흑진주 중 한 알의 가치는 될 게요.”

오천상이 그가 내놓은 전표와 은자를 일일이 확인했다.

그 전표들은 무한 최고의 신용을 자랑하는 정원전장(正元錢場)의 낙인이 선명하게 찍힌 것들이었다. 오천상이 아무리 봐도 확실한 진품 전표였다. 도둑인 그가 그것을 못 알아볼 리 없었다. 오천상이 또 한

번 크게 한숨을 내쉬었다.

"노형은 번번이 이 몸의 예상을 크게 빗나가게 하는구려. 오늘은 아무래도 노형이 큰 횡재를 할 것 같소. 그럼 마지막으로 딱 한 판이오. 노형은 은자 만 냥, 소주인께서는 흑진주 한 알을 거는 것이오. 그리고 규정은 지금까지 하던 대로 높은 쪽이 승자요. 대신 이 판에는 추호의 속임수도 없어야 하오. 만일 그것이 발견될 시는 목숨으로 배상해야 할 것이오. 그럼 누가 먼저 할 것이오?"

오천상의 말이 떨어지기도 전에 연추상이 대뜸 나섰다.

"당연히 이 상아가 먼저지."

연추상이 손을 불쑥 내밀었다.

오천상이 속으로 혀를 찼다.

이럴 땐 좀 가만있으면 누가 뭐라 하는가?

주사위 도박은 원래 단판 승부이다. 그리고 단판 승부는 앞선 사람보다 뒤에 던지는 사람이 심리적 우위에 서는 게 보통이었다. 먼저 던진 사람의 숫자가 낮으면 뒤에 던지는 사람은 그만큼 여유로웠다. 그래서 보통 고수들은 하수보다 늘 먼저 던졌다. 어린 주인이 가만히 있으면 흑의사내가 나설 수밖에 없었다. 그런데 어린 주인이 제가 먼저라며 설쳐 댔다.

"에휴!"

오천상이 또다시 푸념했다.

아무리 생각해도 질 수밖에 없다고 생각하며 그가 연추상의 손에 주사위가 든 나무 그릇을 넘겼다.

연추상은 그것도 모르고 신이 났다.

"헤헤, 이제 한번 만져 보네. 어떻게 생겼나 봐야지?"

손에 든 나무 그릇 덮개를 열고 작은 주사위 두 개를 꺼내 손바닥에서 굴리며 마냥 좋아했다. 완전히 신기한 장난감을 쥔 철부지 아이였다.

탁자 주위에 늘어선 사람들이 그것을 보며 다들 고개를 저었다.

무려 은자 만 냥이 걸린 판이다. 어지간한 도박꾼들도 죽을 때까지 평생 한번 하기 어려운 진기한 경험이었다. 지켜보는 자기들도 손에 땀을 쥐고 긴장감에 빠져 있는데 어린 계집아이는 주사위를 굴릴 생각은 않고 만지작거리며 좋아라 하고 있었다.

남들이 어떻게 쳐다보거나 말거나 연추상은 제 손바닥 위의 주사위를 또르르 소리 나게 굴려보기도 하고 제 뺨에 대고 비벼보기도 했다. 그리고 주사위 둘을 손바닥에 올려놓고 눈을 지그시 감고는 한참을 흔들어보기도 했다.

그러다 잠시 멈칫했다. 그녀의 눈동자가 아주 짧은 순간 의혹 짙은 빛으로 가득 채워졌다. 하지만 그것을 눈치 챈 사람은 아무도 없었다.

지켜보던 흑의사내가 웃으며 말했다.

"주사위 안 던질 거요? 왜, 겁이 나서 그러시오?"

그 말에 무슨 생각을 하는지 연추상이 새초롬하게 웃었다. 그리고 흑의사내에게 말했다.

"그러고 보니 은자 만 냥이나 걸렸는데 너무 겁난다. 지면 다 잃을 거 아냐? 아저씨가 먼저 던지면 안 돼?"

흑의사내가 빙긋 웃으며 대답했다.

"역시 나이는 속이지 못하는구려. 그럼 소원대로 이 몸이 먼저 던지겠소이다."

흑의사내가 연추상에게서 주사위가 든 그릇을 받아 들었다.

그때 사내의 기침병이 또 터졌다. 한참이나 콜록거리던 사내가 진정하고 머리 위로 손을 올렸다. 사람들이 극도의 긴장감을 가지고 그것을 주시했다.

잠시 머리 위에서 그릇을 이리저리 흔들던 사내가 힘을 주며 그릇을 탁자 위에 올렸다. 그리고 막 손을 뗄 때였다.

"에엣취이!!"

갑자기 연추상이 코를 감싸 쥐며 크게 기침했다. 의자에 앉아 있던 그녀의 손이 사람들 시선을 피해 아주 찰나의 시각 동안 탁자 옆을 짚고 뗐다.

그때 이미 그릇에서 손을 놓았던 흑의사내가 갑자기 조금 당황했다.

주위의 시선들 속에서 오천상이 탁자 위에 놓인 나무 그릇을 잡았다. 그리고 천천히 덮개를 열었다.

"오! 오!"

"우와아!"

주위 사람들 입에서 나온 비명인지 환호성인지 모를 모호한 소리가 지하 도박장을 울렸다.

"일오(一五)다!"

"합이 육이다."

그때 흑의사내가 거세게 항의했다.

"이건 무효요! 내가 주사위 그릇을 막 탁자에 놓을 때 저 여아가 기침을 했소! 그래서 집중력이 흩어졌소!"

그러자 주위 사람들이 모두 말도 되지 않는 이유라고 외쳤다.

"웃기는 소리다! 그때 기침을 했지만 아무것도 건드린 것이 없다!"

또 다른 사람이 말했다.

"기침은 그동안 노형이 더 많이 했소. 바로 지난 판에 그대 앞에 서 있는 오씨 성의 도방 주인이 주사위를 흔들 때도 노형은 분명 기침을 했소. 그렇다면 그것도 무효가 되지 않겠소? 하지만 도방 주인은 이의를 제기하지 않았소."

또 다른 사람이 말했다.

"우리 모두가 방금 두 눈 시퍼렇게 치켜뜨고 봤소. 설마 저 나이 어린 소저, 아니, 부인께서 설마 그것으로 속임수를 썼단 말이오? 노형의 숫자가 예상보다 낮게 나왔다고 생떼 쓰는 거요? 분명 아무 문제도 없었소. 만일 그게 불만이라면 노형도 저 소부인이 그릇을 흔들거나 탁자에 놓을 때 기침을 잔뜩 하시오. 우리가 보고 있겠소. 그것도 아니 된다면 노형은 이 판에서 진 것으로 간주하고 그냥 물러나시오."

처음 보는 타지 사람을 편들어줄 토박이는 없었다. 게다가 그가 도박장의 은자를 싹쓸이하고 아직 어린 여아인 소부인의 보물을 탐내고 있었다. 드러난 큰 흠이 없다면 흑의사내의 주장을 들어줄 이는 아무도 없었다.

이때, 연추상이 생글거리며 말했다.

"방금 코에 벌레가 들어와서 어쩔 수 없이 한번 기침한 건데? 아저씨는 그동안 계속 기침했잖아? 이번엔 내가 던질 차례 맞지? 그럼 던진다?"

사람들이 분노를 담은 눈으로 흑의사내를 노려봤다.

승복하지 않는다면 강제로 달려들려는 눈빛들이었다. 흑의사내가 어쩔 수 없이 승복했다. 그의 눈에도 어린 계집애는 분명 도박과는 거리가 먼 평범한 아이였다. 전문가는 손짓 하나만 봐도 그것을 판별할 수 있었다.

그래서 그가 고개를 끄덕였다.

연추상이 헤헤거리며 나무 그릇을 머리 좌우 허공으로 이리저리 마구 흔들었다. 그러면서 말했다.

"아저씨, 내가 이렇게 흔들고 이걸 탁자에 놓는 동안 마음대로 기침해. 그래도 결과에 승복할게. 대신 내가 굴린 주사위 합한 게 여섯 이상이면 상아가 이기는 거 맞지?"

흑의사내가 지극히 불안한 표정으로 고개를 끄덕이며 연추상의 움직임을 응시했다.

마침내 연추상이 작은 손으로 탁자 위에 나무 그릇을 놓았다. 그리고 흑의사내에게 말했다.

"아저씨가 직접 열어봐."

흑의사내가 불안과 기대가 뒤섞인 표정으로 천천히 손을 움직였다. 그의 손이 잘게 떨리고 있었다.

그리고 덮개가 열렸을 때, 마침내 만 냥짜리 승부의 결과가 나왔다.

"으앗, 삼사(三四)다!"

"어린 소저가 이겼다!"

"만 냥짜리 승부가 한 끝 차로 기울었다. 이럴 수가?"

사람들이 미친 듯 환호성을 질렀다. 가슴을 졸이고 지켜보던 오천상이 연추상을 덥석 안아 들고 마구 춤을 췄다.

"으하하! 정녕 대단하시오!"

오천상이 들고 빙빙 돌리자 공중에 떠 있던 연추상이 머리를 흔들며 앙앙댔다.

"아이, 어지럽다! 놔줘! 놔줘!"

그사이, 흑의사내는 의자에 앉은 그 자세 그대로 굳어져 전신을 벌벌벌 떨고 있었다. 그의 얼굴이 악귀처럼 산산이 일그러졌다.

그가 눈을 번득이며 오천상의 손에 들려 흔들리는 연추상을 노려봤다. 그의 오른손이 천천히 왼쪽 소매 속으로 들어갔다.

잠시 후, 오천상의 손에서 연추상이 풀려났다. 연추상이 낄낄거리며 탁자 위에 올려진 물건들을 전리품처럼 제 품에 답삭답삭 집어넣었다. 그리고 여태 앉아 웅크리고 있는 흑의사내에게 말했다.

"아저씨, 미안해. 상아가 오늘 재수가 좀 좋은가 봐. 히히."

그때, 흑의사내가 갑자기 몸을 벌떡 일으켰다.

그의 한 손엔 칙칙한 색을 띤 가는 세침들이 잔뜩 들려 있었다. 다른 손엔 새하얗게 날 선 비수 하나가 쥐어져 있었다.

그가 한 손에 든 침을 주위로 확 뿌렸다. 그러자 마치 촘촘한 그물을 활짝 펼쳐 주위를 덮어씌우는 것 같았다.

쏴아아!

눈에 보이는 모든 공간이 삽시간에 칙칙한 색의 암기로 뒤덮였다.

"악!"

연추상은 자신에게 갑자기 암기가 날아오자 비명을 지르며 얼굴을 가렸다.

순식간에 그녀의 몸에도 암기가 날아와 꽂혔다. 그 틈에 흑의사내는 얼굴을 감싸 쥐고 웅크려 앉은 연추상을 제 쪽으로 끌어당겼다. 연추상의 목을 한 팔로 감싸며 다른 손에 든 비수를 목에 대고 악을 썼다.

"꼼짝 마라! 한 놈이라도 움직인다면 이 년의 목을 그어버릴 것이다!"

부지불식간에 연추상이 흑의사내의 품에 사로잡혀 버렸다.

　　　　＊　　　　　　＊　　　　　　＊

　예고 없이 전개된 일련의 사태에 사람들의 몸이 썩은 고목들처럼 굳
어버렸다. 낯빛이 핼쑥하게 질린 그들의 몸 곳곳에는 새털처럼 가는
암기들이 꽂혀 있었다.

　연추상은 흑의사내가 갑자기 제 품에 끌어당겨 목에 시퍼렇게 날이
선 비수를 대자 몸에 소름이 돋았다. 갑작스런 일에 몸을 움츠리고 눈
알만 데굴데굴 돌리고 있었다.

　흑의사내는 연추상이 꿈틀거리자 그녀의 귀에 제 입술을 대고 위협
했다.

　"요망한 년, 손가락 하나라도 움직이면 네 년 목에서 피가 뿜어져 나
올 것이다. 가만있는 게 신상에 좋을 것이다."

　연추상이 작게 고개를 끄덕였다.

　그 모습을 보고 있던 오천상을 비롯해 지하 도박장에 남아 있던 다
른 사내들이 극도로 분노한 표정을 지었다.

　사람들 속에서 눈을 부릅뜬 오천상이 흑의사내에게 말했다.

　"네 놈이 감히 이렇게 비열한 일을 벌일 줄은 몰랐다! 도박에서 이기
고 지는 것은 흔한 일이거늘 승부에서 졌다고 소주인의 목에 비수를
겨누다니! 이런 짓을 하고도 여기서 살아나갈 수 있을 것 같으냐?"

　오천상의 말에 흑의사내가 음침하게 웃었다.

　"하하하! 재미있군, 재미있어. 멍청한 네 놈은 실상을 모르면 잠자코
있거라. 진짜로 영악한 수를 쓴 것은 지금 내 품에 붙들려 오들오들 떨
고 있는 네 놈의 주인이라는 이 어린 계집이다. 이것이 주사위 그릇을

들고 있던 내 손이 탁자에서 떨어지는 순간에 기침을 하는 척하며 탁자를 흔들었다. 그래서 내가 애써 만들어놓은 주사위 숫자를 바꿔 버렸다. 그렇지 않다면 내 주사위는 육육(六六)이 나오게 돼 있었지. 그러니 방금 전의 결과에 납득할 수 있겠느냐? 하하하, 내가 겨우 이 어린 계집년의 농간에 놀아나 도박에서 패배하고 이런 일까지 벌이게 되다니 꼴이 참으로 우습게 되었구나!"

흑의사내가 핏발이 가득한 눈으로 그들에게 말했다.

흑의사내의 말에 오천상을 비롯한 사내들이 대경실색했다.

오천상이 입술을 깨물고 말했다.

"네 놈 말이 다 옳다고 하여도 이렇게 거칠게 나오는 것은 오히려 네 수명을 재촉하는 일이다! 네놈이 인질로 잡고 있는 소주인께서는 귀한 신분을 가진 분이시다. 그분을 당장 풀어준다면 나도 책임지고 네 놈이 탐하는 전표와 소주인의 흑진주를 주고 네놈을 풀어줄 것이다! 어떠냐, 이 제안이?"

흑의사내가 그 말에 실소했다.

"웃기고 있군. 나를 바보로 아느냐? 네 놈은 방금 그것을 협상이라고 내놓은 것이냐? 더 이상 잔 말 말고 모두 그 자리에서 한 발짝도 움직이지 마라! 미동(微動)이라도 하면 이 년의 목숨은 그 즉시 황천길로 갈 것이다."

흑의사내가 연추상의 몸을 더욱 끌어안고 목에 바짝 비수를 들이댔다. 그리고 말했다.

"흐흐, 네놈들 몸에 방금 뿌려진 암기가 무엇인지 아느냐? 그것은 당가에서 만든 철련자(鐵蓮子)다! 이 철련자엔 산공분(散功粉)과 몸을 마비시키는 특수한 독물이 묻어 있다. 그동안 내가 말을 많이 한 것은 독이 네 놈들 몸에 침투해서 약효가 발휘될 시간을 기다린 것이다. 이제 슬슬 나타날 때가 된 것 같은데?”

흑의사내의 말이 끝나기도 전에 철련자에 적중된 사람들이 그 자리에서 풀썩풀썩 쓰러지기 시작했다.

잠시 후, 흑의사내 앞에 극도로 분노한 얼굴로 서 있던 오천상까지 풀썩 주저앉으며 바닥에 머리를 박았다. 흑의사내가 안고 있던 연추상도 몸을 가누지 못하고 축 늘어졌다.

사람들이 모두 쓰러지자 흑의사내가 긴장을 풀고 자리에서 일어나 혼자 중얼거렸다.

“과연 당가의 독이고 당가의 철련자다. 예전에 우연히 구해 피신처에 숨겨두었던 것을 잘 가지고 나왔구나. 모두가 그 약효에 일각을 버티지 못하는군. 이제 어린 계집의 품에 들어 있는 은자와 보화들을 찾아 이곳을 뜨면 되는구나. 무당파에 모든 것을 잃고 쫓기고 있었는데 거액의 전표와 흑진주만 있으면 먼 곳으로 떠나 새롭게 크게 시작할 수 있으렷다. 이 흑면철서 정일동이 오늘 기사회생의 전기를 맞이하는구나.”

하지만 흑면철서 정일동은 철련자에 발려진 독이 통하지 않는 사람도 있다는 것은 꿈에도 생각하지 못했다.

그가 독을 믿고 방심한 사이 그의 등 뒤에서 작은 그림자가 천천히 일어나 어느새 그를 노리고 있었다.

작은 그림자가 그의 뒤통수를 향해 주먹을 휘두르며 짧게 말했다.

“나쁜 놈.”

퍼억!

짐작하지도 못한 무방비 상태에서 일격을 맞은 정일동은 짧은 비명과 함께 앞으로 고꾸라졌다.

"큭!"

작은 그림자는 이에 그치지 않고 쓰러진 정일동을 뒤에서 후려 찼다.

"감히 상아 목에 칼을 들이댔지? 그리고 낄낄대고 웃어? 너 오늘 잘못 걸렸다. 어디 혼나봐라."

"끄악!"

"상아 은자와 구슬까지 훔쳐 가려 했지? 너, 죽어봐라!"

퍽! 퍽! 퍽!

무자비한 구타가 이어졌다. 그것은 흑면철서 정일동이 정신을 놓고 기절할 때까지 계속됐다.

*   *   *

"아니, 어찌 소주인은 독에 중독도 되지 않소?"

"히히히, 전에 대왕봉 꿀을 잔뜩 먹어서 그런가 봐. 그때부터 상아와 상공아한테는 독이 안 통하더라? 그것도 모르고 그 바보가 맘 푹 놓고 까불다가 당한 거지."

"그런데 그 놈이 안에 구멍을 뚫고 몰래 수은을 넣은 주사위로 도박에서 수작 부린 것을 어떻게 아셨소?"

"그건 말이야, 주사위가 엄청 신기해서 만지작거리다가 흔들어도 봤는데 느낌이 어째 이상하더라. 마치 주사위가 출렁거리는 것 같았거든. 그게 수은을 넣어서 그런 것인지를 상아가 어떻게 알았겠어? 그냥 이상하다고만 생각했지. 그래서 저 흑의사내가 이상한 주사위로 무언가 나쁜 짓을 벌이고 있다는 것만 짐작했어. 그때, 저 사내의 나쁜 짓을 깨뜨릴 방법이 혹시 없을까 하고 생각해 봤지. 그러다가 저 흑의사내가 주사위를 넣은 나무 그릇을 탁자 위에 놓을 때 살짝 건드리면 되겠다 싶더라.”

“그래서 그때, 갑자기 기침을 한 거요?”

“응, 무공을 수련하다 보면 알잖아? 움직이다가 정지하는 그 짧은 순간에 빈 틈이 제일 많이 생기잖아. 그래서 상아가 써먹어봤지. 저 사내가 뭔가 미심쩍은 주사위를 흔들어서 좋은 숫자를 나오게 했을 때, 그 때 탁자를 아주 살짝 흔들어줬지. 그러니까 나무 그릇 속에 들어 있던 주사위가 움직여서 전혀 엉뚱한 숫자가 적힌 쪽으로 뒤집히게 한 거지. 헤헤.”

“참으로 영악하시오, 소주인. 그걸 어떻게 그 짧은 순간에 다 떠올리고 실행에 옮기신 거요?”

“그게 뭘 대단하다고 그래? 상아는 영악하지 않아. 다만 조금 눈치가 빨라서 그런 거지?”

“어쨌든 천만다행이오. 하지만 오늘 일어난 일도 따지고 보면 모두 소주인이 이 노복의 말을 듣지 않아 생긴 일이오. 도박장에 들어오면 안 된다고 미리 신신당부했잖소. 그런데 몰래 숨어들어 와서 도박을 하겠다고 우기니 이런 엉뚱한 위험에 빠지는 것이 아니겠소? 앞으로 조심하시오. 알겠소?”

“그건 맞는데, 그렇다고 노복이 주인한테 명령하면 안 되지.”

“안 되긴 뭐가 안 되오? 천산 가기 싫소?”

“에이, 이야기가 왜 엉뚱한 데로 흘러? 갑자기 천산 얘기는 왜 꺼내? 상아가 반드시 천산으로 가고 싶어 하는 걸 다 알면서?”

"가고 싶거든 앞으로 노복 말도 좀 듣고, 제발 일 좀 만들지 마시오. 알았소?"

"아이 참. 알았어. 알았다니까. 그런데 저 사내는 누구야? 보니깐 얼굴에 변장을 했던데?"

"저놈이 가당찮게도 인피면구를 쓰고 있었소. 벗겨보니 저놈이 바로 얼마 전 정체불명의 인물들에게 쑥밭이 되었던 통하방의 방주였던 흑면철서 정일동이란 놈이었소."

"통하방? 여기 무한에 있던 방파야?"

"그렇소. 이곳에서 멀지 않은 곳에 기루가 모여 있는 낙원가라는 이름의 거리가 있소. 그곳에 있었던 흑도 방파였는데 얼마 전에 갑자기 와해돼 버렸소. 그 통하방 방주였던 놈인데 그동안 흔적 없이 사라졌다가 면구를 쓰고 여기에 나타났던 거요. 아마 통하방이 괴멸된 후에 몸을 피해 있다가 은자를 벌 욕심으로 사기도박을 했던 모양이오. 그런데 저놈도 참으로 운이 지지리도 없는 놈이오. 하필이면 소주인을 만나서 이 지경이 됐으니 말이오."

"그렇긴 하네. 상아만 만나지 않았으면 그 많은 은자 다 따서 떠날 수 있을 텐데. 상아 만나서 사기 들통 나고 마구 두드려 맞고, 포청으로 잡혀갈 것이니 말이야. 조금은 불쌍하다."

"불쌍하다고요? 아니, 그렇게 말하는 소주인이 사람을 이 지경으로 만들었소. 얼마나 두드렸으면 갈비뼈가 다 나갔소. 입에 침이나 바르고 거짓말 하시오."

"에이, 그건 상아한테 암기 던지고 목에 칼까지 대고 했으니까 너무 화가 나서 그랬지. 사실 정통으로 때린 건 몇 대 안 된다. 저 흑의사내가 상아한테 혼나기 전에 이미 가슴에 큰 상처를 입고 있었어. 예리한 단검 같은 것에 푹 찔린 상처였는데 그것 때문에 기침을 많이 했던 거야. 그런데 그것도 모르고 상아가 가슴을 몇 대 때렸는데 상처를 건드렸나 봐. 그래서 가슴뼈가 나간 거야. 상아 그렇게 모질게 사람 마구 패지 않는다. 잘 알면서 그래?"

"아이고! 이 노복은 소주인의 평소 행태를 너무나 잘 알고 있소. 소주인이 모질게 안 때린다고요? 그래서 전에 무당산에서 무한으로 올 때 지나온 우각산에서 이 노복을 그렇게 밟은 거요?"

"히히히, 그때는 미안했다. 갑자기 화가 엄청 나서 나도 모르게 그랬다. 그건 그냥 예외로 넘어가 주라."

"에휴, 아무튼 앞으로 소동 벌이지 말고 좀 조용조용 삽시다. 소주인 때문에 이 노복이 마음 편할 날이 별로 없소. 종놈 노릇 무서워서 어디 계속하겠소? 몇 번째 자꾸 말하는 것이지만 다시 또 엉뚱한 짓을 벌이면 그때는 천산이고 뭐고 다 끝이요."

"알았다니깐. 이제 그만 해라."

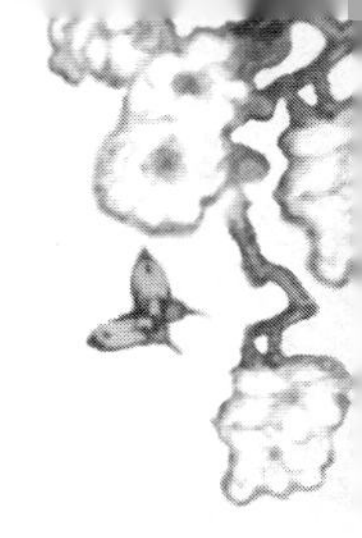

제6장

보살행(菩薩行)

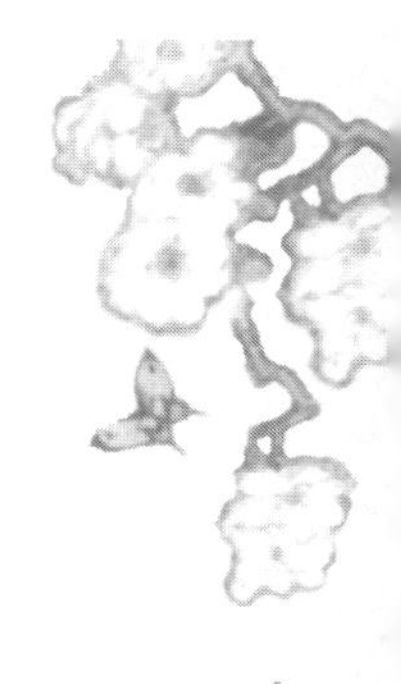

중원의 풍광을 말할 때 흔히 상유천당(上有天堂) 하유소항(下有蘇杭)이란 표현을 쓰곤 한다.

글자대로 풀이하면 하늘에는 천당이 있고 땅에는 소항(蘇杭)이 있다는 뜻이다. 소항, 즉 강남 땅 소주(蘇州)와 항주(杭州)의 경치가 절경이라는 말이었다.

강북에는 이 두 곳과 버금가는 곳으로 무한을 꼽는 이들이 많았다. 무한은 소주와 항주만큼 볼거리가 풍부하고 장강(長江)과 한수(漢江)가 교차하는 위치에 있어 물길이 발달해 있었다.

하지만 천지에는 밝은 곳과 어두운 곳이 겹쳐져 있었다.

무한성 대로인 주작로와 멀찍이 떨어진 곳에 있는 유암(柳暗) 호동은 그런 곳이었다.

버드나무 잎이 무르녹아 어둡게 푸르다는 뜻 그대로 유암호동은 어두운 사람들이 살고 있는 그들의 땅이었다. 세상에는 동전 몇 푼으로 쾌락을 사려는 사람들이 끊이지 않았다. 그들에게 이곳은 그들만의 안식처요 피난처였다. 유암호동은 무한 땅의 최하급 홍등가이자 빈민들의 집단촌이었다.

연추상 일행이 주작대로의 청풍객잔에서 나와 오랫동안 걸어 당도한 곳은 그 밑으로 시궁창 물이 흐르는 곧 쓰러질 것 같은 나무다리였다.

나무다리를 횡단하며 검은 물이 흐르는 하천이 흘렀다. 하천 주위로 다닥다닥 붙은 쪽방이 가득했다. 저곳에 과연 사람들이 살고 있을까 싶은 움막들이었다.

움막들 사이로 사내 서너 명이 들어서면 금세 막혀 버릴 것 같은 좁은 골목길이 미로처럼 뚫려 있었다. 골목길 바닥은 바짝 마른 거북 등처럼 울퉁불퉁했다. 요철이 심한 땅거죽의 옴폭 파인 곳에는 언제 내린 비인지, 아니면 사람들이 몰래 내다 버린 오물인지 모를 썩은 물이 고여 있었다.

썩은 물에서는 악취가 진동하고 있었다. 그런 골목길마다 부황기가 가득한 어린애들이 뛰어놀거나 벽에 기대 해바라기를 하고 있었다.

마치 전쟁터에 있는 길 잃은 난민들의 집합소 같았다. 집들은 대충 잘라놓은 나무 기둥 위에 얹혀 있었고, 나무 기둥 위의 지붕은 깨진 기와 조각이나 부서진 나무 조각으로 덮여 있었다.

그런 집들 사이로 골목길은 끝없이 꼬불꼬불하게 뻗어 있었다. 골목길은 또 제 마음대로 뚫려 있었다. 이곳에 초행인 자들은 한번 들어가면 도로 나올 수 없을 만큼 복잡하게 얽혀 있었다.

게다가 골목길의 어두운 구석마다 험상궂은 얼굴의 사내들과 꾀죄

죄한 꼴을 한 아낙들이 들어서는 사람들을 노려보고 있었다.

일행의 앞에서 길을 인도하는 호씨 남매가 없었다면 그 뒤를 따르는 일행은 골목길의 사람들에게 큰 시달림을 받을 것이 자명했다. 그만큼 골목길 속의 유암호동 사람들은 대낮에 자기들 지역을 침범한 낯선 사람들에게 강한 적의(敵意)를 보였다.

처음 나무다리를 건너 유암호동 안으로 들어온 이후, 향 두엇은 탈 정도의 시각이 흘렀지만 골목길은 끝날 기미가 없었다.

무작정 동행을 강요한 연추상의 막무가내에 어쩔 수 없이 따라온 동행이었다.

호씨 남매는 덤덤한 표정으로 연신 발길을 옮겼다. 그러나 그들 뒤의 연추상과 백미신니, 무괴 성승, 그리고 오천상은 진동하는 악취를 힘들게 이겨내며 걸어야 했다.

"아휴, 지독하네. 이런 곳에 어떻게 사람들이 살아?"

연추상이 연신 주위를 돌아보며 중얼거렸다.

연추상은 생전 처음 보는 풍경에 당황했다.

호씨 남매에게 병든 어머니가 있다는 소리를 들은 후 그녀는 기필코 따라가야겠다고 고집을 부렸다.

호경향이 소부인 마님이 오실 곳이 못 된다고 적극 만류했지만 연추상의 황소고집을 당해내지 못했다. 어릴 적부터 의원인 아버지를 따라다니며 아픈 사람을 보면 그냥 지나치지 못하는 연추상이었다.

그녀가 호씨 남매의 얘기를 듣곤 봇짐에서 가지고 다니던 금침을 꺼낼 때부터 이번 일이 시작됐다.

연추상은 호씨 남매 모친의 병증(病症)이 무엇인가를 세세하게 듣곤 곧장 청풍객잔 부근의 약방으로 달려갔다. 그리고 약방에서 처방한 약

재를 사서 호씨 남매의 등을 떠밀었다. 가서 모친의 병을 봐주겠다고
마구 을러댔다.

약방까지 따라온 오천상이 어딜 또 가느냐며 연추상의 옷깃을 잡았
지만 도저히 말릴 수 없었다.

연추상이 제 뒤를 따라온 노승 두 명이 함께 가면 별 일 있겠느냐며
오천상을 달랬다. 살살 웃으며 좋은 일 하러 가는데 말리지 말고 천산
가는 배편이나 알아보라며 오천상을 윽박질렀다. 결국 고개를 설레설
레 흔들며 오천상까지 따라올 수밖에 없었다.

"아미타불, 아미타불. 노승이 일생을 숭산 소림사에서 수행 정진했
다 자부했건만 오늘에야 노승의 참선이 껍질뿐이었음을 알았도다."

무괴 성승이 연신 불호를 내뱉으며 당혹스런 심경을 드러냈다.

그의 곁에서 걷고 있던 백미노니 또한 눈가에 눈물까지 흘리며 동요
하고 있었다.

"이런 참혹한 정경이라니? 대사, 이 노니 또한 부처님 전에 엎드려
빌고 싶은 마음뿐이오. 노니가 유복한 산사에서 입으로만 부처님의 자
비를 논하는 동안 가엾은 중생들은 이렇게 비참하게 지옥에서 살고 있
었구려. 정녕 부끄러울 따름이요. 아미타불, 아미타불."

노승 둘이 참괴한 표정으로 눈시울을 붉혔다.

노승들이 괴로워하자 앞서 가던 호경향이 미안해했다.

"노스님 두 분께 죄송스런 마음만 드네요. 저희들이 이렇게 사는 것
은 다 저희들이 못나서 그런 것이에요. 누구의 탓도 아니랍니다. 그러
니 스님들께선 너무 놀라지 마세요. 저기가 바로 저희 일가족이 살고
있는 누추한 집이랍니다."

연추상이 그 말에 반색했다.

"언니, 이제 다 온 거야. 참 오래 걸었다. 냄새 지독하네. 그런데 언니는 이런 곳에서 여태 살아왔어? 정말 대단해."

백미노니가 연추상을 나무랐다.

"상아야, 그런 말은 함부로 하는 게 아니란다. 냄새가 심하긴 하지만 그렇게 말하면 여기 살고 있는 사람들을 욕하는 게 된단다. 힘들게 사는 사람들이 여기서 살고 싶어서 사는 게냐? 가진 것이 없고, 그래서 갈 곳이 없어 이곳에 어쩔 수 없이 사는 것이 아니겠느냐? 냄새가 나는 이곳에 사는 것이 결코 대단하다고 칭찬받을 일은 아니다. 무심코 말했겠지만 네 말은 여기 사는 이들을 욕하는 것이 되고 만단다."

연추상이 잠시 가만히 몸을 움츠렸다. 그리고 대답했다.

"스님 할머니 말이 옳아. 향이 언니야, 상아가 잘못 말했다. 정말 미안해."

연추상이 살짝 고개를 숙이자 뒤돌아보던 호경향이 오히려 더 미안해했다.

"아니에요, 소부인 마님. 이제 다 왔답니다. 따라오시느라 힘드셨지요?"

*　　　*　　　*

땅바닥에 나무 기둥을 박고 그 위에 대들보를 얹은 움막이었다.

움막 입구는 거적대기로 만든 문이었다. 키 큰 사람은 허리를 숙여야 겨우 들어갈 수 있는 높이였다.

그 속에 어두운 내부가 보였다. 창문은 하나뿐이었고, 그 문으로 빛이 들어오고 있었다. 천장에 얼기설기 놓여 있던 깨진 기와 조각들 사이에서도 빛이 새어들고 있었다. 호씨 남매를 따라 연추상 일행이 움막 안으로 들어갔다.

겉은 초라했지만 움막 내부는 깔끔했다. 입구를 지나자 방이 둘 있었다. 작은 방은 주방으로 사용하고 있는 듯 낡은 주방 기구와 화덕이 놓여 있었다. 주방을 지나 또 다른 방이 있었다.

그 방 벽 끝에 나무 침상 하나가 놓여 있었다. 그 위에 뼈만 앙상하게 남은 중년여인 하나가 누워 있었다. 일행이 들어가자 인기척을 느낀 침상 위의 여인이 낮은 목소리로 입을 열었다.

"콜록콜록! 향이냐? 어제는 꽃을 팔다 무슨 일이 있었느냐? 집에 들어오지도 않고. 그리고 아두는?"

방 안을 뒤져 등잔불을 붙인 호경향이 침상가로 다가갔다.

"저도 아두도 별일 없었어요. 다만 손님들이 찾아오셨어요. 어제 저녁부터 지금까지 아무것도 드시지 못했지요? 죄송해요. 끼니도 제때 챙겨 드리지 못하고. 지금 준비할게요."

호경향은 어제 자기 남매에게 일어난 일을 굳이 제 어미에게 알리고 싶지 않았다.

병든 어미가 그 일을 알게 되면 더욱 노심초사할 것이 분명했다. 도와준 사람들 덕분에 동생 아두까지 무사했다. 그들이 어미의 병을 고쳐 준다며 이곳까지 따라왔다. 그래서 그 기쁜 소식부터 알리고 싶었다.

그런데 어미는 손님이 들었다는 소리에 부스스 몸을 일으키려 했다.

"아니, 이런 곳에 무슨 손님이 오셨다는 말이냐?"

호경향이 제 어미를 부축하며 말했다.

"병을 고쳐 주시겠다는 고마운 분들이랍니다. 어제 아두와 제가 저

분들께 큰 은혜를 입었어요. 게다가 저분들이 엄마 병에 대해 들으시
고는 약방에 들러 약재까지 준비해서 이곳으로 오셨답니다. 한번 진맥
을 받아보세요. 네?"

딸의 말에 호경향의 모친 조이랑(曹二娘)은 반색하기보다는 불안한
표정부터 지었다.

혹시 자식인 경향이 제 몸을 팔아 사람들을 불러온 것이 아닌 가 했
다. 이곳 유암호동은 몸을 파는 창기들이 즐비한 곳이었다. 효심 있는
딸이 제 어미 병을 고치기 위해 해서는 안 되는 일을 벌인 것이 아닌가
하는 의심부터 들었다. 하나뿐인 딸이 이런 험한 곳에 있기에는 미색
이 남달리 빼어났기 때문이다.

조이랑이 딸의 기색을 살피며 말했다.

"세상에 우리같이 없이 사는 사람들을 그냥 도와주는 일이 어디 쉬
운 일이냐? 너, 혹시?"

사창가인 이 곳에 몸을 붙여 살고는 있었지만 그녀와 죽은 그녀의
남편은 땅을 갈아먹고 살던 농부 출신이었다. 몇 년 전의 큰 가뭄 때에
굶어죽지 않기 위해 땅을 팔아 무한 땅으로 일가족이 들어왔다. 남편
은 막노동꾼으로 나가 일가족을 근근이 먹여 살렸다.

그 남편마저 작년에 병으로 세상을 떴다. 자신이 대신 온갖 허드렛
일을 하며 남매를 키웠지만 몸가짐 하나만은 조심했다.

그러다 자신마저 기침병에 걸려 몸져눕고 말았다. 그러자 딸애가 죽
은 제 아비 친구의 소개로 꽃시장 상인 하나를 소개받아 그곳에서 꽃
을 싸게 받아 팔아 생계를 잇고 있었다.

제 어미의 우려 섞인 시선을 느낀 호경향이 얼굴을 붉히며 고개를
흔들었다.

"참, 엄마는 별 이상한 걱정을 해요? 엄마가 늘 신신당부하는 대로 이 향이는 몸가짐만은 잘하고 있어요. 그래서 아두도 늘 데리고 다니잖아요. 저 손님들 중에 나이 드신 스님이 두 분이나 계시다구요. 또 어린 손님은 의술을 아는 의원이래요. 저 어린 소마님이 엄마 병을 봐주겠다고 여기까지 따라오신 분이에요. 그럼 모셔올게요."

손님들 중에 불가의 스님이 있고 어린 소마님이 자신을 진맥하겠다고 찾아왔다는 말에 조이랑이 안심한 얼굴이 됐다.

딸아이의 말처럼 가난하고 병든 자신을 위해 이 구석진 곳까지 찾아왔다면 살아 있는 부처님 같은 사람들이었다. 자신의 병을 고칠 수 있다면 일을 해서 하루빨리 이곳을 떠날 수 있었다. 이제 갓 피어나는 딸이 살기에 이곳은 너무나 험악한 곳이었다. 그래서 늘 불안했다.

그녀가 기쁜 얼굴로 고개를 끄덕였다.

"오냐. 그렇다면 이렇게 고마운 분들이 또 있겠느냐?"

호경향이 제 어미의 말에 기뻐하며 뒤돌아섰다. 좁은 움막 안에 앉아 있던 연추상에게 다가가 살며시 말했다.

"소마님, 그럼 부탁드리겠습니다. 저는 그동안 어머니가 드실 죽이라도 준비할게요. 그런데 손님들 대접할 것이 없어서 죄송합니다."

그 말에 무괴 성승이 품속에서 뭔가 묵직한 것을 꺼냈다.

기름종이에 싸여 있던 그것은 약방에서 사온 약재와 작은 약탕기였다. 그리고 부스럭거리며 소매에서 작은 종이 뭉치 하나를 또 꺼냈다.

"향아, 이것은 네 모친께서 드실 약이다. 이 탕기에 지금 약을 넣고 끓여야 한다. 그리고 이것은 차(茶)이니라. 우선 우리들에게 한 잔 끓여주고 나머지는 모친께 나중에 끓여 드리거라."

"감사합니다. 그런데……."

호경향이 말을 맺지 못하고 망설이자 백미노니가 웃으며 경향의 등을 두드렸다.

"다기(茶器)는 없어도 된다. 밥그릇이면 어떠냐, 향기만 좋으면 그만이지."

호경향이 움막 안의 비좁은 주방으로 걸어가자 연추상이 발딱 일어나 침상으로 다가갔다.

"진맥해 봐도 돼, 아줌마? 기침병이 있다고 들었는데. 가슴앓이가 심한 거야?"

"네, 소마님. 이것이 반 년 전부터 해소 기운이 있었는데 점점 심해지더니 두어 달 전부터 몸을 가누기가 어려워졌습니다. 혹여 고칠 수가 있겠습니까?"

"음, 일단 한번 맥을 봐야 해."

연추상이 낡은 나무 침상가에 철퍼덕 주저앉았다.

연추상이 그 자세로 뼈만 남은 조이랑의 앙상한 손목을 잡고 눈을 감았다.

한참 후, 눈을 뜬 연추상이 뭔가 알겠다는 얼굴로 조잘댔다.

"아줌마, 이건 기침병인데 다행히 심하지는 않아. 탕약 먹고 침 매일 맞으면 금방 나을 수 있어. 그런데 이 병은 좋은 음식을 잘 먹고 햇빛 잘 드는 따뜻한 곳에 있어야 낫는 거야. 하지만 여기는 너무 안 좋아. 축축하고 너무 어두워. 게다가 먹을 것도 좋은 게 없잖아. 이래선 안 되는데 무슨 좋은 수가 없을까?"

하지만 조이랑이 그것만도 다행이라는 표정으로 침상에서 가늘게 말했다.

"심하지 않다는 말씀 정말이지요? 소마님 덕분에 탕약이라도 먹을 수 있다면 이것은 감지덕지입니다. 콜록콜록!"

연추상이 무슨 말이냐는 표정으로 말을 받았다.

"흠, 그러면 말이야, 아줌마랑 향이 언니랑 남동생이 청풍객잔에 와서 살면 어때? 객잔 삼층에 방이 하나 남아 있걸랑. 요리는 주방장 시키면 될 거고, 탕약은 향이 언니가 달이면 될 거고 말이야. 아아, 그러면 되겠네."

조이랑이 기겁했다.

언감생심이라더니 그 비싼 객잔에 묵을 은자가 그들에게 있을 리 만무했다.

"소마님 말씀은 고맙지만 저희들 같이 없이 사는 것들이 그 비싼 객잔에 묵을 은자가 어디 있습니까? 혹 은자가 있다 해도 아껴 쓰고 모아서 이 유암호동을 하루바삐 떠나야지요."

"엥? 누가 은자 받는다고 했어? 이 상아가 이래봬도 청풍객잔 주인이야. 주인이 객잔에 남는 방에 살게 해준다는데 왜 그래? 은자 필요 없어. 안 그래, 노복아?"

연추상이 움막 저쪽에 석상처럼 물끄러미 앉아 있는 오천상을 쳐다봤다.

그 눈빛을 보자 오천상은 내심 또 어이가 없었다.

천산에 가야 한다고 앙앙불락하며 매일 자신을 들볶던 어린 주인이다. 그 시달림에 밀려 요즘 매일 아침마다 선착장에 가서 사천 가는 배를 수소문하고 있었다. 그러나 며칠 전 사천으로 가는 큰 여객선이 출발한 후, 당분간 배를 구할 수 없었다. 빨리야 열흘쯤 지나야 배편이 있을 것 같았다.

그런 주제에 무한성에 들어오던 첫날부터 온갖 불한당을 꼬여내선 사고를 쳤다. 포쾌에게 준 은자를 되찾겠다고 생난리를 쳐서 청풍객잔 주인의 딸이 대단한 여걸이라는 소문을 드날렸다. 또 상씨 가문 공자를 곤죽으로 만들었다. 그리고 소림사의 고승 하나와 아미파의 여승 하나까지 끌어들여 천산까지 동행할 길동무를 만들었다.

노복인 자신의 입장은 전혀 고려하지 않고서는 뻔뻔하게 그리됐다고 둘러댔다. 자신의 직업이 야적인 것을 알면서도 말이다.

그러더니 오늘 낮엔 이 구석진 유암호동에까지 들어와서 일가족 하나를 객잔으로 끌어들이려 하고 있다.

정말 아무도 못 말릴 어린 주인이었다. 이래선 천산으로 갈 사천행 배도 탈 수 있을지 가물가물했다. 이렇게 요란하게 움직이면 무당파 사람들이 찾고 싶지 않아도 찾을 게 뻔했다. 아니, 벌써 찾아내곤 몰래 지켜보고 있을지도 몰랐다.

차라리 그게 어린 주인에겐 좋을지도 몰랐다. 원래 도둑인 자신이야 다시 무당파에 잡혀가겠지만. 그렇다 해도 의리 있는 주인이 자신을 나 몰라라 하고 버려둘 리는 없었다. 옥에 갇혀도 금세 꺼내줄 것이다.

하지만 어린 주인이 병들고 어려운 사람들을 두고 보지 못하는 마음 씀씀이 하나만은 참으로 좋았다.

이래저래 복잡한 심경에 오천상이 연추상에게 퉁퉁거리며 대답했다.

"객잔에 남는 게 방 아니겠소?"

*　　　*　　　*

"바람 들어온다! 문 닫아!"

톡 쏘는 연추상의 목소리였다.

"닫을 문이라도 있으면 좋겠소. 거적때기가 바람에 펄럭펄럭하는 걸 무슨 수로 닫소."

오천상이 불평을 늘어놨다.

그러면서도 좁은 움막 안에서 몸을 일으켜 꾸부정하게 한껏 고개를 숙여 걸어갔다. 숙이지 않으면 얕은 지붕에 머리를 부딪치기 때문이었다. 그렇게 걸어가서 바람에 펄럭이는 거적을 두 손으로 붙잡고 버티었다.

"이렇게 바람이 많은데 이 가슴앓이 병자가 그동안 죽지 않은 것만도 천만 다행이구먼."

툭탁거리면서도 서로 할 말 다하는 노복과 주인이었다.

작은 일이 생길 때마다 개와 고양이처럼 서로 잡아먹지 못해 아웅다웅 했다. 그러면서도 할 일은 또 다했다.

그사이, 어린 주인은 늙은 여인의 온 몸에 금침을 놓고 있었다. 그 자세에서 고개도 돌리지 않고 또 노복을 불렀다.

"뭐 해? 등잔불 까딱까딱하잖아. 노복아, 등잔에 기름 좀 넣어. 깜깜해서 침놓는 데 실수할까 무섭다."

움막 문짝을 온몸으로 버티며 바람을 막고 있던 노복이 이 말에 또 투덜댔다.

"제길, 이 노복은 몸이 둘이요? 한꺼번에 두 가지 일을 시키면 나보고 어쩌라는 게요?"

제법 집중해서 침을 놓던 어린 주인이 미동도 하지 않고 즉시 나불댔다.

"거참, 머리 나쁘네. 일단 거적대기 놓고 이리 와서 등잔불 기름부터 넣고 다시 쪼르르 문으로 달려가면 될 거 아냐?"

노복도 즉시 응수했다.

"그렇다 해도 이 노복에게 지금 등잔 기름이 없소. 객잔에서 올 때 미리 말해줬어야지요. 그럼 준비해 왔을 게 아니오."

병자의 목 뒤 옥침혈에 조심스럽게 침을 놓던 어린 주인이 '흥!' 하며 입술을 삐죽거렸다. 여전히 몸도 돌리지 않은 자세였다.

"진짜 머리 나쁘네. 이 집 주인인 향이 언니한테 달라고 하면 되잖아. 설마 집에 여분의 등잔 기름도 없을까?"

어지간한 노복도 그 말엔 일순 대꾸할 말을 못 찾았다.

"내참, 알겠수. 어이, 향아야. 등잔 기름 어디 있느냐?"

그 말에 움막 저쪽 방에서 식사를 준비하던 호경향이 급히 다가왔다. 그녀가 몹시 계면쩍어하며 말했다.

"저어, 남은 기름이 없네요. 기름이 떨어진 것을 미처 몰랐어요. 죄송해요."

오천상이 호경향의 모습에서 어색함을 발견했다. 몰라서 그런 것이 아니었다. 등잔 기름을 살 은자, 아니, 동전조차 없었을 것이다. 짧은 순간 오천상이 슬픈 표정이 됐다. 그러다 재빨리 웃으며 말했다.

"그래, 향이가 기름 떨어진 것을 미처 몰랐구나. 그럼 어떡하지? 저 어린 주인이 불이라도 밝아야 그나마 침이라도 제대로 놓을 것 아니냐? 어둡다고 이 힘없는 노복을 또 들볶을 텐데. 그럼 어쩐다?"

그 말에 어린 주인이 쫑알댔다.

"됐어. 그래도 잘 놓을 수 있다, 뭐?"

노복이 대번에 반격했다.

"그럼 이 바쁜 노복은 왜 부르고 난리요, 아무것도 시키지 말고 그냥 계속 침이나 놓고 있지?"

어린 주인이 가만있을 리 없었다.

"시끄러워. 도와주지도 못하면서. 빨랑 문짝으로 달려가서 바람이나 잘 막아."

"쳇."

노소(老少)가 뒤바뀐 어린 주인과 나이 든 노복의 대화를 듣고 있던 늙은 남녀 노승 둘의 얼굴에 경탄과 웃음이 묘하게 교차했다.

백미노니와 무괴 성승은 처음 호씨 남매를 따라 이곳 유암호동으로 들어올 때 불가에서 말하는 생지옥을 떠올렸다.

맑고 고요한 산사에서 평생 불도에 정진하던 그들이다. 그들이 어렵게 사는 저잣거리 중생들을 보지 못한 것은 아니었다.

불교 선종의 스님들은 일 년에 두 번 하안거와 동안거라 이름 붙인 여름과 겨울철에 용맹정진 수련에 들었다. 그리고 그것이 끝나면 몇몇씩 짝을 지어 산 아래 속세로 탁발행(托鉢行)을 나가곤 한다. 자신의 깨달음을 세상 속에서 비쳐 보고 중생들의 어려움을 직접 체험하게 하기 위해서였다.

소림사 출신의 무괴 성승은 이런 탁발행을 수십 차례 경험했다. 아미파 출신인 백미노니는 여승의 몸이어서 아미산 주변 가까운 곳으로 몇 번 탁발행을 나갔었다. 그러나 무괴 성승마저도 오늘과 같은 참담한 정경을 직접 본 적은 없었다.

그런 이유로 두 노승은 중생들이 힘들고 어렵게 산다는 것을 그동안 제대로 느끼지 못했다고 참담하게 반성하고 있었다. 그래서 움막에 들어와서도 속으로 연신 불호를 외우며 고개를 들지 못했다.

그런데 어린 연추상은 달랐다. 정확한 신분은 말하지 않아 알 수 없었지만 몸에 밴 사소한 행동거지에서 볼 때 명문의 자손이 분명했다. 그런데 처음 냄새에 코를 찌푸린 이후 평소처럼 스스럼없이 행동했다. 노승들의 눈에 그것은 저 아이의 마음에 티끌이 없다는 것을 의미했다.

내 마음에 거짓이 없으니 외부의 정결하고 탁함에 상관없이 있는 그대로 느끼고 행동하는 것은 불교 선종이 가르치는 핵심이었다.

저 어린 아이가 저러할진대 무려 수십 년의 고행 참선에 무공까지 익힌 그들은 이 쓰러질 것 같은 움막 속에서 마음의 분별을 느끼고 있었다.

그들 두 노승은 오늘 어린 연추상에게 가르침을 받고 있는 심정이었다. 그리고 연추상은 병자를 치료하는 와중에 그녀의 나이 든 노복과 장난까지 치고 있었다. 겉으론 다투는 것으로 보이지만 그 속엔 서로를 위하는 따스한 마음이 들어 있었다.

두 노승에겐 어린 연추상이 오늘은 살아 있는 관세음보살(觀世音菩薩)이었다. 중생들의 아픈 삶을 꿰뚫어보고 그들의 아픈 곳을 고쳐 주는 보살의 화신(化身)이었다. 그 부처님의 화신은 아직 어린 나이임에도 불구하고 능숙하게 병자를 치료하고 있었다.

환자에게 다가가 몇 마디 말을 주고받더니 금세 병인(病因)을 밝혔다. 못 먹고 과로해서 생긴 병이라고 했다.

그리고 조막만한 제 손바닥으로 병자의 몸 곳곳을 누르며 아픈 곳을 찾아냈다. 그리고 갑자기 제 품에서 은자를 꺼내 술과 쇠고기, 몇 가지 소채를 거론하며 사오라고 시켰다. 그리고 숯도 있으면 사오라고 했다.

뜬금없이 명을 받은 나이 든 노복이 화를 벌컥 냈다. 노복은 이곳이 바로 유암호동 깊은 골목 안의 움막집이라며 주위를 환기시켰다.

그의 말은 옳았다. 호동 안에 살지 않는 외인(外人)들이 함부로 돌아다니면 쥐도 새도 모르게 죽어 나가는 곳인 줄 모르느냐고 철없는 어린 주인을 나무랐다. 게다가 호동 골목 안에 술을 파는 곳은 있겠지만 쇠고기 파는 곳이 있겠느냐고 주인에게 항의했다. 또 뭐 하러 술을 사 오라는 거냐며 또 어린 주인에게 인상을 썼다.

어린 주인이 얼굴 찌푸렸다. 그러더니 병자를 치료하는 데 필요하다고 했다.

그러자 호경향이 동생 아두와 함께 다녀오겠다고 나섰다. 찢어지게 가난한 사람들만 모여 사는 곳이지만 은자만 있으면 또 뭐든 살 수 있는 곳이 유암호동이었다.

연추상이 내민 은자를 들고 오천상이 호씨 남매와 함께 밖으로 나가 결국 소채와 숯가마니, 쇠고기, 술병을 사 들고 움막으로 돌아왔다.

연추상은 호경향에게 쇠고기국과 죽을 끓이고 소채들로는 나물 무침을 만들라고 했다. 오천상에게는 움막 안에 숯불을 피우라고 했다.

그리고 병자의 옷을 벗기고 제 비단 소맷자락을 부욱 찢어 그것으로 헝겊을 만들었다.

술병의 술을 헝겊에 묻혀 병자의 전신을 닦아 소독했다. 그리고 제 품에서 꺼낸 침통에서 빛나는 금침을 꺼내더니 호씨 남매의 생모인 병자의 몸 곳곳에 침을 놓아 고슴도치를 만들었다.

"아줌마, 침놓은 자리가 아프더라도 조금만 참아."

연추상의 말에 조이랑이 아픔을 참으며 대답했다.

"괜찮습니다요, 소부인 마님."

"아니야. 무척 아플 거야. 아줌마가 아픈 동안 잘 못 먹고 찬 곳에 오래 누워 있어서 몸이 많이 굳었어. 그래서 일단 온몸의 혈을 풀기 위해 침 많이 났어. 딱딱하게 굳었던 게 풀리는 동안 많이 아파. 그리고 지금 아줌마 몸이 너무 허약해. 침 맞고 나서 쇠고기죽 먹고 한잠 자고 나서 함께 청풍객잔으로 가는 거야. 알았지?"

"그렇게 큰 폐를 끼칠 수는 없습니다요, 소부인 마님."

"아니야. 사실 아줌마 가슴앓이는 큰 병이 아니야. 그런데 말이야, 그동안 너무 못 먹고 습기 찬 곳에 오래 누워 있었어. 이대로 조금만 더 있으면 아줌마 죽을지도 몰라. 향이 언니랑 아두 두고 아줌마 이대로 죽을 거야? 여기선 아무리 침 맞고 탕약 먹어도 병이 나을 수 없어. 그래서 청풍객잔으로 가자는 거야. 객잔 가면 상아가 천산 가기 전에 침 놓아주고 탕약 먹여줄게. 그렇게 하자, 아줌마."

제 어미가 이대로 있으면 죽는다는 말에 어린 호아두가 엉엉 울며 어미에게 매달렸다.

"엄마, 저 누나 말대로 하자. 엄마 죽으면 나도 못살아."

어린 아들의 성화에 조이랑이 고개를 끄덕였다.

움막 저편에서 그 모습을 보던 두 노승이 환한 미소를 지었다.

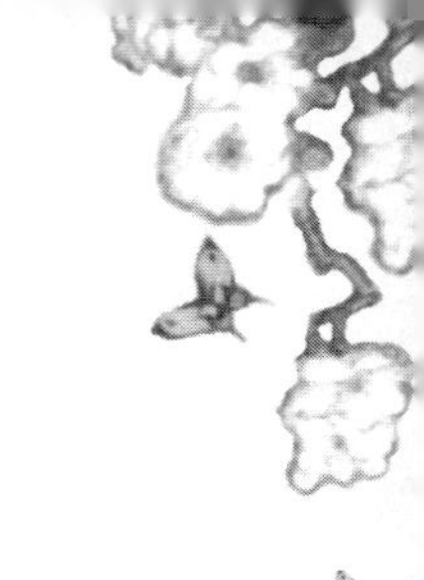

제7장

결자해지(結者解之)에 따른 음모

중원무림에는 비 온 뒤의 대나무 밭에서 솟아나는 죽순처럼 수없이 많은 방파가 존재했다. 봄날 피어나 한여름 날 무성해지는 잡초처럼 온갖 형태의 방회가 터를 잡고 세력을 떨쳤다.

그 대다수는 언제 시작됐는지 모를 희미한 이름을 내세우다 흔적도 사라지는 미미한 방파들이었다. 하지만 오랫동안 세력과 이름을 드날리며 무림의 명문으로 인정되는 방파들도 드물게 있었다. 그들의 대표자 격인 존재들이 바로 강남과 강북을 통틀어 오랜 세월을 통해 중원 십삼 개 성(省)에 뿌리내린 구파일방(九派一幫)이었다.

호북성엔 이 구파일방 중 숭산 소림사와 더불어 무림의 양대산맥으로 꼽히는 무당파가 있었다.

거목(巨木)은 숲에 홀로 있을 수는 없었다. 호북성이란 큰 숲에는 무당이란 큰 그늘 아래 살아가는 작은 나무와 잡초들도 있었다. 도가인 무당파와는 비교하기 어려운 미미한 세력을 지닌 방파들이 나타나고 사라졌다.

그들 중 정도 계열은 거의 무당파 속가들이 세운 무당의 방계들이었다. 주로 표국이나 중소 무관들이었다. 흑도들 쪽은 토착 지주 세력과 대상인들이 만든 이익 집단들이었다.

이 대상인들과 토착 세력들은 지난 삼십여 년 이상 무당파가 무당산에 칩거하고 저잣거리의 일에 개입하지 않자 조심스레 세력을 확장시켰다. 무당 본산의 눈초리가 옅어진 틈을 타서 무당 속가 일부를 포섭하고, 관부의 일부 부패한 관리들을 매수했다. 여기에 세력 약한 흑도 무림인들을 규합, 비밀리에 호북성 전체를 아우르는 연합 조직을 결성했다.

이것이 천명회(天命會)였다.

그들은 호북성의 모든 물자들의 출입을 통제하고, 매점매석을 통해 막대한 부(富)를 축적했다. 이 느슨하지만 방대한 연합 세력에겐 영원히 지속될 것 같았던 꿈같은 나날들이었다.

그런데 만년세세 지속될 것 같았던 이 천명회의 영화는 몇 달 전, 우연히 일어난 작은 사고로 금이 가기 시작했다.

호북성 일대의 비단 상인 조합인 금호방(錦護幫)의 상행을 따라 무당산 밑 마을을 지나가던 금호방 호법 삼호리(三弧狸) 삼형제가 일으킨 말썽이 그 발단이었다.

만리장성 너머 고비사막에서 활동하던 마적 떼 출신인 금호리(金弧狸) 서자추와 은호리(銀弧狸) 이형파, 흑호리(黑弧狸) 양수창은 술만 들이키면 앞 뒤 가리지 않는 거친 사내들이었다. 그들 중 셋째인 흑호리 양수창은 특히 어린 동기(童妓)를 밝히는 버릇이 있었다.

평소 천명회의 권세를 믿고 안하무인으로 행동하던 그들은 무당산 턱 밑을 지나면서도 내키는 대로 행동했다.

사건이 일어난 그 날, 무당산 아랫마을의 이름 모를 객잔에 잠시 쉬고 있던 양수창의 눈에 깜찍한 어린 계집 아이 하나가 우연히 눈에 띄었다.

욕심이 동한 양수창이 계집아이를 손에 넣으려 시비를 걸었다.

그러나 계집아이에게 맞아 쓰러졌다. 이에 금호리 서자추와 은호리 이형파가 계집아이에게 불문곡직 달려들었다. 그러나 어린 계집아이에겐 동조자가 있었다. 그녀보다 두어 살 남짓 더 먹은 계집아이의 서방이었다. 어처구니없게도 그 소년에게 고비사막을 주름잡던 삼호리가 제압당했다.

삼호리에게 더 어처구니없었던 것은, 그 어린 소년과 소녀의 신분이 바로 무당파 장문인의 아들과 며느리였던 것이다. 그날 상행에 동행했던 금호방 행수 상진양(詳進梁)이 뒤늦게 사태의 심각함을 알아채고 수습하려 했지만 허사였다.

객잔에서 현장을 목격한 무당장문인 진휘소의 친형인 항주 진가장 장주 철장대협(鐵掌大俠) 진연소가 노발대발했다. 그 즉시 금호방의 일원은 진가장 호위무사들에게 포박당해 압송됐다.

며칠 후, 무당산에서는 무한에 위치한 금호방의 방주 정규(鄭奎)와 참고인으로 무당속가인 무한표국의 국주 경천장 이적산의 소환령이 떨어졌다. 호시절을 구가하던 천명회에겐 날벼락 같은 사태였다.

그때 금호방주 정규를 희생시켜 회를 살릴 수 있다면 천명회는 차라리 정규를 죽여 입을 막으려 했다. 그러나 무한에는 천명회의 손길을 막 거절한 무한표국주 경천장 이적산이 있었다. 만일 이대로 이적산이 무당으로 간다면 천명회의 숨통이 끊어질 순간이었다.

그래서 천명회는 극약 처방으로 이적산을 미약에 중독시켜 감금했다. 대신 천명회의 회원이었던 이적산의 이복동생을 내세워 이적산이 심한 병을 앓아 움직일 수 없다고 무당산에 보고하게 했다. 금호방 방주 정규는 일가족과 함께 도피시켰다.

그리고 차일피일 시간을 끌면서 사태를 수습하려 했던 것이다. 이 와중에 이적산을 죽여 입을 막자는 의견도 있었으나 그의 이복동생이 혈육의 목숨을 차마 해칠 수 없다고 반대했다.

그래서 이적산 일가족을 통하방 방주 흑면철서 정일동의 후원에 감금했던 것이다.

그런데 얼마 전, 바로 그 통하방이 정체불명의 인물들에 의해 급습(急襲)당하고 하루아침에 멸문지화를 당했다. 통하방이 사라진 것은 큰 문제가 아니었다. 이적산이 사라진 것이 정녕 큰 문제였다.

천명회의 수뇌부가 그 일로 혼비백산했다.

정체불명의 인물들은 그날 통하방을 급습하고 무한표국주 경천장 이적산의 일가족을 구출해 소리 없이 사라졌다. 이들이 누구인지, 무슨 목적으로 흑도의 이름 없는 방파인 통하방을 들이친 것인가는 의견이 분분했다.

부상당했던 통하방도 중 사망자는 없었다. 또한 상처들도 경미했다. 그날, 침입자들이 그만큼 강한 자들이었다. 그들은 흑도의 무공이 아닌 정도의 고강한 무공을 사용한 것으로 알려졌다. 그러나 무슨 무공인지 알 수 있는 흔적은 없었다.

일반 통하방 방도들은 몇 수도 제대로 나눠보지 못한 상태로 제압됐다. 방도들은 침입자들이 저잣거리에서 흔히 볼 수 있는 평범한 무공을 사용했다고 말했다. 그러나 그 공력만은 대담했다고 증언했다.

통하방도들 중 그나마 고수였던 방주 정일동과 그의 호위들, 그리고 그 당시 정체불명의 무리들을 안내한 통하방 순찰당주 마통까지 그날 이후 사라져 버렸다. 제대로 상황 파악을 할 수 있는 자들이 모두 사라진 것이다.

다만 당시 상황을 목격한 통하방 부근 낙원가 거리의 기녀들과 행인들에 의해 유생 차림을 한 일단의 무리와 그 선두에 늙은 은퇴 관리처럼 보이는 노인이 있었다는 말이 흘러나왔다.

"참으로 난감한 사태외다."

무한성 동쪽에 자리한 고관대작과 부호들의 거리, 현무대로 옆에 자리한 거대한 저택이었다.

거대한 솟을대문이 연이어 서 있는 고택(古宅)들 중 하나의 깊은 내원 전각에서 고심 가득한 목소리가 들려왔다.

이미 오래전부터 의논을 한 듯 목소리가 칼칼하게 갈라져 있었다.

"그렇소이다. 본 장주는 후환이 두려워 요즘 밤잠도 제대로 자지 못하고 있는 상태요."

말상의 얼굴을 한 늙은 상인 한 명이 그 말을 받았다.

"최악의 사태가 벌어진 것이 아닐까 하오."

그 옆에 앉아 있던 후덕한 몸집을 한 둥근 얼굴의 노인 또한 극히 심각한 표정이었다.

"여러 회원들 앞에서 차마 입으로 내놓고 말하고 싶지 않지만 작금의 사태는 무당파에서 눈치를 채고 개입한 것일 가능성이 농후하오."

말상의 상인이 그래도 혹시나 하는 얼굴로 되물었다.

"하나 섣부른 예측은 현 상황에서 불가하오. 만일 무당파가 개입했

다면 여기 모인 우리뿐 아니라 호북 곳곳의 회의 하부 조직들마저 이
제 생사가 불투명하게 된 것이오. 어떻게 이룬 조직들인데 이리 쉽게
드러날 수 있겠소?"
　그들 뒤에 서 있던 날카로운 인상의 중년무인이 의혹 가득한 얼굴로
보고했다.
　"여러 어르신들께 본 호법이 보고 드립니다. 호북성 일대에 퍼져 있
는 본 회의 하부 조직들에게서 이틀 전부터 전서구가 올라오지 않고
있습니다. 그것도 특정 지역이 아니라 몇 군데를 제외한 전 지역에서
그렇습니다. 본 호법의 판단으로는 통하방에서 일어난 사태와 같은 일
들이 본 회의 하부 조직들에게 똑같이 벌어지고 있을 가능성이 높습니
다. 즉, 불시에 들이닥친 정체불명의 무림인들에게 쑥밭이 되어버렸다
는 것입니다."
　중년무인이 비장한 목소리로 말했다.
　그의 말에 자리에 함께한 인사들이 삽시간에 좌불안석(坐不安席)이
됐다.
　"허허, 그렇다면 이대로 있을 수는 없는 것 아니겠소. 일단 살고 봐
야 하지 않겠소."
　"바로 무당파외다, 무당파. 그들이 아니면 호북 땅에서 이토록 대규
모로 은밀하게 우리 회(會)를 칠 수 있는 세력이 어디 있소?"
　"도망쳐야 하오. 이대로 앉아서 당할 수는 없소."
　"그렇소이다. 이제 회도 끝이 났소."
　"지난 삼십 년 동안 무당산에서 죽은 듯 눈감고 있는 줄 알았는데 과
연 무당은 잠자는 대호(大虎)였던가?"
　"금호방의 삼호리 그놈들이 바로 문제였소. 그 힘밖에 모르는 용렬

한 놈들이 무당산 코 밑에서 하필이면 무당 장문인의 며느리를 건드리다니……. 그 미친놈들이 저지른 짓이 지금 우리 모두를 이 구렁텅이로 처박은 게요. 육시럴 놈들. 도대체 정 방주께선 수하들 단속을 어찌했기에 오늘의 이 참담한 상황을 만들게 했소?"

"그렇소이다. 이게 다 삼호리 그놈들을 받아들였던 정 방주의 책임이 크오."

"그렇소. 정 방주가 이리 무능한 인물인지 진작 알았다면 노부도 회에 참여치 않았을 게요. 사람을 알아보지 못한 내 눈을 지금 내 손으로 파내고 싶은 심경이요."

"저리 무능한 인사가 어찌 회의 수뇌가 되었는지 원망스러울 뿐이요."

"정 방주 당신 때문에 나와 내 식솔들이 다 죽게 되었소이다. 지금은 한시바삐 살 도리를 찾아야 하기에 내 그냥 자리를 뜨지만 어디 두고 봅시다."

탁자에 자리한 사람들은 그들 중 몸집이 비대한 늙은 상인을 향해 비난의 화살을 퍼부었다.

사람들의 시선에 그 늙은 상인은 얼굴을 들지 못했다.

"그렇소. 본 방주 휘하의 놈들이 어처구니없는 일을 저질렀소. 그 책임을 지고 본 방의 모든 가업을 정리하고 그동안 몸을 감추었소이다. 그런데도 일이 이 지경에 이르렀으니 본 방주가 책임지려 해도 더 이상 어쩔 수 없는 지경이오이다. 죄송하오이다."

비대한 몸을 가진 상인이 연신 이마에 흐르는 땀을 소매로 닦으며 주위에 사과했다.

그때, 밖에서 하인 하나가 다급한 얼굴로 들어왔다. 하인이 중년무

사에게 다가가 귓속말로 속삭였다. 중년무사의 얼굴이 심각하게 굳어
졌다.

전각 안 사람들의 시선이 일제히 중년무사에게 향했다. 중년무사가
얼굴을 찌푸리며 말했다.

"방금 들어온 급보이옵니다. 오늘 낮에 무한성 동문으로 이백여 명
의 무당파 도사들이 입성(入城)했다 하옵니다."

그 말에 시끄럽던 사람들의 입술이 삽시간에 굳어졌다. 그리고 한꺼
번에 긴 한숨소리들이 들려왔다.

"휴우, 맙소사!"

"정녕 무당파구려, 무당파!"

"그래도 설마 하였건만……."

"이제 모든 것이 끝났소."

잠시 후, 누군가 서둘러 자리를 뜨며 말했다.

"노부는 그만 자리를 뜨겠소이다."

"그럼 노부도."

"나중에 봅시다."

사색이 된 사람들이 앞을 다투어 전각에서 사라졌다.

썰물처럼 사람들이 사라지자 결국 마지막으로 두 사람만이 남았다.

하관이 긴 늙은 상인과 둥근 얼굴의 늙은 상인이 서로 씁쓸하게 마
주 보며 웃었다.

"조석으로 급변하는 것이 인심이라더니 이제 모두 제 앞가림하기 바
쁘구려, 정 방주."

"그렇소이다, 장주. 이제 저 인물들은 자신들이 회(會)에 참여했던
것도 부정할 것이오. 그것만이 자신과 제 식솔들을 살릴 수 있는 길이

라고 생각할 게요. 그리해도 무당의 검을 피할 수 없을 게요.”

“정 방주께선 그나마 일찍 가산을 정리하시고 그동안 숨어 계셨던 덕분에 여유가 있어 보입니다. 이걸 두고 화가 복으로 변했다고 하면 농이 될까요?”

“삼호리 그놈들이 본 방의 호법들 아니었소이까? 그놈들을 거두었던 덕분에 어쩔 수 없었던 일이지요. 하나 이미 무한 밖에 기솔과 재산을 임시로 피신시켜 보냈지만 결코 안심할 수 없소. 게다가 무당 제자들의 눈을 피해 호북성 밖으로 설사 도망친다 해도 이제 한 평생을 숨어살아야 한다고 생각하니 난감하기 이를 데 없구려.”

“노부 또한 별다를 것이 없소이다. 다행히 본 장은 그동안 드러내 놓고 회의 행사에 나타나지 않은 탓에 아직 무당파의 이목에 걸려들지 않은 것뿐이지요. 하나 미구에 그들이 들이닥치면 이제 살아도 산목숨이 아닙니다. 허허, 이래도 죽고 저래도 죽을 뿐이지요. 본 장주 한 몸이라면 몰라도 본 장의 수많은 식솔과 재산을 호북성 밖으로 빼돌릴 방도와 시간이 없소이다. 이미 무당 제자들이 거미줄처럼 깔려 있을 텐데 무슨 수로 그 천라지망 속을 빠져나가겠소이까?”

“그건 노부도 마찬가지요. 살아서 무사히 빠져나갈 길이 보이지 않소이다. 하지만 이렇게 넋 놓고 죽을 날만 기다려야 하는 순간이 올 줄은 몰랐소. 정 방주께 여유 있게 보일지는 몰라도 지금 심정은 타는 불길 속에 있소이다. 둘만 있는 자리여서 속 시원히 털어놓는 게요.”

얼굴이 긴 말상의 상인이 넓은 원형 탁자에 얼굴을 박았다. 그의 얼굴엔 절망감만이 가득했다.

그때 거구의 몸집을 가진 둥근 얼굴의 노인이 돌연 결연한 표정을 지으며 말했다.

"장주, 이왕 이렇게 된 마당에 이것저것 가릴 수 있겠소? 한 가닥이라도 구명줄이 있다면 붙들고 봐야겠지요."

그 말에 탁자에 얼굴을 박고 있던 긴 얼굴의 상인이 득달같이 얼굴을 들었다.

"정 방주, 혹 이 상황을 벗어날 방법이 있다는 말이오? 그것이 뭐요? 어서 말해보시오."

거구의 늙은 상인이 자신의 턱을 쓰다듬으며 의미심장한 표정을 지었다.

"상 장주, 결자해지(結者解之)란 말을 들어 알고 계시오?"

그 말에 뚱뚱한 늙은 상인이 되물었다."

"도대체 무슨 말씀이요? 살아날 수가 있다더니?"

"이 모든 사단(事端)은 본 방의 수하였던 삼호리가 건드린 무당장문인의 어린 며느리 때문이 아니오?"

"익히 알고 있는 일을 왜 물으시오?"

"그렇다면 우리가 살 길도 그 어린 계집년에게 있다는 것이오."

"무슨 뜻이요, 정 방주?"

"무당장문인의 그 어린 며느리와 닮은 계집년이 무슨 일인지 며칠 전 성문에 나타나 소동을 부렸다는 말이 들려왔소. 과거 본 방의 수하였던 자가 내게 달려와 반신반의하며 알려준 것이오. 그자는 과거 무당장문인의 생모인 남궁정의 생일잔치에 갔던 자요. 그 자의 말로는 무당장문인 며느리의 이름이 연추상이라 하는데, 분명 성문에서 야료(惹鬧)를 부렸다는 그 어린 계집년이 허술한 옷차림을 했지만 바로 그년이라는 것이었소. 게다가 동행도 한 놈 밖에 없다고 보고했소이다."

"무당장문인의 며느리가 어찌 지금 무한에 있을 수 있겠소? 게다가 허름한 옷차림에 호위 하나만을 대동하고?"

"그렇소이다. 하나 그 자는 제 눈으로 똑똑히 확인했다 했소이다. 본 방주도 당시엔 듣고 넘겨 버렸으나 만일 수하의 말이 옳다면 그 계집년이 우리의 구명줄이 될 수 있지 않겠소이까?"

"정 방주, 그렇다면 혹시?"

"흐흐, 그렇소. 지독한 일이긴 하나 이젠 어쩔 수 없소. 무당장문인이 제 외아들을 끔찍하게 위한다는 것은 다 알고 있는 사실이 아니오? 그리고 그 외아들만큼이나 그 어린 계집년을 아낀다고 하오이다. 만일 성문에서 일을 벌인 그 년이 본 방주의 수하가 말한 것처럼 무당장문인의 며느리라면 우리가 살 길은 그것 밖에는 달리 없소이다."

"정 방주, 과연 성공할 수 있겠소? 혹여 실패한다면 방주와 본 장주는 물론 일가식솔들마저 무당 제자들에게 한꺼번에 도륙될 것이오."

"그렇지만 해야지요. 내 식솔들이 살아날 수 있다면 그 년을 잡아 무당파와 협상을 해야지요. 무당파가 그 어린년의 목숨을 가지고 감히 우리를 기만하지는 못할 거요. 혹여 그 와중에 장주와 본 장주는 죽는다 해도 우리 가솔들은 재산을 가지고 아무도 모르는 중원 천지 어느 먼 곳에 정착할 시간을 벌 수 있지 않겠소. 어차피 살 만큼 산 우리 늙은 둘의 목숨이요. 우리가 성공하면 우리 두 집안은 언젠가 다시 살아날 길이 열리는 것이요. 아니 그렇소?"

"그건 그렇소? 그렇지만 혹시 성공한다면 늙은 우리 둘의 목숨도 살 수 있을지도 모르오."

"가능성은 희박하지만 그럴 수도 있소."

두 늙은 상인이 비장한 눈빛으로 손을 맞잡았다.

*   *   *

“아니, 상아가 야반도주를 하다니요? 대모님께서 말씀하는 것이 정녕 사실이옵니까?”

무한지부의 지부 유상천의 부인인 이화낭낭 여은지가 믿기지 않는다는 표정을 지으며 말했다.

“호사다마(好事多魔)라 했던가? 손자를 얻은 데다 귀여운 며느리까지 얻고 보니 이 늙은 것이 정신없이 기뻐 날뛰다가 얼이 빠진 게야. 내 품에 들어온 복을 함부로 걷어찬 격이 된 게야. 모든 것이 노신(老身)의 불찰로 일어난 일이구나. 휴우우!”

유상천의 사저(私邸) 내원의 심처에 자리한 여은지의 방이었다.

여은지 앞 상석에 앉아 있던 남궁정이 크게 한숨을 내쉬며 말했다.

여은지가 황송한 표정을 감추지 못하고 물었다.

“대모님, 그만 자책하십시오. 그런데 나이 어린 상아가 어떻게 혼자 산을 떠나 이 먼 무한까지 왔다는 말이옵니까? 도저히 이해가 되지 않사옵니다.”

남궁정의 옆에 앉아 있던 진가장주 진연소가 떨떠름한 얼굴로 말했다.

“은지야, 이 오라비가 말하기엔 부끄럽지만 상아 그것이 무당산에 잡혀 있던 야적 하나를 구출해서 같이 떠났단다. 이곳 무한으로 오면서 그동안 상아의 행적을 탐문해 보니 그 야적을 길잡이로 삼은 모양이다.”

이화낭낭 여은지의 얼굴이 찌푸려졌다.

“아니, 아무리 어린 나이지만 상아는 이미 혼사를 치른 어엿한 명문의 부녀자이옵니다. 어찌 외간 사내와 함께 먼 길을 도모할 수 있습니까, 오라버니?"

여은지는 항주에 있는 명문(名門) 여씨(呂氏) 가문의 핏줄이었다.

그녀의 부친 여인휴(呂隣休)는 당금 황실의 황사(皇師)였고, 친 오라비는 다음 대 보위를 물려받을 황태자의 최측근이었다. 정계(政界)에 막강한 영향력을 가진 항주 여씨 문중은 진가장과는 선대로부터 교분이 매우 깊었다.

그런 연유로 여은지는 어릴 때부터 자신의 집과 가까이 있는 진가장을 들락거렸다. 그녀는 나이 차가 많은 데도 불구하고 진가장주 진연소를 친오빠처럼 따랐다. 진연소의 모친인 남궁정에게는 수양딸처럼 대접받고 있었다.

때마침 몇 달 전, 그녀의 남편 유상천이 무한지부로 부임하자 그녀도 남편을 따라왔다. 그동안 여러 가지 바쁜 일이 겹쳐 무당산에 있는 남궁정에게 미처 찾아뵙고 인사를 하지 못했다.

그런데 얼마 전 무당산에서 인편으로 그녀와 남편에게 소식이 전해졌다. 그것은 전대 진가장 대부인인 남궁정이 직접 보낸 것이었다. 남궁정과 진가장주 부부가 무당파 제자들과 함께 무한으로 길을 재촉하고 있다는 반가운 소식이었다. 특별히 부탁할 것도 있다는 심상찮은 내용을 품은 짧은 서찰이었다.

그래서 여은지가 남편의 등을 밀어 부부 동반으로 성문까지 부랴부랴 마중 나오는 거창한 행차까지 벌였던 것이다.

"무슨 말을 그렇게 하는가, 동생? 상아가 어찌 행실을 함부로 할 아이겠는가? 그 아이가 우연히 어머님과 명아의 대화를 곡해(曲解)해서 들은 후에 어린 마음에 상처를 입고 저지른 일일세. 그리고 어머님과 상공과 함께 이곳 무한으로 오면서 진가장 호위들과 무당 제자들이 탐문한 결과 상아와 그 야적은 그동안 별다른 일이 없었다는 것이 명명백백 확인되었네. 그 야적이 상아를 주인으로 부르며 노복처럼 행동했다는 것이 알려진 사실일세."

남편의 옆에 앉아 있던 진가장 안주인 매향선자(梅香仙子) 이가향(李可香)이 언성을 높였다.

이가향이 함부로 목소리를 높이지 않는 성격임을 잘 알고 있는 여은지가 당황했다.

그녀가 황망 중에 무심코 연추상의 정절을 의심하는 말을 했던 것이다. 아무리 형제처럼 가까운 사이라 해도 할 말이 있고 또 꺼내서는 아니 되는 말이 있었다.

얼굴이 발개진 여은지가 급히 사죄했다.

"어머, 언니, 죄송해요."

평소 진가장주 부부가 진연명과 연추상을 얼마나 아끼는지 잘 알고 있는 그녀였다.

그리고 지금은 그동안의 세세한 곡절을 캐물어 잘잘못을 따질 때가 아니었다. 항주 진가장의 보물인 연추상이 행방불명된 위급한 시기였다. 그 생각에 골몰하던 여은지가 까맣게 잊고 있었다는 듯 깜짝 놀라며 황급히 물었다.

"참, 상아가 없어져서 명아가 무척 상심이 클 텐데. 명아는 함께 오지 않았나요?"

그 말에 진가장 일족의 안색이 더욱더 어두워졌다. 진연소가 암울한 목소리로 대답했다.

"갈수록 태산인 일이 벌어졌네. 명아마저도 지금 행방이 불명이란

다. 상아가 떠난 것을 알고 상아를 찾는다며 몰래 가출했다. 다행히 혼자 떠난 것은 아니고 무당 제자들 중에 평소 가깝게 지내던 나이 많은 사형과 함께 떠난 것으로 확인됐다. 짐작컨대 명아도 상아 뒤를 따라 아마 지금 이 무한성 내에 들어와 있을 게야. 은지야, 그래서 네 도움이 절실히 필요하단다."

여은지가 벌린 입을 다물지 못했다.

그녀는 진가장 사람들의 성격을 누구보다 익히 잘 알고 있었다. 하늘이 무너져도 어디에 함부로 손 내밀 사람들이 아니었다. 진가장은 그 꼿꼿한 자존심을 세울 만큼 세력과 힘을 갖춘 명문 중의 명문이었다.

그런데 오늘은 진가장 일족에게서 부탁한다는 소리를 벌써 몇 차례나 들었다. 진가장 일족이 자신의 여씨 집안과는 허물없이 지내는 사이였지만 이렇게 연이어 다급하게 손을 벌릴 줄은 몰랐다. 그만큼 진가 일족들에게 진연명과 연추상은 무엇과도 바꿀 수 없는 혈손이었다. 정녕 허투루 처리할 일이 아니었다.

여은지가 한참 고심을 거듭했다.

"명아와 상아가 지금 무한성 내에 들어와 있다면 반드시 찾을 수 있을 겁니다, 대모님, 그리고 오라버니와 언니. 너무 상심하지 마셔요. 한데 이 아이들이 몰래 움직이고 있다면 지금 포청의 포쾌들을 풀어 수소문하고 다니면 오히려 일이 어려워질 가능성이 높답니다. 제가 믿을 수 있는 수하들을 따로 풀어 비밀리에 염탐하는 것이 아이들 신상에도 좋을 것입니다. 그것이 진가장과 무당파의 위명을 손상시키지 않는 일이기도 할 거예요."

여은지의 결론에 진씨집안 일족들도 고개를 끄덕였다.

그것은 그들도 바라마지 않는 일이었다. 진연명과 연추상의 초상을 그려 포쾌들이 들고 다니며 탐문하면 눈치 빠른 그것들이 몸을 숨길 가능성이 더 높았다. 그리고 아이들이 가출한 것이 무슨 자랑거리라고 무한 땅에 널리 떠들어 부끄러움을 자초하겠는가?

게다가 지금 삼십 년 만에 호북성 일대에 무당의 장문령이 내려져 악도들을 한꺼번에 토벌하는 중이었다. 아직까지 은밀하게 일을 진행하여 알려지지 않고 있을 뿐이었다. 토벌된 악도들 중에 억하심정을 가진 누군가가 아이들에게 위해를 가할 가능성도 있었다.

"어떤 방도를 쓰더라도 하루빨리 아이들을 찾아야 한다. 은지야, 부탁한다."

진가장주 진연소가 말했다. 그리고 그가 유상천에게 슬쩍 고개를 돌렸다.

"유 지부, 자네에게도 긴히 할 말이 있네. 평소 동생으로 여기고 있던 은지의 얼굴을 믿고 하는 말이네만, 호북 일대에 오래전부터 암약하던 무리들이 있었네. 무당파에서도 얼마 전에야 그 꼬리를 잡았네. 그 악도들은 상계와 무림계, 그리고 관계(官界)에도 수십 년 전부터 뿌리를 내려온 집단이네. 지금 비밀리에 무당에서 장문령을 내려 그들을 치고 있는 중이네. 그래서 무당 제자들이 비밀리에 호북 일대, 그리고 이곳 무한성 내에서도 한 달 전부터 움직이고 있네. 자네에게 이제야 사실을 밝히는 것을 미안하게 생각하네."

무한지부 유상천의 안색이 급변했다.

"아니, 그게 무슨 말씀입니까?"

진가장주 진연소가 몹시 곤혹스런 표정으로 말을 이었다.

"그것이 말일세. 사실 상아와도 연관이 있는 제법 긴 사연을 가지고 있네."

"천하의 진가장 장주이신 철장대협(鐵掌大俠)께서 소제(小弟)에게 하시지 못할 말씀이 어디 있습니까?"

"그럼 유 지부에게 속 시원히 말하겠네."

"예, 형님."

"……."

"……."

일 다경(一茶頃)이나 지나서야 진연소의 말이 그쳤다. 그동안 유상천의 안색은 몇 번이나 바뀌었다.

유상천이 분노를 누르지 못하며 말했다.

"이런 천하에 몹쓸 역도들이 있었다니! 그리고 그 역도들 중에 제 수하도 있다는 것이지요? 이놈들이 소제의 눈과 귀를 흐리고 있었다는 말씀이지요?"

진가장 안주인 이가향이 남편 옆에서 상세하게 설명했다.

"이것은 유 지부가 부임하기 전부터 계속됐던 뿌리 깊은 악폐(惡弊)라 들었습니다. 토착 세력들이 부패 관료들과 손잡고 벌인 일입니다. 상아가 무당산 밑 객잔에서 그놈들의 수하들과 다툼이 일어나지 않았다면 무당산에서도 알아내지 못했을 만큼 은밀하게 자행된 일입니다. 무당파에서 지금 호북성 일대에서 일제히 그 악도들을 징계하고 있습니다. 그동안 관에선 어떤 보고도 없었습니까?"

유상천의 손에 저도 모르게 힘이 들어갔다.

자신이 그래도 명색이 무한성의 관의 수장이었다.

그런데 이런 사태가 벌어지고 있었는데도 그동안 감감무소식이었던 것이다.

"대모님과 형님, 형수님께는 참으로 낯부끄러운 소리입니다만 소제에게 올라온 보고는 단지 정체 모를 무림인들이 준동하고 있다는 것이었습니다. 도적 떼들과 야합한 흑도들이 세력 다툼을 벌이고 있다는 식이었습니다. 특히 관과 무림은 강물과 바닷물처럼 서로 건드리지 않는 관례가 있으니 지켜보고 있으면 곧 잠잠해질 것이라고 했습니다. 이 쳐죽일 놈들이 말입니다."

유상천의 말에 이가향이 대답했다.

"그랬겠지요. 부임한 지 얼마 되지 않아 무슨 수로 알아낼 수 있었겠어요? 너무 심려치 마세요. 무당 제자들이 악도들의 작태를 알아내고 일망타진하고 있을 것입니다. 며칠 전, 이곳 무한의 낙원가라는 기루 거리에 있던 통하방이라는 흑도를 친 것도 무당파에서 한 일입니다. 그놈들이 무당의 속가제자를 납치해서 감금하고 있었지요."

유상천이 길게 한숨을 내쉬었다.

"후우, 역시 그것도 그랬군요. 소제에겐 늘 있는 흑도들끼리의 세력 다툼 외중에 벌어진 작은 소동이라고 보고됐습니다."

이가향이 역시나 하는 얼굴로 고개를 끄덕였다. 그리고 유상천에게 물었다.

"그건 그렇고, 혹시 관청에 올라온 최근의 소식 중에 어린 여자 아이와 관련된 것은 없나요? 천만뜻밖에도 우리 상아와 연관된 일일지도 모르잖아요? 상아가 어리지만 제법 깜찍하고 영특해서 사람들 눈에 잘 띤답니다. 게다가 피치 못할 사정으로 영약도 섭취하고 무당산에 계신 고(高) 사부님들의 귀여움을 받아 고강한 무공을 전수받아서 여간내기가 아니랍니다. 그 아이가 또 제 생부(生父)인 천산신의께 의술도 배워서 불쌍한 이들을 보면 꼭 고쳐 주고 만답니다. 우리 일행이 무한성으로 오는 동안 상아의 소식을 알아봤더니 그것이 그동안 꽤 여러 가지 일을 했더군요. 게다가 그것의 성격이 시원시원해서 이치에 맞지 않는 일을 보면 못 참고 나선답니다. 실제로 상아가 무한으로 오는 동안 우 각산이란 곳에서 도적 떼도 교화시켰다지 뭡니까? 그리고 이름 없는 농가에도 들러 귀머거리 아이도 고쳐 줬답니다. 게다가 농가 부근의 병자들까지 몰려들자 그들까지 모두 치료해 주고 길을 떠났답니다. 치료받은 자들이 상아를 무슨 성녀(聖女)라고 하며 떠받들고 다닌답니다, 글쎄."

이가향이 그동안 들은 연추상의 행적을 거론했다. 연추상의 한 일이 대견하지 않느냐는 자랑도 반쯤은 들어 있었다.

이가향의 얘기를 듣던 유상천이 고개를 갸웃했다.

"그 무슨 성녀 얘기 말씀이군요. 그것이 상아와 관련된 일이었습니까? 가만있자, 수일 전에 성문에서 열 살 조금 넘은 여아 하나가 검문하던 포쾌 하나와 큰 소동을 벌였답니다. 어쩐 일인지 건장한 사내인 포쾌가 그 어린 여아에게 큰 낭패를 보았답니다. 그런데 포청의 제 수하의 보고서에서 그 여아가 근자에 무한 부근에서 준동하고 있는 정체 모를 무림인들과 내통하고 있는 의혹이 짙다고 적혀 있었습니다. 특이한 사항은 그 여아가 아직 나이는 어리지만 천하에 보기 드문 미색이어서 주안술을 연마했거나 동자동녀공을 수련한 흑도의 요녀로 파악하고 있으니 곧 잡아들일 예정으로 예의 주시하고 있다고 했습니다. 소제가 생각하기에도 워낙 이치에 맞지 않는 일이어서 일단 철저히 진상을 파악하라고 지시만 해둔 상태입니다만……."

유상천의 말이 끝나자마자 진가장 일족이 서로 얼굴을 마주 봤다. 남궁정과 진연소, 이가향이 누구 먼저라고 할 것 없이 고개를 끄덕였다.

남궁정이 말했다.

"상아가 틀림없다. 상아 아니면 열 살 남짓한 여아가 누가 감히 포청의 포쾌에게 달려들겠느냐? 이보게, 유 지부. 그 여아가 포쾌와 벌인 일을 좀 더 상세히 말해보게. 어서."

유상천이 웬지 우물쭈물했다.

"그 그게… 좀 말씀드리기가… 좀……."

남궁정이 안달했다.

"아니 무슨 말인가? 상세히 고해보라니까!"

남편 옆에 있던 여은지가 당황하는 남편을 대신해 나섰다. 남궁정의 눈치를 살피며 살며시 말했다.

"저… 대모님, 포쾌가 성문 입장을 빌미로 여아의 동행인 사내에게 뇌물을 받았는데 여아가 돌려달라며 떼를 썼답니다. 실랑이가 벌어졌는데 그 여아의 손에 마침 포쾌의 바지 끈이 뜯겨져 버렸답니다. 그리고 저어… 그때 그 포쾌가 마침 속옷을 입고 있지 않았답니다. 그래서……."

여은지가 차마 말을 맺지 못했다.

남궁정이 이마를 치며 탄식했다.

"아이고! 상아가 틀림없다. 이것이 또 사단을 벌인 게야. 이것이 성문에서 부끄러운 줄도 모르고 또 일을 벌인 게야. 아비, 어미야 그렇지 않느냐?"

진연소가 울지도 웃지도 못하는 묘한 표정이 됐다.

얼굴을 일그러뜨리던 그가 갑자기 말했다.

"어머님, 정황을 들어보니 거의 확실한 것 같습니다. 상아가 또 무슨 소동에 휘말린 것 같습니다. 그런데 의혹이 가는 일이 있습니다. 만일

성문에서 소동을 벌인 그 아이가 상아라면 유 지부에게 올라온 관청의 보고서가 기이합니다. 흑도들과 패거리를 짓고 있는 요녀라니요? 게다가 상아를 체포해서 압송할 계획이라니요? 어린 여아가 혼자 무슨 큰 일을 벌인다는 것입니까? 그렇다면 여기엔 분명 의문점이 숨어 있습니다. 이보게, 유 지부. 보고서를 올린 그 수하가 어떤 인물인가? 과연 믿을 수 있는 자인가?"

진연소의 지적에 유상천이 고개를 끄덕였다.

"형님 말씀을 듣고 보니 그렇습니다. 그자는 포청의 순검 중 하나이온데 평소 일 처리가 공평치 못하다고 의혹이 가던 자였습니다. 만일 보고서 속의 요녀라고 지목된 여아가 상아로 확인된다면 보고를 올린 그자가 사심(邪心)을 가지고 없는 일을 만들려고 수작을 부린 것입니다. 은밀하게 내사해서 반드시 진상을 알아내겠습니다."

진연소와 유상천의 대화를 들은 남궁정이 격동했다.

"이걸 어쩌나? 상아 이것이 산에서 몰래 내려가더니 그새 온갖 불한당들과 시비를 벌였구나. 이보게, 유 지부. 노신을 당장 그 여아가 있는 곳으로 안내하게. 직접 확인해야겠네."

안절부절못하는 시어머니를 본 이가향이 나섰다.

"너무 심려 마시어요. 어머님께서 어찌 그런 곳에 행차하실 수 있겠습니까? 당장 상공과 소첩이 나서겠습니다. 여럿이 우르르 움직이면 분명 표시가 날 것이고, 그러면 그 여아가 상아라면 당황하여 분명 다시 도망칠 가능성이 높습니다. 누구를 따로 보낼 필요 없이 상공과 소첩이 몰래 살펴보고 오겠습니다."

남궁정이 반색했다.

"그래라. 아비와 어미가 당장 다녀 오거라. 이보게, 유 지부. 그 여아의 행적이 보였다는 곳이 어디인가?"

유상천이 기억을 더듬으며 생각했다.

"보고서에는 어느 객잔에 유숙하고 있다고 했습니다. 그 이름이 지금 기억이 나지 않습니다. 하지만 현재 제 집무실에 그 보고서가 있습니다. 보고서에 그 객잔 이름이 명시돼 있었습니다."

이때 밖에서 누가 문을 두드렸다.

유상천이 목소리를 높여 밖을 향해 말했다.

"게 누구냐? 귀인들과 접견 중이다. 특별히 급한 사항이 아니면 일체 기별조차 하지 말라고 지시하였을 터인데?"

유상천의 집사가 문밖에서 대답했다.

"지부대인, 무당파에서 급한 소식을 지닌 이가 찾아왔습니다! 진가장 대부인께 아뢸 말씀이라 하옵니다."

유상천이 급히 대답했다.

"무당파에서 사람이? 그럼 당장 들라 해라."

"예. 들어가시지요."

집사의 안내로 들어선 이는 문사건을 쓴 은퇴 관리 같은 노인이었다. 그가 들어와 남궁정을 향해 고개를 숙였다.

그는 무당 장로원 원주 형운(滎雲)도장이었다.

"노도 형운이 노대부인을 뵈오이다. 장주와 장주 부인께서도 먼 길 오시느라 고생하셨습니다."

남궁정이 자리에서 벌떡 일어나 형운도장을 맞았다.

"오오, 도장께서 어이 아시고 이곳까지 어려운 발길을 하셨습니까? 어서 오십시오."

진연소와 이가향도 형운 도장과 수인사를 나눈 뒤 그를 유상천 부부에게 소개했다.

"이분께서는 무당파의 장로원 원주를 맡고 계신 형운도장이십니다. 그리고 이쪽은 무한성의 유상천 지부와 그 부인되십니다. 유지부 부인인 여낭낭은 진가장과 절친한 사이로 형제 간이나 다름없습니다."

형운도장이 그 말에 놀라워했다.

"그러합니까? 노도 형운이 지부대인과 귀부인을 뵙습니다. 우리 무당파 현임 장문인의 모친 되시는 노대부인께서 이곳 무한에 입성할 때 지부대인께서 성대하게 맞이하셨다 들었습니다. 게다가 노대부인께서 지부대인의 저택에 머무르고 있다는 소식에 노도가 염치 불문하고 찾아왔습니다. 시급히 의논드릴 중요한 사안이 있어서 그러하니 미리 통보하지 못한 결례를 용서하십시오."

형운도장의 말에 남궁정이 재촉했다.

"중요한 소식이라니요? 혹 상아와 명아의 소식입니까?"

형운도장이 대답했다.

"그러합니다만……."

형운도장이 잠시 말을 끊었다.

그러자 남궁정이 형운 도장에게 말했다.

"이미 말씀드렸듯이 여기 있는 유 지부 부부는 우리 진가 일족들에게는 남이 아닌 사람들입니다. 하여 도장께서는 기탄없이 말씀해 주십시오. 혹 상아와 명아 일이라면 여기 유 지부 부부에게 도움 받을 일도 있습니다."

형운도장이 다시 말을 이었다.

"노대부인께서 그리 말씀하시니 노도가 가감 없이 말씀드리겠습니다. 일단 상아의 행적은 찾았습니다."

남궁정이 안색을 펴며 기쁜 기색을 드러냈다.

"방금 유 지부에게서도 상아와 비슷하다는 여아의 행적을 발견한 상태였습니다. 혹시 성문에서 낯 뜨거운 일을 벌였다는 그 여아 얘기입니까?"

형운도장이 되물었다.

"그러합니다. 노대부인께서도 이미 알고 계셨습니까?"

남궁정이 고개를 설레설레 지으며 쓴웃음을 지었다.

"상아 그것이 지나는 곳마다 제 부끄러운 줄 모르고 크게 일을 벌이니 어찌 모를 수가 있겠습니까?"

형운 도장이 다시 말을 이었다.

"노도가 몰래 제자들을 이끌고 이곳 무한성 내에 들어와 악도들을 소탕하고 있습니다. 그 외중에 감금돼 있던 무한표국주 부부를 구출했습니다. 그런데 그 악도들을 추적 중에 악도들의 수뇌들이 어린 여아 하나를 노리고 있다는 소식이 우연히 들어왔습니다. 급히 염탐하여 보니 악도들의 수뇌가 노린다는 여아가 바로 다른 사람이 아닌 상아였습니다. 궁지에 몰린 악도들이 어찌 알았는지 상아의 신분을 알아내고 납치하려고 기도하고 있었습니다. 악도들이 상아를 납치해서 제 식솔들을 안전하게 피신시킬 때까지 볼모로 삼으려는 수작이었습니다. 한데 이런 위급한 외중에 하늘이 도우셨는지 때마침 상아 옆에 고강한 무공을 지닌 선대 노승 두 분이 계시어 지금껏 악도들의 손길을 피하고 있었습니다. 그리고 방금에야 알아냈습니다만 그분들 외에도 상아 옆에는 본 문의 조사이신 삼학 사조들께서도 몰래 신형을 숨기고 계셨습니다."

남궁정은 연추상이 납치당할 뻔했다는 소식에 까무러칠 듯이 놀랐다.

　그러나 삼학도장에 이어 웬 노승 두 사람까지 상아의 곁에 머무르고 있다고 하자 가까스로 놀란 가슴을 쓸어내렸다.

　"천만다행입니다. 삼학 사조들께서 상아의 뒤를 쫓아 이미 산에서 내려오셨습니다. 그분들이 상아의 행적을 벌써 알아내시고 보호하고 계시었던 것입니다. 그런데 상아 옆에 노승 두 분이라니요?"

　형운도장이 얼굴에 짧은 미소를 지으며 말했다.

　"그분들께서 어인 일로 이 무한의 객잔에 계신지 모르오나 운수행각 중이셨던 것으로 짐작됩니다. 우연히 상아를 만나시고는 곁에 머물고 계셨습니다. 참, 그리고 노승 두 분 중 한 분은 여기 계신 매향선자와 인연이 깊은 분이셨습니다."

　자신이 거론되자 매향선자 이가향이 의문 가득한 얼굴이 되었다.

　"형운 도장님, 그것이 무슨 말씀이십니까?"

　형운도장이 이가향에게 말했다.

　"그분은 선자의 사부 되시는 아미파의 백미신니 이셨습니다. 나머지 한 분은 소림사의 무괴 성승이셨습니다. 본 도장의 바로 윗대 선배 되시는 그분들이 어쩐 일이신지 상아의 곁에 계십니다."

　이가향이 한편 놀랍고 한편 반가운 기색을 드러냈다.

　"어쩌면 이럴 수가? 아미산에 계실 사부께서 무괴 성승 그분과 지금 상아 옆에 계신다니? 참으로 놀랍기 그지없는 일입니다. 그렇다면 도장께서는 지금 상아가 있는 곳을 알고 계시다는 말씀 아닙니까? 어디입니까, 상아가 머물고 있는 곳이?"

　이가향이 당장이라도 그의 사부와 연추상이 있는 곳으로 달려갈 듯이 급한 마음을 드러냈다.

　그녀의 복잡한 심정을 짐작한 형운도장이 손을 내저으며 말했다.

"선자께서는 잠시만 더 노도의 말에 귀를 기울여 주십시오. 지금 그 곳에는 상아뿐만 아니라 명아 또한 공심 사질과 함께 몰래 숨어 있습니다."

진연명의 얘기까지 나오자 이가향 뿐만 아니라 남궁정과 진연소까지 격동해서 자리에서 일어섰다.

남궁정이 소리쳤다.

"아비야, 어미야. 아이들을 모두 찾았구나!"

속 끓이던 손자와 손자며느리의 행방이 한꺼번에 밝혀지는 순간이었다. 그녀가 더 이상 참지 못하고 아들인 진연소와 큰며느리 이가향의 손을 잡고 소리쳤다.

"당장 가 보거라! 아니다! 노신이 가야겠다!"

형운도장이 남궁정을 만류했다.

"노대부인, 잠시만 심려를 거두소서. 그리고 노도의 말을 마저 들어주소서. 더욱더 자세한 내용을 말씀드리겠습니다."

노모를 대신해 진연소가 대답했다.

"어머님, 잠시만 기다려 보옵소서. 도장께서는 말씀을 계속하시지요."

형운도장이 길게 숨을 들이셨다. 그리고 차분하게 말했다.

"현재 상아와 명아가 유숙하고 있는 곳은 주작로 서편에 있는 청풍이란 이름을 가진 객잔입니다. 노도가 알아본 바로는 상아가 무당산에서 구출해 동행한 야적이 바로 그 청풍객잔의 주인이었습니다. 그런데 어쩐 일인지 지난 행적을 더듬어보니 그 자는 상아에게 해를 입히지 않았던 것으로 밝혀졌습니다. 어떤 내막이 있었는지 오히려 상아를 주인이라 부르며 종복 행세를 하고 있었습니다. 그 자는 오천상이라고 하는 자이온데, 그 자가 상아의 뜻에 따라 천산으로 갈 배편을 수소문하고 있는 것을 제자들이 알아냈습니다. 현재 천산으로 가는 가장 빠른 길은 일단 배편으로 사천성까지 가야 합니다. 하지만 다행히도 사천으로 가는 대형 여객선은 빨라야 열흘이나 보름이 지나서야 출발한다고 합니다. 그 사이 상아의 마음을 돌리면 될 것입니다. 그리고 명아와 공심 사질은 현재 청풍객잔 이층 객방에 유숙 중입니다. 상아는 객잔 삼층에 묵고 있습니다. 명아가 상아와 대면은 하지 않은 것으로 알고 있습니다. 명아는 혹시 저를 보고 상아가 놀라서 다시 도망갈까 해서 지켜보고만 있습니다. 삼학 사조들께서는 청풍객잔 주변 여인숙에 방을 잡아두고 밤낮으로 상아와 명아를 보호하고 계십니다. 그런데 지금 심상찮은 일이 상아 주변에 벌어지고 있습니다. 무슨 까닭인지 포청의 포두와 포쾌들이 멀찍이서 몰래 상아를 주시하고 있습니다. 아마 상아에게 성문에서 창피를 당한 자들이 앙심을 품고 보복을 노리고 있는 듯합니다. 그리고 얼마 전 상아가 청풍객잔에서 술 취한 불한당 하나와 시비가 붙은 적이 있습니다. 그 놈이 상아에게 크게 낭패를 봤습니다. 그런데 그놈이 무한 상암장의 외동아들입니다. 그 상암장에서도 지금 제 집의 식객을 풀어 상아를 살피고 있습니다. 아마 몰래 앙갚음할 기회를 노리는 듯합니다. 그리고 마지막으로 상아를 노리는 제일 위험한 세력이 있습니다. 그들이 현재 본 문에서 장문령을 내려 척결하고 있는 무리입니다. 천명회라는 이름으로 호북 일대에서 암약하던 그들은 호북성 각지에서 무당 제자들에 의해 토벌되었습니다. 그놈들의 남은 수뇌가 금호방의 방주 정규입니다. 그런데 그 자가 남은 잔당들을 규합해서 상아를 납치하려 하고 있습니다. 세력이 와해되자 숨을 곳을 찾아 헤매던 그 자들이 상아를 납치해서 제 식솔들이 살아날 길을 도모하고 있습니다. 이런 여러 복잡한 사정들이 현재 상아와 명아 주변에 얽혀 있습니다. 따라서 노도의 생각으로는 당분간 악도들이 준동할 때까지 상아를 지켜보고 있자는 것입니다. 설사 악도들이 부지불식간에 상아에게 마수를 뻗치더라도 상아 옆에는 삼학 사조님들과 노승 두 분, 그리고 명아와 공심 사질이 있습니다. 그리고 노도와 무당 제자들이 먼 곳에서 물샐틈없이 둘러싸고 있습니다. 악도들이 나타나면 그때 일망타진하면서 상아를 구하는 것이 어떠하겠습니까? 그렇다면 상아 또한 감격할 것입니다. 그래야 상아가 그동안 서운했던 것도 풀고 천산으로 떠나려 하지 않을 것입니다. 해서 이런 방도를 말씀드리는 것입니다. 노대부인께서 널리 해량하시기 바랍니다."

형운도장의 기나긴 말이 끝이 났다.

남궁정이 길게 한숨을 내쉬었다. 한참을 고심하던 남궁정이 아들 진연소의 손을 잡고 말했다.

"당장이라도 아이들 곁으로 달려가고 싶지만 형운도장 말씀이 이치에 합당하다. 상아가 편안한 마음으로 집으로 돌아오게 할 수만 있다면 뭐든 못하겠느냐? 아비, 어미야, 도장 말씀대로 행하도록 하거라."

"예, 어머님."

진가장주 진연소가 묵묵히 대답했다.

제8장

꽃 장사

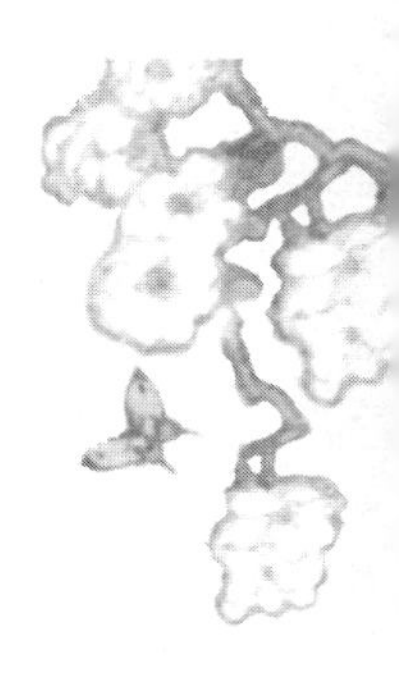

"어머!"

청풍객잔의 뒷마당 우물가에서 호경향이 놀라 소리쳤다.

새벽에 꽃시장에 가서 사온 싱싱한 꽃송이들을 우물가 나무통에 물을 받아 넣어뒀다. 그런데 어찌 된 일인지 우물가엔 물이 담긴 빈 나무 물통만 썰렁하게 남아 있었다.

"이걸 어째!"

호경향이 우물가에서 발을 동동 굴렀다.

호경향은 아침을 먹고는 빈 그릇을 들고 설거지를 하러 우물가로 내려왔다. 그런데 오늘 팔러 나가려고 준비해 뒀던 그 꽃들이 감쪽같이 사라지고 없었다.

호경향은 이틀 전, 병든 어미와 어린 남동생 아두와 함께 상춘객잔으로 짐을 옮겼다.

　　오천상의 등에 업힌 어미와 함께 그녀는 어린 남동생의 손을 잡고 유암호동을 떠나왔다. 연추상이 강권해서 그녀의 손을 마구 끌고 온 탓도 있었지만 결국은 병든 어미를 완쾌시키기 위해 그녀가 부끄러움을 무릅쓴 것이었다.

　　연추상은 삼층에 있는 제 방의 바로 옆 빈 방을 그녀 일가족의 거처로 내주었다. 호경향은 연추상의 손을 붙잡고 몇 번이나 고맙다고 눈물을 흘리며 고마워했다. 그런 그녀에게 연추상은 앞으로 전처럼 거리에 나가 힘들게 꽃 장사를 할 필요가 없다고 잘라 말했다. 객잔에서 편히 먹이고 재워주겠다고 장담했다.

　　하지만 호경향은 어미를 치료해 주고 그들 가족을 재워주는 것 이상의 호의는 받아들일 염치가 없다고 손사래를 쳤다. 꽃을 팔아 은자를 모아서 세 식구의 식비는 제 힘으로 마련하겠다고 고집했다.

　　그래서 호경향은 오늘부터 다시 꽃 파는 일을 시작하려고 새벽 꽃시장에 들러 꽃을 구해왔다.

　　객잔 뒤편 우물가에 그 꽃송이들을 큰 나무통 속에 담아두고 아침 식사를 했다. 그리고 아침 설거지를 하러 우물가로 나와 보니 꽃송이들이 자취를 감춘 상태였다.

　　호경향이 안타까워할 때, 아침 식사를 끝낸 객잔 점소이들이 입을 헹구려고 우물가로 몰려왔다.

　　호경향이 점소이들에게 물었다.

　　"저, 혹시 우물가 저 나무통 속에 있던 꽃송이들 못 보셨나요?"

　　청풍객잔 점소이들의 우두머리인 나이 많은 오주명(吳周明)이 대답했다.

　　"새벽녘에 분명 보았는데? 꽃송이들이 저 안에 있었지, 아마?"

다른 점소이들도 고개를 끄덕였다.

"예. 아침 들기 전에 우물가에서 소세할 때 봤었는데? 그 꽃들이 없어졌어?"

호경향이 울상을 지으며 대답했다.

"예. 아침 먹고 장사 나갈 것이었는데……."

그것들은 그녀의 수중에 남아 있던 몇 푼 되지 않는 은자로 사온 것들이었다. 그 소중한 밑천이 사라진 것이다.

"어쩌나? 어쩌나?"

호경향이 근심에 싸이자 오주명이 나섰다.

"이러고들 있지 말고 어서 흩어져서 다들 찾아봐. 객잔에 묵고 있는 손님들 중에 누군가 모르고 가져갔을 수도 있다. 손님들 방을 일일이 확인해 봐라. 그리고 너는 총관님과 주방장님께 달려가서 여쭤봐라. 너는 새로 오신 주인님께도 알려드리고. 어서."

점소이들이 뿔뿔이 흩어졌다.

그리고 호경향이 우울하게 우물가에서 아침 설거지들을 막 마쳤을 때, 오주명이 달려왔다.

"향아, 찾았다, 찾았어! 한데……."

호경향이 우물가에 쭈그렸던 몸을 펴며 물었다.

"어찌 된 일이래요?"

웬일인지 오주명이 난처한 얼굴로 제 머리를 긁적였다.

"그게 말이다, 향아. 어린 주인님이 아침을 대충 드시고는 네 꽃들을 들고 객잔 밖으로 나가시는 걸 주방장님이 보셨다고 한다."

"네에?"

호경향이 놀라워했다.

그때 그녀의 뒤쪽 객잔 후원에서 노승과 노비구니가 함께 걸어왔다.
그들 중 백미노니가 말했다.

"그 말이 맞다. 무슨 일인지 상아가 아침을 먹는 둥 마는 둥 하더니
우물가로 와서 꽃들을 한아름 품에 안고 객잔 밖으로 달려 나갔다. 그
렇지 않아도 괴이하게 여기고 있던 참인데 함께 나가서 상아를 찾아보
지 않으련?"

*　　　　*　　　　*

"꽃 사봐라!"
넓디넓은 주작대로 한 귀퉁이에 아침 이른 시각부터 느닷없이 낭랑
한 목소리가 메아리쳤다.

깜찍하게 생긴 어린 계집아이 하나가 색색의 꽃송이를 품에 안고 오
가는 사람들에게 외치고 있었다.

주작대로는 오가는 사람들이 붐비는 번화한 거리였다. 길가엔 온갖
형태의 전각들이 줄을 지어 늘어서 있었다. 특히 청풍객잔이 위치한
명성(明星)호동은 무한에서 이름난 전각들이 많았다.

고급주루인 화춘루(華春樓), 미곡거래상 미보당(米寶堂), 비단전문점
금취당(錦翠堂), 그리고 고급 골동품점과 전당포, 지역 특산물을 취급
하는 점방(店房)들이 연이어 늘어서 있었다.

이 명성호동 한복판에서 그 맹랑한 호객꾼이 소리쳤다.

"꽃 사봐라!"
하지만 꽃을 사는 사람은 아무도 없었다.
주위를 둘러보던 어린 계집아이가 다시 힘을 내어 외쳤다.

“꽃 사라! 안 사주면 복 못 받는다!”

그래도 아무도 복 받으려고 나서지 않았다.

인상을 찌푸린 계집아이가 다시 크게 소리쳤다.

“꼬옷 함 사 봐라! 이거 안 사주면 대대로 복 못 받는다!”

그래도 그녀를 찾는 사람은 아무도 없었다.

울상이 된 계집아이가 더욱 발을 구르며 다시 소리쳤다.

“복 못 받으면 자손 번창 못 한다더라! 꽃 함 사봐라아!”

하지만 지금 그녀의 주위는 너무 조용했다.

저 혼자 쨍쨍 소리치다 목이 아픈지 계집애가 얼굴을 팍 찡그렸다.

계집아이가 이번엔 제 목을 움켜쥐고 꽥 소리쳤다.

“사라아 ! 사라아 ! 꽃 사라아 ! 태상노군 신선님이 복 팍팍 내려준다아!”

무심코 지나가던 사람들이 이 어이없는 계집아이의 악다구니에 몸을 움찔했다.

그들은 하나같이 살다 살다 참 별 꼴 다 본다는 얼굴이었다.

‘꽃 좀 사세요’ 라고 부드럽게 애원해도 아침부터 꽃을 사줄지 의문이었다. 그런데 일말의 동정심에 기대어도 시원찮은 판에 계집애는 반말로 마구 소리치고 있었다.

게다가 반말은 고사하고 제가 팔고 있는 꽃을 안 사주면 복도 못 받는다고 숫제 협박조였다. 또한 꽃을 안 사주면 자손도 번창하지 못한다며 은근히 사람들을 윽박지르고 있었다.

그래도 사람들이 제 말에 귀를 기울이지 않자 계집애는 또 난데없이 애꿎은 신선님까지 들먹였다. 제가 들고 있는 꽃을 사지 않으면 태상노군 신선님께서 복을 주시지 않는다고 어느덧 생떼까지 부리고 있었다.

오가는 사람들이 이런 그녀의 행태를 보고 다들 한심스럽다는 표정을 지었다. 그러거나 말거나 그 계집애는 명성호동 한복판에 서서 사방으로 번갈아 계속 고함을 질렀다.

그녀는 어린 나이임에도 불구하고 머리를 틀어 올려 비녀를 꽂고 있었다. 이미 혼례를 올려 부인이 됐다는 표시였다.

꽃 파는 일은 보통 가난한 집의 나이 어린 소녀들이 집안의 생계를 꾸리기 위해 나서는 일이다. 길가는 사람들 중 가끔 짓궂은 사람들이 꽃을 사준다는 핑계로 여아들을 희롱하곤 했다. 그래서 남편 있는 아녀자가 할 일은 아니었다.

이상한 점은 또 있었다.

이 명성호동은 주로 부유한 사람들이 쓰는 고급 물품들을 거래하는 고급점방들이 자리한 거리였다. 당연히 이곳의 상권을 가진 이들은 잡상인들의 출입을 엄금했다.

좌판을 벌여 사람들을 끌어들이거나, 길가에 서서 호객하는 것은 가난한 이들이 벌이는 장사였다. 그런 잡상인이 명성호동에 발호하는 것을 이곳 점방 주인들이 용납할 리 없었다. 잡상인들이 있으면 점방의 매출이 떨어지고 고급 손님들이 이 거리를 점차 외면할 가능성이 높아진다. 따라서 이 명성호동에도 그런 상권을 수호하는 상인들의 자치 조직이 있었다.

그런데 웬일인지 이 계집애는 그런 불문율도 태연히 무시하고 마구잡이로 명성호동에서 판을 벌이고 있었다.

그녀가 길 가는 사람들을 향해 다시 입을 벌렸다.

"히이잉! 꽃! 꽃! 꽃!"

사람들이 멀거니 비켜서서 곡마단의 원숭이를 보듯 그녀를 구경하고만 있었다.

사람들의 따가운 시선을 느꼈는지 계집애가 제 아랫배에 더욱 힘을 주고 다시 목소리에 열을 냈다.

"사라! 사라! 사라! 예쁘고 싱싱한 꽃이 한 송이에 철전 두 닢 밖에 안 한다. 엄청 싸다. 막 사라! 아저씨, 아줌마들아! 지금 안사면 펴엉생 후회할 거다!"

*　　　　*　　　　*

연추상은 처음 길에 나설 때 꽃 파는 일이 쉽지는 않겠지만 그렇게 어려운 일도 아니라고 대충 생각했다.

호경향이 제 힘으로 꽃을 팔아서 은혜를 조금이라도 갚겠다고 간곡히 말하자 연추상은 가슴이 뭉클해졌다.

세상물정 잘 모르는 제가 생각해도 이까짓 꽃 뭉치 잔뜩 팔아봐야 은자로 얼마나 벌까 싶었다. 은자는 연추상에게 꽤 있었다. 그것을 마음씨가 비단결처럼 착한 호경향에게 줘서 그녀의 어려움을 덜어주고 싶었다. 그래서 연추상은 나름대로 간곡하게 호경향의 꽃 장사를 만류했다.

하지만 그녀는 듣지 않았다. 안 그래도 그동안 혹사했던 피곤한 몸을 이끌고 다시 거리로 나갈 생각인 것 같았다. 그래서 연추상은 자신이 몰래 꽃을 들고 나가서 얼른 대신 팔아주려 나선 것이었다.

노복인 오천상이 알려준 바에 따르면 아빠가 있는 천산으로 가려면 먼저 사천성(四川省)으로 가야 했다. 그런데 사천행 여객선은 열흘이나 보름이 있어야 뱃길을 떠난다고 했다.

어차피 자신은 식사하고 할 일도 없이 하루 종일 빈둥빈둥 놀고 있던 참이었다. 심심하기만 했는데 마침 잘됐다 싶었다. 호경향의 어려운 사정을 조금이라도 도와주고 싶었고, 일도 재미날 것 같았다.

그래서 아침 끼니도 대충 서둘러 때우고 나왔다. 호경향이 우물가에 놔뒀던 꽃을 남몰래 챙겨 들고 누가 볼까 조심스레 객잔을 나왔던 것이다.

뭔가를 남들에게 팔아보는 것은 생전 처음이어서 시작하기가 무척 어려웠다. 하지만 호경향과 호아두의 얼굴을 떠올리자 용기가 생겼다. 호씨 남매의 모친인 조이랑의 병든 얼굴까지 생각하자 마침내 배에 잔뜩 힘을 넣고 큰 소리도 칠 수 있었다.

그런데 연추상이 나름대로 최선을 다해 꽃 사라고 소리쳤건만 무심한 사람들은 그녀를 본체만체했다. 사력을 다해 외치고 또 외쳤지만 알미운 사람들은 꽃을 사려 들기는커녕 오히려 기가 차다는 표정을 지었다.

입을 막고 킥킥거리며 웃는 사람도 있었다. 아침부터 재수 없다고 중얼대며 몰래 가래침을 탁 뱉고 가는 사람도 있었다. 또 발길을 재촉해 무심코 연추상을 지나쳤던 사람들이 저쪽에 서서 그녀를 무슨 신기한 짐승처럼 구경하기도 했다.

그래도 연추상은 포기할 수 없었다.

꽃이 없어진 걸 객잔 사람들이 눈치 채기 전에 꽃을 다 팔아치워야 했다. 그 전에 객잔 사람들이나 향이 언니가 알면 괜히 핀잔만 듣기 십상이었다.

그런 이유로 인상을 한 번 크게 팍 쓰고는 또 고래고래 외쳤다.

작은 입을 쫙 벌리고 앙앙 소리쳤다. 그 덕분에 고요하던 아침거리
가 점차 부산스러워졌다.

연추상과 멀찍이 떨어진 곳에서 사람들이 그녀를 손가락질하며 웅
성댔다.

"허어, 분명 꽃 사봐라 하고 있네. 예쁘장한 저 어린 계집애가 하는
말투 좀 보게?"

"노부도 헛소리를 들은 게 아닌가 하고 반신반의했네. 한데 진짜 그
러하네그려. 정말 가관이구먼."

"저 계집애가 제 꽃 안 사주면 복도 못 받고, 자손 번창도 못 하고,
게다가 태상노군께서 복도 안 내려주신다고 아예 저주를 뒤집어씌우
네."

"뭐 저런 염치없는 계집애가 다 있나? 도대체 저 애는 뉘 집 자식인
가?"

"저런 억지는 처음 보네. 당돌한 것이 우습기도 하고."

"이봐, 그래도 저 여아 옷차림과 생김새를 보게. 미모가 보통 아니
네. 조금만 크면 양귀비나 서시 같은 미인이 될 거야. 저렇게 깜찍한
여아는 내 생전 처음 보네."

"자네 말대로 그렇긴 한데 말이야, 저런 시건방진 말투로 어찌 꽃을
팔 수 있겠나?"

사람들이 연추상을 쳐다보며 말을 주고받았다.

연추상은 사람들이 저를 쳐다보며 웅성대자 어지간히 낯짝 두꺼운
그녀였지만 새삼 부끄럽지 않을 수 없었다.

하지만 꽃을 팔려고 이왕 여기까지 왕림한 참이었다. 그렇게 작심하
고 누가 저를 보고 뭐라 하던 신경 뚝 끊고 웅성대는 사람들 쪽으로 슬

금슬금 발걸음을 옮겼다.

그리고 품에서 꽃 한 송이를 꺼내 손에 쥐고 살랑살랑 흔들며 사람들에게 쫑알댔다.

"아저씨, 아줌마, 할 일 없어 무척 심심해? 그럼 괜히 여기 모여서 이렇게 수다 떨지 말고 이 꽃 함 사봐라. 혹 안 살 거면 여기서 떠들지 말고 그냥 가던 길 후딱 가라. 아침부터 남의 장사 방해하지 말고."

연추상의 말에 기가 찬 사람들이 더 웅성거렸다. 어린 것이 제 꽃 안 살 것이면 여기서 썩 꺼지라고 축객령을 내리고 있었다.

사람들 속에 서 있던 비단옷 입은 노인 하나가 고개를 절레절레 흔들더니 연추상에게 말했다.

"아가야, 얼마더냐?"

처음으로 꽃값을 묻는 목소리에 연추상이 희색이 됐다. 핑그르르 몸을 돌려 제 뒤통수를 보여주며 얼른 말했다.

"여기 비녀 꽂은 거 보이지? 상아는 아가 아니다. 분명 어른이다. 꽃 한 송이에 철전 두 개 주면 된다. 몇 송이나 줄까? 근데 안 살 거면서 상아가 예쁘다고 괜히 집적거리고 장난치는 거 아니지?"

말을 걸었던 노인네 또한 일순 당황했다.

어린 것이 연장자에게 불문곡직 반말이었다. 게다가 제 꽃을 사주지 않으면 여지없이 저에게 수작질을 거는 체면 없는 늙은이로 몰아갔다.

비단옷을 입은 그 노인이 속으로 혀를 내두르며 다시 말했다.

"아이고, 아가가 아니고 어른이었구나. 몰라봐서 정말 미안하다. 그런데 너무 비싸다. 꽃 한 송이는 보통 철전 한 닢이다. 그런데 배나 비싸게 사달라고 하니 좀 민망하구나. 이렇게 예쁘장한 어린 부인이 저잣거리에서 흑도의 무뢰배들처럼 마구 폭리를 취해서 쓰겠느냐? 쯧쯧쯧!"

노인이 주변 사람들이 모두 들으라는 듯 일부러 크게 혀를 찼다.

노인은 연추상이 너무나 귀여웠다. 그녀를 보니 먼 곳에서 자라고 있는 손자, 손녀 생각이 절로 났다. 이미 연추상의 꽃을 다 사주려 마음먹고 있었지만 깜찍하고 당돌한 이 여아와 말을 섞고 싶어 일부러 꼬투리를 붙잡고 늘어지고 있었다.

노인이 혀를 차며 빈정대자 연추상은 긴가민가했다.

애초부터 그녀가 꽃값을 알 턱이 없었다. 이리저리 고개가 갸우뚱했다. 하지만 연추상은 잠시 생각을 굴려 막무가내로 밀어붙이기로 작심했다. 객잔 사람들이나 호경향이 없어진 꽃을 찾아 자신을 발견하기 전에 얼른 해치워야 했다.

그래서 당차게 내뱉었다.

"응, 이건 말이야, 다른 것하고 다르다. 특별한 거다. 향이 언니가 오늘 새벽에 꽃시장까지 달려가서 직접 가져와서 아주아주 싱싱한 거다. 그래도 향기도 대단하다. 그러니 폭리 아니지. 그러니깐 할아버지는 철전 두 개 주고 살려면 사고 말려면 말아. 상아 바쁜데 골치 아프게 괜히 시비 걸지 말고."

"허어!"

연추상의 대답에 둘러선 사람들이 더욱더 기가 막힌 표정으로 한숨을 내쉬었다.

그래도 노인은 물러서지 않았다. 싱긋 웃으며 연추상을 살살 타이르며 말했다.

"애야, 그러면 아무도 살 사람 없단다. 여기 서서 아무리 크게 외쳐도 꽃 팔 생각은 일찌감치 버려야 할 게야. 아니면 네가 혹 무슨 신기한 재주라도 보여준다면 몰라도 말이다."

그 말에 연추상이 '어?' 하며 손가락을 입에 물었다.

지금껏 짱짱 외쳤지만 사실 꽃을 한 송이도 못 팔았다. 안 그래도 무언가 다른 방법이 필요할 것 같았다.

노인의 지적에 곰곰이 머리를 굴린 연추상이 자신을 둘러싼 사람들에게 반문했다.

"며칠 전에 시장통에서 무슨 무술 같지도 않은 비실비실한 체조 보여주고 은자 받아가는 양심 없는 사람들 많이 봤다. 그리고 서로 때리고 맞는 시늉만 하고는 몸에 좋지도 않은 가짜 약을 엄청 비싸게 팔아먹는 우스운 사람들도 많이 봤다. 하지만 상아는 그런 짓 절대 못한다. 대신 체조 말고 진짜 무공 보여주면 이 꽃 다 사줄 거야?"

흥미를 잃고 발길을 돌리려던 사람들이 연추상의 말에 이채로운 얼굴이 됐다.

노인이 놀란 척 일부러 눈을 크게 뜨고 연추상을 부추겼다.

"호오? 네가 진짜 무공을 아느냐? 어린 네가 언제 그런 신기한 재주를 다 익혔느냐? 그렇다면 사람들이 꽃을 사줄 게다. 혹 사람들이 안 사준다면 노부가 책임지고 몽땅 다 사주마. 그런데 애야, 꽃은 왜 팔고 있느냐? 노부가 보기에는 꽃을 팔아야 할 만큼 빈약한 집안 출신이 아닌 것 같은데. 게다가 네 말대로 비녀 머리를 한 것을 보니 혼례를 올린 부인 같은데. 네 상공은 어디 있느냐? 네 상공은 네가 이러고 있는 것을 알고도 그냥 내버려 두더냐? 거참, 이상하구나?"

노인에 말에 찔리는 구석이 생긴 연추상이 그 말을 얼른 잘랐다.

"할아버지는 왜 갑자기 상공아는 들먹여? 안 그래도 보고 싶어 죽겠는데. 괜히 생각나잖아. 지금부터 쓸데없는 거는 자꾸 묻지 마. 지금 꽃 파는 건 불쌍한 언니 식구 도와주려고 하는 거야. 아무튼 무공 보여주면 몽땅 사준다고 했지? 그럼 약조해 봐라."

연추상이 자그마한 제 새끼손가락을 노인의 얼굴 앞에 쪽 내밀었다. 그리고는 노인을 다그쳤다.

"뭐 해, 할아버지? 손가락 안 내밀고. 약조 안 할 거야?"

앞뒤 없는 말이었지만 노인은 자신의 눈앞에 디밀어진 작고 하얀 손가락을 보고 미소를 지었다. 노인이 연추상의 손가락에 자신의 손가락을 걸며 대답했다.

"오냐, 여기."

"히히히, 그럼 약조한 거다?"

연추상이 깔깔댔다.

지금껏 아무리 용을 써도 하나도 팔리지 않던 꽃들을 몽땅 팔아치울 길이 단박에 열린 것이다.

그런데 내심 회심의 미소를 지으며 희희낙락했건만 막상 무공을 펼치려고 하니 또 그게 그렇게 쉽지 않았다.

우선 고학 도장에게 배운 태극권을 펼치려 하니 혹시 무당 제자들 눈에 띌까 두려웠다. 그렇다고 무당산 호두(虎頭) 바위 아래 동굴에서 본 금강반야공이나 난화불혈수를 펼칠 수도 없었다. 그것은 상공아와 상아 둘이만 알고 있기로 한 비밀이었다.

그래서 연추상은 노복인 오천상에게 무한으로 오는 동안 틈틈이 배운 위타문의 절기라는 여래장법과 여래각법 전(前) 오식을 펼치기로 했다. 오천상의 말로는 그것은 이미 절전된 지 오래여서 알아볼 사람도 없다고 했다.

게다가 그 다섯 가지 장법과 각법은 초식들이 무척 난해하기 그지없는 것이어서 연추상도 이제 겨우 행법들을 깨우친 참이었다.

따라서 거리에서 펼쳐 보여도 따라 할 사람도 없을 거라고 생각하며
두 손을 합장하고 기수식의 자세를 취했다.
거대한 전각들이 서로 처마를 잇고 줄줄이 늘어선 명성호동 큰길가
에 열 살 조금 넘은 어린 계집애 하나가 앙증맞은 두 손을 모으고 숨을
크게 들이쉬기 시작했다.

*　　　*　　　*

작은 계집애는 꽃을 향해 뛰어드는 작은 나비처럼 가볍게 움직였다.
그리고 손을 움직여 허공의 한 점을 향해 손바닥을 움직였다. 손바
닥이 가벼운 봄날의 새털바람처럼 하늘거렸다. 주위의 공기들이 그녀
의 손날에 따라 춤을 추듯 나풀댔다.
그녀의 손끝에 닿은 공기가 흔적도 없이 빨려 들어갔다. 그리고 그
곳에서 작은 풀벌레들이 풀숲에서 질러대는 웅웅거리는 나지막한 소리
들이 들려왔다.
계집애가 조금씩 속도를 높였다.
그에 따라 그녀의 발바닥에서 무릎, 그리고 허벅지와 허리까지 형체
없는 하나의 선(線)이 만들어졌다.
그 선이 꿈틀거리기 시작했다. 그 움직임은 이윽고 앞으로 뒤로 조
금씩 확대됐다.
발이 움직여 보법을 만들었다. 무릎이 굽혀지다 다시 펴졌고, 땅을
딛고 있는 양 발이 한 발짝씩 앞뒤 좌우로 이동했다.
조금씩 계집애의 전신이 움직이기 시작했다.
하체를 따라 상체도 움직였다. 동시에 두 팔은 막고, 찍고, 돌리고,

후려치는 갖가지 동작을 시연했다.

그것은 쉽지 않은 일이었다.

서서히 움직이는 것과 신속하게 움직이는 동작이 급하게 교차했다. 몸의 중심이 균형을 잃지 않고 그것을 따라 하는 것은 고도의 절제된 감각이 필요한 것이었다.

그런데 너무나 자연스러웠다.

계집애는 마치 팔과 몸이 따로 놀고 있는 것 같았다. 아니, 팔의 움직임에 따라 몸이 저절로 따르는 것 같았다.

이윽고 좌우상하 발길 가는 대로 계집애의 전신이 거세게 요동쳤다. 팔을 움직여 장(掌)을 찍어가던 계집애는 이번엔 작은 다리를 들어 제 눈앞의 한 곳을 눈으로 응시하며 그 곳을 찍었다.

그리고 남은 한 발의 뒤꿈치에 살짝 힘을 주어 그대로 공중으로 몸을 띄웠다.

제 키보다 훨씬 높은 허공에 떠오른 계집애는 그 자세로 두 번이나 더 발을 허공중에 찍었다.

그리고 힘차게 기합을 내질렀다.

"야합!"

몸을 띄워 허공에서 한 번 몸을 뒤집은 계집애는 그대로 서너 번이나 계속 양발을 교차해서 내질렀다.

계집애의 녹색 비단치마가 꽃을 향해 날개를 활짝 편 나비처럼 퍼졌다. 그 속에 하얀 속바지를 입은 다리들이 이 곳 저 곳을 또다시 잽싸게 돌려 찼다.

그리고 서서히 땅으로 내려와 착지했다.

"후읍!"

땅에 내려온 계집애가 서서히 숨을 고르며 양발을 모았다. 그리고 양 손도 제 가슴 앞에 모아 천천히 합장했다.

잠시 눈을 감았던 계집애가 초롱초롱한 눈을 뜨고 주위 사람들을 돌아봤다.

"어때?"

계집애의 말이 끝났지만 즉시 대답하는 사람은 없었다.

사람들은 어린 계집애가 보여준 마지막 초식, 즉 여래각법 전 오 초식의 마지막 절초인 여래재현(如來再現)의 현란한 움직임에 얼이 나간 상태였다.

사람들은 그때 눈을 몽롱하게 뜨고 있었다. 그들의 눈엔 마치 거대한 나비 한 마리가 요정처럼 신비하게 나타났다가 홀연 사라진 것처럼 보였기 때문이다.

"어땠냐니깐?"

그러거나 말거나 계집애는 사람들에게 재차 감상소감을 강요했다.

제가 보여준 것을 사람들이 흡족하게 느꼈다고 평가해야 꽃이 빨리 팔리기 때문이었다.

사람들 속에서 연추상의 꽃송이들을 품에 안고 있던 비단옷 입은 노인이 한 걸음 나섰다. 연추상이 무공을 선보이는 동안 대신 꽃송이를 맡았던 그였다. 노인이 대답했다.

"허허, 노부의 눈이 오늘 큰 횡재를 하였다. 잘은 모르지만 이렇게 절묘한 몸놀림은 처음 보는구나."

노인의 평가가 떨어지자 그때서야 주위에 서 있던 사람들도 연이어 감탄사를 연발했다.

"세상에! 저 어린것이 어찌?"

"그러하네. 무공은 모르지만 아무튼 대단한 것 같네."

계집애가 어깨를 흔들며 으쓱으쓱했다.

겸손과는 담을 쌓고 원수지간처럼 지낸 듯 거침없이 대답했다.

"그렇지? 암튼 상아가 조금 대단하긴 하지?"

노인이 맞장구쳤다.

"그렇구나, 애야. 선녀가 하늘에서 내려온 줄 알았구나. 눈이 시릴 만큼 정녕 황홀했다. 어디서 그런 신묘한 재주를 익혔더냐?"

계집애가 생글거렸다. 그리고 제 필요한 말만 했다.

"히히, 알 것 없어. 그럼 약조대로 꽃이나 사줘."

"오냐. 오늘 이런 진기한 구경을 했으니 당연히 구경 값을 해야지. 여보게들, 그렇지 않은가?"

노인이 주위를 휘휘 돌아보며 동조를 구했다.

노인이 먼저 제 품속에서 은자 주머니를 꺼내었다. 그 속에서 세어 보지도 않고 집히는 대로 꺼내 계집애에게 건넸다.

"옛다."

"히, 좋고."

계집애는 뻔뻔스럽기 그지없었다.

사양 한 번 하지 않고 거북이가 물고기 받아먹듯이 넙죽넙죽 받아 챙겼다. 그리고 계집애는 그것으로도 양에 차지 않은 듯 주위 사람들을 차례로 훑어보며 채근했다.

"아저씨는 아무것도 없어? 그리고 아저씨는? 저기 아저씨도 마찬가지야."

계집애의 지적을 받은 사람들이 '왁!' 하고 일제히 웃음을 터뜨렸다.

"허허, 대단하구나. 네 재주도 그렇고, 더욱이 네 말주변과 넉살에는 도저히 못 당하겠다. 여기 있다."

사람들이 계집애에게 꽃 한 송이를 받고 대신 품안의 은자들을 꺼내 줬다.

"히히. 고마워, 아저씨. 복 엄청 받을 거야. 고마워. 아저씨도 마찬 가지야. 에계계! 근데 아저씨는 좀스럽게 철전이 뭐야? 은자 줘 봐, 은 자. 다른 아저씨들은 다 은자 주는데 좋은 구경 똑같이 하구서 누구는 쩨쩨하게 이게 뭐야? 옷도 번듯한 비단옷을 입고선 말이야."

모른 척하며 철전을 내밀던 사내 하나가 계집애에게 걸려 면박을 당 했다.

다른 이들이 웃으며 일제히 그 사내를 타박했다.

"언가야, 부끄럽지도 않느냐? 이만큼 좋은 구경했으면 당연히 비싼 값을 치러야지."

언가라고 불린 그 사내가 얼굴을 붉히며 품속에서 은자를 다시 꺼냈다.

"아이쿠, 알았다. 여기 있다. 무섭구나. 너, 금방 부자 되겠다."

연추상이 사람들 사이를 개미처럼 부지런히 오갔다. 손바닥을 내밀 어 은자들을 챙기며 연신 싱글벙글했다.

어쨌거나 생전 처음으로 땀 조금 흘려서 번 은자였다. 이것들을 들고 가면 호경향에게 큰 도움이 될 것 같아 연신 웃음이 입에 걸려 있었다.

덧붙여서 구경만 하고 도망가려는 다소 몰상식한 사람들을 찾아내 다그치고 창피 주는 것도 재미있었다.

"아휴, 고마워! 꽤 된다! 신난다!"

*   *   *

가게 앞 큰길가에 사람들이 구름처럼 모여 있었다.

명성호동 가장자리에 위치한 미곡거래점 미보당(米寶堂) 점장 정육(鄭六)은 아침부터 사람들이 거리에 모여 떠들자 뭔 일인가 하고 목을 길게 빼고 둘러봤다.

그는 무한성 주작로 부근 상인들이 자신들의 이권을 지키기 위해 암묵적으로 만든 자체 조직 호상련(護商聯)의 명성호동 말단 책임자였다.

그런데 느지막이 아침을 먹고 이빨 사이에 낀 음식 조각을 이쑤시개로 쑤시던 그가 발견한 것은 분명 잡상인 호객꾼이었다.

사람들 속에 웬 어린 계집애가 꽃을 한 아름 들고 서 있었다. 그녀가 사람들에게 꽃송이를 하나씩 주고 은자를 받고 있었다.

정육의 눈이 호랑이 눈알처럼 대번에 팽창했다.

필시 외지에서 온 어린 것이었다. 그렇지 않다면 어찌 이곳 명성호동에서 그의 허락도 없이 태연히 난전(亂廛)을 벌인다는 말인가? 어린 것이 이 거리의 책임자인 그의 허락도 받지 않고 겁도 없이 마구 호객 행위를 하고 있었다.

자그마한 거리장사는 명성호동 길가에선 하지 못했다. 그동안 일체의 좌판도 허락하지 않는 것이 이 거리의 불문율이었다. 다만 정육에게 다소의 보호료를 내면 가게들을 돌며 가게 안의 손님들에겐 장사를 할 수는 있었다.

그런데 지금 저 어린 것이 그런 관례를 무참히 깨고 있었다. 게다가 저 어린 것은 자신에게 일정량의 은자를 상납도 하지 않고 제 몫만 챙기고 있었다.

정육이 주위를 두리번거렸다.

그의 눈에 마침 가게 벽걸이에 걸려 있는 장봉(長棒) 하나가 보였다.

표국의 표두로 있는 먼 친척에게 부탁해서 받은 봉이었다. 그는 친척인 표두에게 몇 수 재간을 전수받았다. 심신 단련을 겸해서 그것을 매일 수련하고 있었다. 그의 손때가 묻은 바로 그 장봉이었다.

묵직한 장봉을 손에 든 정육이 계집애를 향해 뛰어갔다.

"네 이녀언!"

정육이 모여 있던 사람들 틈을 헤치고 연추상에게 다가가 크게 고함쳤다.

"여기가 어디라고 함부로 판을 벌이느냐? 내 허락도 없이 감히 난전을 하다니!"

연추상은 갑자기 웬 장봉을 든 장사치 하나가 그녀에게 달려와 호통치자 어안이 벙벙해졌다.

그래서 뭔 소리냐는 듯 눈을 빤히 뜨고 치켜떴다.

"왜 그래?"

정육은 작고 어린 계집이 제 잘못도 빌지 않고 반말로 대꾸하자 노화가 길길이 솟구쳤다.

"뭐라? 이 년이?"

연추상은 다짜고짜 달려든 사내가 무작정 욕설을 퍼붓자 억울했다. 그래서 당연히 고개를 바짝 쳐들고 냉큼 따졌다.

"야! 너, 뭐냐? 왜 갑자기 달려와서 상아한테 욕하고 큰 소리로 야단치는데?"

정육의 가슴 앞에 콩알만 한 계집애가 겁도 없이 다가와 눈을 부라렸다.

의외의 상황에 실소한 정육이 제 손에 쥔 장봉을 흔들며 계집애를 을렀다.

"네 이 년, 죽고 싶으냐? 이곳에서 내 허락 없이 장사를 하면 안 된다는 것을 모르느냐?"

그때 주위 사람들이 정욱의 어깨를 짚으며 말렸다.

"이보게, 자네 미보당의 정욱이 아닌가? 저 여아가 아마 이곳이 초행인 것 같네. 모르고 한 일이니 그만 눈감아주게. 저 어린 여아가 그래도 보통이 아니네. 방금 여기서 참으로 신기한 재주를 선보여서 우리가 크게 감탄했네. 그래서 모두 한 푼 두 푼 추렴해서 구경한 값으로 꽃값을 넉넉히 준 것일세. 그러니 우리 얼굴을 봐서라도 자네가 이만 못 본 체하게."

하지만 정욱은 눈을 내리깔고 씨근덕거렸다. 기분 나쁘다는 듯 그를 만류하는 손길을 탁 하고 쳐버렸다.

"관두시오. 여기가 어디라고 저런 무식한 것들이 설치게 놓아둔다는 말이오?"

이런 정욱의 행동을 사람들은 납득하지 않았다. 불만 섞인 얼굴로 계집애를 편들고 그를 만류했다.

"이보게, 저 어린 것이 얼마나 사정이 딱했으면 길에서 재주를 보이고 꽃을 팔겠나? 저렇게 어리고 예쁜 여아일세. 여기서 장사를 함부로 하면 안 된다는 것을 모르고 한 일일세. 그만 하게."

그러자 정욱이 사람들을 둘러보며 외쳤다.

"거 참, 모르면 가만히들 계시오. 저런 무식하고 천한 것들은 봐주면 봐줄수록 기가 살아서 계속 몰려오는 걸 모르오? 그리되면 누가 책임질 거요?"

가만히 듣고 있던 연추상이 화가 폭발했다.

"보자보자 하니까 이게 정말 웃기네. 야! 니가 뭔데 상아보고 무식하고 천하다고 욕하는 건데? 이래뵈도 상아는 너보다 훨씬 유식하고 잘났다. 이게 암말 안 하고 그냥 놔두니까 함부로 입을 나불대고 있네. 너, 혼나볼래? 앙!"

비단옷을 입은 노인이 연추상의 어깨를 안으며 뜯어말렸다. 그리고 정육을 꾸짖었다.

"아이고, 애야. 왜 이러느냐? 싸우면 안 되느니라. 그리고 자네 미보당의 점장 정육이 아닌가? 어린 아이에게 그리 험한 말을 함부로 하는 게 아니네."

하지만 정육은 안하무인이었다.

"노인장이 왜 끼어들어 이래라 저래라 하는 거요? 이 거리에서 내게 허락도 안 받고 장사한 년을 가만 놔둘 수는 없소."

연추상을 안고 있던 노인을 정육이 확 밀치며 말했다.

"어이쿠!"

"악!"

노인과 연추상이 정육의 힘에 의해 한꺼번에 바닥에 넘어졌다.

정육은 그것으로 그치지 않고 넘어진 연추상의 멱살을 잡아 일으켰다.

"이 년이 뒈지려고. 어딜 눈을 동그랗게 뜨고 감히 이 어르신을 노려봐?"

정육의 손에 연추상이 공중에 대롱대롱 매달려 흔들렸다.

"캑. 이거 못 놔?"

정육이 가소롭다는 얼굴로 연추상의 멱살을 쥔 손을 더욱 거세게 흔들었다. 그리고 다른 손에 쥔 장봉으로 연추상의 이마를 톡톡 쳤다.

"이 년아, 맞아 뒈지고 싶지 않으면 방금 장사한 은자 모두 내놓고

썩 꺼져라. 네 년 머리통이 이 장봉에 맞아 수박처럼 퍽 터져 버리기 전에 알겠느냐? 이 비루하고 천한 년아?”

“못 놔. 캑캑! 너, 그럼 진짜 맞는다?”

멱살 잡혀 대롱대롱하던 연추상이 더 이상 못 참겠다는 듯 새빨갛게 얼굴을 붉혔다. 그리고 콧김을 색색거리며 작은 주먹을 들어 정육의 눈앞에 흔들었다.

정육이 피식거리며 웃었다.

“어쭈, 그 쬐그만 주먹 쥐고 뭐 하려고? 이 어르신을 한 대 때리겠다 이거냐? 나 참, 같잖아서. 그래, 한 번 쳐 봐라. 쳐 봐. 자!”

정육이 연추상의 주먹에 제 얼굴을 가져다대며 을러댔다.

하지만 그의 빈정거림은 결코 오래 가지 않았다.

“후회 마라. 에잉!”

나름대로 오래 참고 있던 연추상이 마침내 작은 주먹을 휘두르며 용을 썼다.

휘두른 그녀의 주먹은 눈앞에 있던 정육의 콧잔등에 그대로 꽂혀 버렸다. 박달나무 몽둥이로 두드리는 묵직한 격타음이 터졌다.

퍼억!

“우왁!”

동시에 정육의 콧잔등이 터졌다.

그가 외마디 멱따는 소리를 내지르며 풀썩 쓰러졌다.

“으으으!”

바닥에 쓰러진 정육이 코를 감싸 쥐고 뒹굴었다. 그와 반대로 연추상은 정육의 발치에서 제 목을 이리저리 흔들고 있었다.

“쳐 보라고 하더니 겨우 한 방 맞고 떼굴떼굴 구르네? 그러게 몸도 약한 게 까불긴 왜 까부니?"

지켜보던 사람들이 사색이 됐다.

설마 저 어린 계집아이가 다 큰 사내에게 주저 없이 주먹질까지 할 줄은 몰랐던 것이다.

계집애가 무공을 펼치는 것은 보긴 했지만 가볍고 날렵한 몸놀림에 대한 감탄이었을 뿐이다.

그런데 도대체 저 어린 계집애는 뭘 먹고 컸기에 작은 주먹에 저렇게 큰 위력이 잠재돼 있는 것일까? 작은 주먹을 콧잔등에 맞은 황소처럼 건장한 체구의 정육이 그대로 쓰러져 버린 것이다.

연추상과 함께 정육에게 밀쳐졌던 비단옷 입은 노인이 연추상의 전신을 신기한 눈으로 살펴보며 말했다.

"아이고, 애야. 이게 무슨 난리냐? 그나저나 손은 괜찮으냐?"

노인이 걱정 가득한 얼굴로 연추상의 자그마한 손등을 정신없이 쓰다듬었다.

연추상이 실실 웃으며 제 작은 주먹을 '호호.' 하고 불며 쫑알댔다.

"괜찮아, 할아버지. 근데 조금 쓰리네. 저 나쁜 놈 얼굴이 엄청 단단한 모양이야."

"이것아, 어쩌자고 이러느냐? 저놈 깨어나기 전에 얼른 도망치거라."

"할아버지, 상아가 도망가긴 왜 도망가?"

"저놈이 정신 차리면 네게 무슨 패악을 부릴지 모른단다. 자, 이 은자 주머니째 다 줄 터이니 이것 들고 멀리 떠나거라. 빨리."

그때 연추상이 갑자기 노인의 몸을 옆으로 홱 밀었다.

"어, 할아버지. 위험해. 비켜."

어느 틈에 정육이 정신을 차리고 연추상에게 장봉을 들고 다가오고 있었던 것이다.

몰려서서 구경하던 사람들이 놀라서 물결치듯 주위로 퍼져 나갔다.

그 사람들 속에서 정육이 튀어나왔다. 코가 반쯤 뭉개져 피를 흘리며 정육이 연추상에게 다짜고짜 장봉을 휘둘렀다.

휘잉!

"합!"

연추상이 얼떨결에 잽싸게 허리를 굽혀 장봉의 그림자 속으로 뛰어들었다. 그리고 장봉을 살짝 발로 찼고, 그 반동으로 순식간에 뒤로 물러났다.

"야, 코 깨진 놈아. 너 미쳤냐? 사람들 많은 데서 갑자기 봉 휘두르면 여러 사람 다친단 말이야. 너, 또 맞고 싶냐?"

연추상이 손가락으로 정육을 가리키며 말했다.

그러나 정육은 '어쭈? 피해?' 하는 표정을 짓더니 다시 장봉 중간을 양 손으로 모아 잡고 연추상을 향해 고함쳤다.

"네 년이 감히 이 어르신을 치고도 살아남을 수 있을 것 같으냐? 어린 것이 어디서 제법 무공을 익혔구나. 허나 네 년은 오늘 이 자리에서 죽었다."

연추상이 주먹을 움켜쥐고 정육을 노려봤다.

"흥, 별꼴이네. 때려보라고 한 게 누군데? 그래서 한 방 때렸더니 팍싹 엎어져서 빌빌대더니 어느새 일어나서 무작정 봉을 휘둘러? 무식한 네 봉에 죄 없는 사람이 맞았으면 얼마나 크게 다쳤겠니? 힘도 없이 덩치만 큰 것들은 왜 하나같이 다 마음씨가 흉악무도하냐? 너 좀더 혼나야겠다. 이리 와 봐라."

연추상이 집게손가락을 까딱까딱해서 정육을 불렀다.

그걸 본 정육의 얼굴이 시뻘겋게 달아올랐다. 창피도 이런 개창피가 없었다.

"뭣이라? 이리 오라고? 이런 요망한 것이 있나? 당장 요절을 내고 말리라!"

정육이 제 머리 위에 두 손목을 겹쳐 올려 서로 교차시키며 봉을 크게 회전시켰다.

그의 먼 친척인 표두에게 배운 거학부사(巨鶴覆巳)라는 초식이었다. 글자 그대로 마치 거대한 학이 뱀을 노려보다가 한 순간 힘을 집중시켜 일격에 격살하는 수법이었다.

그의 손에서 거세게 봉이 회전했다. 붕붕하는 거센 바람 소리가 울렸다. 저쪽에 피신해 있던 사람들이 놀라 일제히 정육을 비난했다.

"이보게, 이게 무슨 짓인가?"

하지만 열이 난 정육은 손을 멈추지 않고 사람들에게 경고했다.

"다치지 않으려면 모두 몸을 비키시오. 저 어린 것에게 이 정 모가 큰 낭패를 당했소. 저것을 해치우지 않으면 내가 이 명성호동에서 앞으로 발붙이고 살 수 있겠소? 알아서들 몸을 빼시오."

정육이 머리 위에서 계속 봉을 돌렸다.

이윽고 그의 손이 봉의 중간에서 서서히 한쪽 끝 부분으로 옮겨졌다. 자연히 봉의 길이가 배로 커지며 봉의 그림자가 짙어졌다.

정육은 그것으로 연추상의 안면을 노렸다. 호락호락하지 않은 어린 계집년이었다. 그렇다면 다소 피를 봐야 했다. 그래야 바닥까지 뭉개진 그의 체면을 되살릴 수 있었다.

그의 봉에 어린 계집이 죽어 나가도 할 수 없었다. 어차피 관가엔 그의 연줄이 든든했다. 이따위, 길에서 꽃을 파는 계집 하나 죽여도 우연히 일어난 사고라고 둘러치면 그만이었다. 포쾌들에게 두둑이 은자를 쥐어주고 며칠 옥사에 잡혀 들어갔다가 병을 핑계로 나오면 되었다.

정육이 양손을 머리 위에 올려 봉의 끝을 잡고 더 세차게 휘둘렀다. 멀찌감치 뒤로 빠졌던 연추상의 얼굴 가까이까지 봉의 그림자가 어렸다.

연추상이 봉을 쳐다보며 몸을 흔들흔들했다.

한참이나 수평으로 봉을 돌리던 정육이 그걸 보고 눈에 살기를 일으켰다.

정육이 수평으로 돌리던 봉의 끝을 잡아 비스듬히 세웠다. 그리고 회전력을 가미해서 연추상을 향해 느닷없이 거세게 내리찍었다.

"헛!"

"저런!"

사람들이 정육의 행동에 비명을 질렀다.

정육이 수평으로 봉을 돌리던 동안 몸을 흔들어 박자를 맞추던 연추상이었다. 그녀는 오히려 장봉의 끝이 자신의 코앞으로 다가오자 눈도 깜짝하지 않고 그것을 찬찬히 쳐다봤다.

그리고 봉의 끝이 엄청난 가속력을 가지고 그녀의 얼굴 바로 앞에 다다랐을 때, 그녀는 무릎을 굽히고 한 발을 들어 제 다리를 살짝 쳤다.

쿵!

정육의 봉이 연추상이 있던 바닥을 치며 먼지를 일으켰다.

그때 연추상은 이미 신형을 반 보 가량 옆으로 이동한 후였다.

그리고 연추상은 제 옆에 떨어진 봉의 옆면을 바라보며 다시 발뒤꿈치에 '쿵' 하고 힘을 줬다.

탄력을 받은 연추상의 전신이 쏜살같이 정육의 정면으로 향했다.

그 순간 정육은 제가 펼쳐 낸 장봉의 힘에 이끌려 상체를 구부리고 있었다. 바로 정육의 이마가 연추상의 바로 눈앞에 위치해 있었다.

연추상이 눈을 빛내며 움츠렸던 상체를 힘차게 좌악 뻗었다. 그리고 머리를 한껏 위로 쳐들었다.

당연히 정육과 연추상의 이마가 짧은 순간 엄청난 속도로 한 점에서 충돌했다. 동시에 짧은 비명 하나가 터졌다.

빡!

"으와악!"

정육이 장봉의 끝을 두 손에 쥔 채 비명과 동시에 그대로 뒤로 넘어 갔다.

쿵!

쓰러진 정육의 앞에 어느새 자리한 연추상이 머리를 살짝 쥐고 얼굴을 찌푸리고 있었다.

"아고고, 저놈 저 거, 생각보다 돌머리네."

약간 빨개진 이마를 좌우로 흔들며 연추상이 작게 혼잣말을 했다.

순식간에 벌어진 일에 지켜보던 사람들이 어쩔 줄을 몰라 했다. 비단옷을 입은 노인이 황급히 달려왔다.

그가 연추상의 이마를 어루만지며 말했다.

"아이고, 애야! 괜찮으냐? 저 미친놈이 어린아이에게 봉을 다 휘두르다니! 예끼, 이 고얀 놈 같으니라고. 다쳐도 싼 놈이로다. 누가 나서서 저 나쁜 놈을 업어 제 놈 가게에 밀어넣거나."

노인의 뒤에 서 있던 중년사내 하나가 그 말에 대답했다.

"허 노야(許老爺), 지켜보니 저놈은 천하에 흉악한 놈입니다요. 그만

버려두는 것이 좋지 않겠습니까?"

노인은 그러나 고개를 흔들었다.

"저놈 정가의 행사를 보니 흉악한 놈은 맞네만, 그렇다고 사람들이 오고 가는 이 큰길에 쓰러져 있는 것을 그냥 놔둘 수는 없네. 내키지 않더라도 자네가 수고해 주게."

"예, 노야의 분부시니 따릅지요."

중년사내가 주위의 도움을 받아 기절한 정육을 일으켰다. 그리고 그가 일하고 있는 미보당 쪽으로 들쳐 업고 갔다.

그 모습을 지켜보던 노인이 연추상을 얼싸안으며 말했다.

"얘야, 너무도 경황 중에 저놈이 달려들어 미처 말리지도 못했구나. 이 거리에 저런 무뢰배가 있었다니 참으로 통탄할 일이로다. 노부는 여기서 멀리 떨어지지 않은 곳에서 정심당(正心堂)이라는 자그마한 약당을 열고 있는 허 모라는 늙은이란다. 다행히 어린 네가 무공이 높아 저런 흉악한 무뢰배 놈의 손길을 벗어났구나. 천만다행이다."

노인이 품속에서 자그마한 약함을 꺼냈다. 그리고 그 안에서 검은 환약처럼 생긴 것을 꺼내 살짝 부어오른 연추상의 이마에 발랐다. 윤기 나는 검은 색을 띤 고약이었다.

연추상은 노인이 고약을 꺼내어 이마에 붙이자 따끔한 통증을 느꼈는지 잠시 우거지상을 했다.

그녀가 '아!' 하는 작은 신음 소리를 내며 몸을 뒤틀었다.

"할아버지, 조금 쓰리다. 하지만 상아는 괜찮아. 어쨌든 할아버지 덕분에 오늘 꽃 다 팔았다. 고마워."

허 노야가 무슨 소리냐며 두 손을 저었다.

"아니다, 얘야. 세상이 어찌 이리도 험악하게 돌아가는지 모르겠다.

거리에서 꽃을 좀 팔았기로서니 저런 무뢰배가 흉악한 물건을 들고 다 설치는구나. 오히려 무한성에 살고 있는 사람들을 대신해서 이 노부가 네게 사죄하겠다. 그리고 오늘 꽃값은 무뢰배를 쓰러뜨린 네 신기한 솜씨를 본 대가로는 너무나 부족하구나. 이보게들, 그렇지 않은가?"

허 노야의 말에 주위에 있던 사람들이 한꺼번에 고개를 끄덕였다.

너무나 순식간에 벌어진 일에 경악한 사람들이었다. 그들이 이제야 입을 떼며 연추상에게 다들 한 마디씩 내뱉었다.

"어린 아이가 정말 겁도 없네그려. 하나 참으로 대단한 솜씨였어."

"그러게나 말일세. 흉악한 정가 그놈이 마구 봉을 휘두를 때는 이 여아가 죽는 줄 알았네그려. 그런데 어찌어찌 그놈의 봉을 피하고 이 작은 머리로 받아버렸네. 참으로 용하기도 하지. 용기 있는 솜씨를 구경했는데 구경 값을 더 내지 않을 수 없지. 옜다."

한 사내가 소매 속에서 은자를 꺼내 연추상에게 내밀었다.

어지간히 부끄럼을 타지 않는 연추상도 약간은 쑥스러워 했다.

"꽃값은 아까 다 받았는데? 또 주는 거야? 이러면 상아야 고맙지만 받아도 되는 거야? 이거는 봉 들고 설치던 황소아저씨 때려준 값이야?"

사내가 흐뭇하게 웃으며 연추상의 어깨를 살짝 쳤다.

"뭐, 그렇다고 해도 별 상관없다. 네게 살짝 말하지만 네가 방금 저 개차반을 때려눕힐 때 나도 속이 후련했다. 그놈이 평소 돈 푼 깨나 만진다고 얼마나 거들먹거렸는지 모른다. 그러니 너는 받을 자격이 있다. 하지만 저놈은 패거리가 많단다. 받은 은자, 알뜰하게 챙겨서 얼른 이 무한을 떠나거라. 알겠느냐?"

그 사내처럼 다른 사람들도 연추상 곁으로 우르르 몰려들었다. 다들 제 품을 털어 은자 몇 냥씩을 아낌없이 연추상의 손에 꼬옥 쥐어주었다. 그리고 연추상에게 받은 꽃 한 송이를 들고 돌아갔다.

주는 돈을 연추상은 굳이 싫다 하지 않았다. 두꺼비가 목구멍으로 파리새끼 잡아 삼키듯 넙죽넙죽 잘도 받아 챙기고 희희낙락했다.

"히. 꽃 팔아 무지 벌었다. 내일도 와서 팔아볼까? 허 노야, 내일도 여기 와라. 상아가 다른 무공 또 보여줄게. 그럼 또 꽃 팔아주라. 그러면 향이 언니 얼른 부자 만들 수 있겠다."

허 노야가 그 말에 펄쩍펄쩍 뛰었다.

"아이고, 얘야. 그것이 무슨 말이더냐? 이제 다른 것은 보여주지 않아도 된다. 오늘 받은 은자를 갖고 지금 당장 이 무한을 떠나야 한다. 다행히 네게 일신을 지킬 무공이 있다 하나 네게 당한 저놈 패거리들이 또 몰려올 게야. 어린 네가 그걸 모두 감당할 수는 없다. 내일부터 여기 나올 생각은 말거라. 명심해야 한다."

허 노야가 품속에서 다시 은자 주머니를 꺼내 아예 통째로 넘겨주고 신신당부하며 떠나갔다.

큰길가 한 귀퉁이에 연추상이 서서 연신 히죽히죽 웃었다.

"헤헤, 상아가 처음으로 일해서 은자 벌었다. 다음에 또 향이 언니 몰래 꽃 들고 나와야지. 이렇게 벌면 금세 수지맞겠다."

이때 그녀의 등 뒤쪽에 있는 골목에서 호경향이 백미노니의 손을 잡고 걸어 나왔다. 무괴 성승도 걱정 가득한 얼굴로 그 뒤를 따르고 있었다.

호경향이 연추상을 보며 울먹였다.

"소부인 마님, 왜 이러시옵니까? 이 천한 것이 해야 할 일을 왜 귀하신 은인께서 하시옵니까? 그리고 이 거리에서는 함부로 꽃을 팔아서는 아니 되는 일이옵니다. 방금 전의 그 흉악한 사내는 이 거리에서 큰 힘을 쓰는 자이옵니다. 그 사내에게 미리 은자를 주고 허락받지 않으면 이 거리에선 아무 장사도 못하는 것입니다. 방금 그 사내가 손에 흉악한 물건을 들고 소부인 마님께 달려들었을 때 소녀는 간이 떨어져 나가는 것 같았습니다. 여기 곁에 계신 노스님께서 소리 내지 말고 지켜보면 된다고 하셔서 잠자코 있었지만 소녀는 너무나 두려웠습니다.”

호경향이 훌쩍였다.

“헤헤, 괜찮아. 언니야, 여기 은자 엄청 많이 벌었다. 자, 받아.”

연추상이 싸움박질의 대가로 받은 은자 주머니를 호경향에게 건네며 활짝 웃었다.

“안 됩니다. 이것을 어찌 받을 수 있습니까?”

호경향이 손을 내저었다.

하지만 연추상은 막무가내로 은자 주머니를 호경향의 손에 쥐어주며 말했다.

“이거 분명히 언니가 사온 꽃을 팔아서 받은 거다. 그러니 언니가 주인이야. 이거 보기보다 꽤 묵직해. 아줌마 약값 하고도 맛 나는 것 많이 해드릴 수 있을 거다. 그러니 받아라.”

하지만 호경향은 끝끝내 고개를 저었다.

“받을 수 없습니다.”

그러자 이번엔 연추상이 울먹였다.

“히잉, 그럼 어떡해? 언니가 안 받으면 상아가 이걸 가지란 말야? 그건 정말 아니다. 상아는 이것 말고도 은자 많다.”

호경향이 다시 말했다.

“그럼 이 은자로 다른 어려운 사람들 도와주세요. 제 식구들은 지금 소부인 마님 덕분에 객잔에서 편안하게 지낸답니다. 제가 살던 빈민굴인 유암호동에 가보셔서 잘 아시잖아요. 그곳에는 가난하고 불쌍한 사람들이 너무나 많이 살고 있습니다."

"히잉, 모르겠다. 언니까지 왜 이러냐? 그러면 이제 상아보고 어쩌
란 말야?"

의외의 결과에 실망한 연추상이 답답함을 감추지 못했다. 연추상이
제 가슴을 팍팍 쳤다.

곁에서 지켜보던 백미노니가 연추상에게 엄중하게 말했다.

"상아야, 너는 어찌 그리 아무 말도 없이 나가서 함부로 일을 벌이느
냐? 네가 이 향이를 위해 꽃을 대신 팔아주는 마음은 갸륵하기 그지없
는 일이다. 하나 방금 그 건장한 사내와 벌인 일장의 박투는 참으로 험
악했느니라. 이 할미가 상아 너의 일신에 익힌 무공 재간을 알고 있어
나서지는 않았지만 차후엔 이런 일이 없도록 하여라. 네가 너의 가문
을 밝히지 않아 알 수는 없지만 가문 어른들이나 네 상공이 알면 얼마
나 상심하겠느냐?"

연추상이 말없이 고개를 끄덕였다.

"힝, 이젠 스님 할머니까지 상아를 나무라는 거야? 꽃 팔다 보니깐
어쩌다가 그렇게 됐어. 갑자기 덤벼드는데 어떡해? 하지만 앞으로는
조심할게."

무괴 성승도 침중하게 말했다.

"상아야, 명심하거라. 타지에서 함부로 행동하면 화를 입기 쉬우니
라. 네 일신의 재간이 대단하다 하나 세상일은 쉬운 것이 없느니라. 알
았느냐?"

"응. 알았어, 스님 할아버지. 배 타고 천산으로 출발하는 날까지만
잘 참아볼게."

"아이고, 이것아. 배 탈 때까지만이 아니니라. 늘 자중해야 하느니

라. 알겠느냐? 아미타불, 아미타불……."

백미노니가 걱정을 감추지 못하고 연추상의 머리를 연신 쓰다듬으며 불호를 되뇌었다.

이대로 있다가는 끝없이 꾸중을 들을 판이었다.

제가 벌인 일로 궁지에 몰린 연추상이 연신 고개를 끄덕였다. 그리고 무괴 성승과 백미노니의 손을 잡아끌고 청풍객잔 쪽으로 발길을 돌렸다.

연추상이 명성호동 거리에서 일장의 평지풍파를 일으키고 돌아갈 때, 그녀를 주시하는 시선들이 곳곳에서 번득였다.

그중 몇 군데는 안타까워 어쩔 줄 몰라 하는 눈빛들이었다. 그리고 몇몇은 호시탐탐 기회를 노리는 눈초리들이었다.

*　　　　*　　　　*

청풍객잔 이층 객방 한 곳에서 푸념 섞인 목소리가 나왔다.

"아휴, 사형. 더는 못 참겠다, 못 참겠어. 상아 고게 눈치 챌까 봐 두려워서 며칠째 옴짝달싹도 못하고 이렇게 방 안에만 갇혀 있는 신세네. 그리고 상아가 밖에 나가면 몰래 뒤만 쫄래쫄래 따라다니고. 아구구! 명이 답답해서 못 살겠다."

그 목소리에 늙은 목소리가 대답했다.

"어쩔 수 없지 않은가?"

"아니, 사형. 근데 상아 그게 왜 자꾸 싸움박질을 벌이냔 말야. 보는 사람 간 다 떨어지게."

"하나같이 제수씨가 먼저 일을 벌인 소동은 아닐세."

"그건 맞아. 한데 상아 그게 잠시도 가만히 못 있네. 얼마 전엔 객잔에서 술 취한 사내 하나를 거나하게 때려잡았잖아? 또 얼마 전엔 유암호동이란 이상한 곳에 들어가서 병자를 고쳐 준다고 난리치더니 오늘 아침엔 왜 거리에 나가서 갑자기 꽃을 팔고 야단이래? 제가 무슨 꽃팔이소녀라고. 혼인한 부인네가 말이야. 내가 창피해서 못 산다, 못 살아!"

"그거야 병든 어미를 둔 소녀가 불쌍해서 도와주려고 했던 게 아닌가?"

"아니 그럼 제 품에 금괴도 아직 남아 있을 테고, 흑진주 팔아 바꾼 은자도 많으니 그걸 주면 되잖아? 왜 뜬금없이 길가에서 꽃을 파냐고. 게다가 사내가 달려들면 미안하다 말하고 슬쩍 피하면 되지, 왜 깡깡 대들어서 이마로 받아서 때려잡냐고, 왜? 제가 박치기 잘한다고, 금강소두라고 온 무림에 왕창 소문난 걸 자랑하고 싶어서 안달 났나? 참."

"객잔 점소이들 얘기를 몰래 들어보니 어미가 병자라는 그 소녀가 한사코 제 힘으로 꽃을 팔아 신세를 갚겠다고 고집했다 하네. 그걸 보기 안쓰러워서 나선 게지. 제수씨 마음이 얼마나 갸륵한가?"

"갸륵? 그놈의 갸륵 두 번 했다간 온 동네 사내들 다 때려잡겠다. 뭐? 이걸 어른들이 아시면 뭐라 하실까? 아고, 명이 미치겠네."

"허허허, 어찌 됐든 제수씨 주변엔 이상하게 사람들이 꼬이고 일들이 벌어지긴 하네."

"참, 사형. 그 말 들으니 생각나는데, 상아 옆에 얼씬거리는 노스님 두 분 말이야. 누구야? 그리고 그 스님들은 왜 자꾸 상아를 집적거리는데? 신경 쓰이게. 사형 표정을 보니 낯익은 얼굴인 것 같은데?"

"사제가 눈치 챈 모양이군. 노스님은 소림사의 무괴 성승이시라네. 그리고 노비구니께서는 아미파의 백미사태이시네. 특히 백미사태께서는 사제의 백모이신 매향선자의 사부이시네. 그분들이 어떻게 함께 계시는지는 그 내막을 잘 모르겠으나 두 분이 세속을 살피며 함께 운수행각을 하고 계신 것 같네. 그런데 우연히 제수씨를 만나게 된 것 같네. 무공이 대가의 반열에 드신 두 분께서 제수씨 자질을 어찌 모르시겠나? 짐작컨대 제자로 삼으시려고 제수씨 곁에 머물러 계신 것 같네.”

“헉? 그 노스님이 소림사 고승 무괴 성승이셨어? 게다가 노비구니께서 백모님 사부시라고? 아이참, 큰일 났네. 상아 저건 온 동네 이름난 고수들은 다 꼬여서 뭐 하려고 저러나? 이런 저런 좋은 무공 다 배워서 세상 사내들 다 때려주려고 아예 작심했나?”

“허허, 그건 아닐 걸세. 두 분 고승께서도 아직 제수씨 신분을 모르고 계신 듯하네. 만일 제수씨가 누군지 알았다면 백미노니께선 강제로라도 제수씨를 당장 무당산으로 데려가셨을 게야. 아직 모르시니 지켜보고만 계시지 않겠나?”

“그건 그래. 그런데 이제 내가 상아 앞에 얼굴을 내밀어도 되지 않을까?”

“조금은 더 기다려 보세. 제수씨가 무당산에서 구출해 왔던 그 야적이 바로 이곳 객잔 주인인 것 같네. 그가 제수씨의 종복으로 자처하며 천산 가는 길을 몰래 수소문하고 있네. 그의 뒤를 몰래 따라가 귀를 기울여 보니 사천 배편이 열흘은 넘어야 출발한다더군. 시간이 있으니 여유를 갖고 더 지켜보세나.”

“휴우, 알았어.”

“지금은 참는 것이 최상일세, 사제.”

“알았어, 사형.”

제9장

일장박투

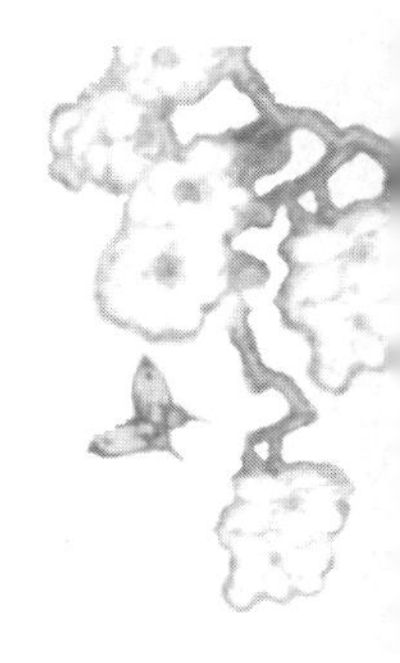

사람들이 숱하게 오고 가는 큰 객잔 입구 앞에 사내 하나가 나타났다.

그 사내가 갑자기 객잔 문짝을 미친 듯이 발로 찼다.

쾅!

무심코 객잔 앞거리를 지나던 사람들이 경악하며 방금 큰 소리가 난 곳으로 시선을 돌렸다.

그 곳에는 흰 천을 머리에 감은 사내 하나가 박달나무로 만든 짧은 봉 하나를 들고 악을 쓰고 있었다.

사람들이 무슨 일인가 하고 목을 길게 빼고 사내를 쳐다봤다. 사내의 머리를 감고 있는 하얀 천은 피가 배어 나와 붉게 물들어 있었다.

사내는 그 객잔 입구 위에 걸린 편액을 마치 철천지원수라도 되는 듯이 쳐다봤다.

편액에는 청풍(淸風)이라는 객잔 이름이 새겨져 있었다.

이를 바득바득 갈던 사내가 객잔을 향해 우렁차게 고함쳤다.

"네 이 년, 나오너라!"

동시에 사내는 다시 손에 든 봉으로 객잔 문짝을 내려쳤다.

콰앙!

객잔 문짝이 터져 나갈 듯 삐걱댔다.

청풍객잔 일층의 넓은 대청은 객잔에 숙박한 손님들과 유숙(留宿)하지 않는 식사 손님들이 식사하는 식청(食廳)이었다.

점심을 들고 있던 많은 사람들이 대청에 놓인 둥근 식탁에 자리 잡고 있었다. 식사와 반주를 즐기던 수십 명의 사람들이 경악해서 자리에서 벌떡 일어났다.

객잔 안팎으로 순식간에 인파가 구름 떼처럼 밀려들었다. 머리에 흰 면 수건을 붕대처럼 두른 젊은 사내가 사람들 속에서 다시 객잔을 향해 고함쳤다.

"어린년은 당장 나오너라! 네가 감히 이 정육 어르신에게 그따위 행패를 부리고도 그냥 넘어갈 줄 알았더냐?!"

명성호동에 있는 쌀가게 미보당 점장 정육의 뒤에는 또 다른 사내들이 분노한 표정으로 서 있었다. 이 거리에 있는 그와 절친한 동패들로 주루인 화춘루의 점장 최호, 비단 가게인 옥화점의 점장 오팔, 전당포인 전호당의 점장 안경호 등이었다.

정육이 다시 소리쳤다.

"괴이한 어린 계집년은 나와라!"

사람들이 서로 고개를 맞대고 무슨 일로 사내가 저런 짓을 벌이는지 궁금해 했다.

이때 깨어진 객잔 문짝을 밟으며 청풍객잔 총관 곽일성이 나타났다.

"이보게, 도대체 무슨 짓인가?"

곽일성이 정육에게 화를 냈다.

봉을 들고 씨근덕거리던 정육이 곽일성에게 말했다.

"곽가야, 잔 말 말아라. 지금 네 객잔에 나이도 어린 것이 괴이하게 비녀를 꽂고 있는 계집년이 하나 묵고 있을 것이다. 그 년 나오라고 해라."

이 거리에서 함께 장사하는 처지로 안면이 있는 정육이 무턱대고 객잔에 묵은 손님을 나오라고 하자 곽일성이 놀라 허둥댔다.

"정가야, 왜 이러냐? 대체 무슨 일로 이런 행패를 부리느냐?"

정육이 씨근덕거렸다.

"알 것 없다. 내게 개창피를 주고 사라진 어린년 하나가 이 청풍객잔에 묵고 있는 걸 본 사람이 있다. 내가 그 년과 크게 해결할 일이 하나 있다."

화가 치밀 대로 치민 정육이 곽일성에게 마구 눈을 부라렸다.

정육은 열 살 남짓한 어린 계집아이에게 당한 치욕을 참을 수 없었다.

나이 서른에 가까운 건장한 사내인 그가 어린 계집에게 당해 이마가 터지고 기절했다. 이 일을 목격한 사람들이 그의 등 뒤에서 모두 손가락질하고 비웃고 있는 것 같았다.

그래서 터져 나간 이마를 치료하고 동패들을 끌어 모았다.

정육의 뒤에 팔짱을 끼고 있는 자들이었다. 그들 중 하나인 명성호동 화춘루 점장 최호가 한 발 앞으로 나서며 말했다.

"곽가야, 정가 말이 옳다. 이 정가의 미보당 앞길에서 어린년 하나가 꽃을 들고 허가도 없이 난전(亂廛)을 벌였다. 곽가 너도 알다시피 길가에서는 절대 허락 없이 함부로 좌판이나 길 장사를 할 수 없다. 그런 명성호동의 불문율을 깨고 어린 계집년이 꽃 장사를 하길래 저 정가가 제지했다. 그런데 그 어린년이 무슨 무공을 익혔는지 사람들 보는 앞에서 정가 저놈을 아주 묵사발을 냈다. 당연히 보복을 해야지. 그렇지 않느냐?"

비단 가게인 옥화점의 점장 오팔도 거들었다.

"그렇다. 지금 이 청풍객잔 안에 정가를 마구잡이로 때려 곤죽으로 만든 그 년이 묵고 있다. 곽가야, 비록 그 년이 네 객잔에 묵고 있는 손님이라 해도 어쩔 수 없다. 네가 가서 얼른 그 계집을 끌고 오너라. 그렇지 않으면 우리가 객잔에 들어가서 직접 그 계집을 잡을 수밖에 없다. 이 거리에서 함께 장사하는 처지로 곽가 너의 체면을 보아서 우리가 이렇게 객잔 밖에서 소리치는 것이다."

"그런 일이 있었느냐?"

곽일성이 이마를 짚으며 휘청했다.

곽일성은 연추상이 객잔 앞거리에서 벌인 일을 까마득히 모르고 있었다.

정육과 최호, 오팔 등이 하는 말을 들어보니 그의 어린 주인이 크나큰 말썽을 부린 것이 분명했다. 이 근처에서 머리에 비녀를 꽂고 다니는 어린 계집아이는 새로 온 그의 어린 주인 밖에 없었다.

탈이 나도 보통 탈이 난 것이 아니었다. 곽일성은 부지불식간 이 사태를 어떻게 무마해야 할지 가슴이 답답하고 온 몸이 저려왔다.

정육에게 상처를 입히고 지금 객잔에 묵고 있는 범인이 이 청풍객잔의 새 주인이라고 말할 수도 없었다. 그랬다간 그는 당장 청풍객잔 총관 자리에서 쫓겨날 것이 분명했다. 그렇다고 성난 사내들이 이대로 물러날 리는 만무했다.

정말 원망스러웠다.

어린 새 주인이 오고 나서부터 그에겐 한 시도 편할 날이 없었다.

할 수 없이 머리를 굴린 곽일성이 정육을 보며 말했다.

"배상하마. 객잔에 드신 손님이 그런 일을 벌였다고 하니 우리 청풍 객잔이 대신 배상하마. 치료비는 물론이고 그동안 장사 공치는 것까지 듬뿍 배상하마. 달라는 대로 다 줄 테니 여기서 이만 끝내자. 정가야, 제발 부탁이다."

곽일성이 정육의 바짓가랑이에 달라붙어 사뭇 애원했다.

하지만 정육은 요지부동이다.

"곽가야, 네 객잔에 묵은 손님이 벌인 일을 네가 왜 배상한다는 말이더냐? 말이 안 되지, 그건. 그리고 이것은 우리 명성호동의 체면과도 관계있는 일이다. 그냥 넘어간다면 이제 어중이떠중이들이 모두 몰려들어 함부로 길가에서 장사판을 벌일 것이다. 그리고 이것은 이 정육이 어린 계집에게 무참하게 얻어맞은 일이다. 이대로 넘어간다면 내가 어떻게 얼굴 들고 돌아다닐 수 있다는 말이더냐? 당장 그 어린 계집을 내놓아라."

정육이 풀어놓은 멧돼지처럼 씩씩댔다.

"참아라, 정가야."

곽일성이 정육을 부여잡고 무작정 애원했다.

*　　　*　　　*

폭발 직전의 연추상을 붙들고 오천상은 아예 빌고 있었다.

"이러지 마시오. 제발 좀 진정하시오, 소주인."

제 허리를 붙잡고 버티고 있는 오천상에게 연추상이 더이상은 참을 수 없다는 얼굴로 돌아봤다. 그녀의 표정엔 짜증까지 덕지덕지 붙어 있었다.

"아이참! 이제 그만 놔줘. 놓으란 말이야."

하지만 오천상도 결사적으로 버티고 있었다.

"안 되오. 제발."

청풍객잔 대청 식탁 사이에서 오천상이 연추상의 작은 몸뚱이를 붙들고 힘겨운 실랑이를 계속하고 있었다.

객잔 대청에서 느긋하게 점심을 먹고 있던 연추상이 정육을 본 것은 그가 객잔 문을 발로 후려 찰 때부터였다.

머리에 흰 천을 감은 사내는 연추상이 길가에서 꽃을 팔고 있을 때 무식하게 봉을 들고 달려들던 그 사내였다. 그가 연추상을 나오라고 하며 행패를 부리자 연추상은 시위에 건 화살처럼 즉시 튀어나가려 했다.

그러나 그녀 옆에서 함께 식사를 하던 오천상이 또 무슨 큰 소동이 벌어질까 우려해서 사력을 다해서 만류했다.

하지만 작은 몸집의 연추상은 가진 힘을 다 써서 거구의 오천상을 제 몸에 매달고 객잔 입구까지 기어이 나왔다. 그 상태에서 연추상이 정육을 째려보고 조잘댔다.

"야, 또 맞고 싶어 찾아왔니?"

덩치 큰 사내 하나를 허리에 달고 질질 끌고 있는 계집아이를 본 정육의 눈알이 뒤집어졌다.

“네 이 년, 그동안 여기 숨어 있었구나.”

하지만 계집아이는 웃기는 소리 말라는 표정으로 그의 말을 받았다.

“숨어 있기는 누가 숨어? 또 머리로 꽉 받아줄까? 다 큰 게 박치기 한 방에 쫙 뻗어버려 놓곤. 창피하지도 않냐? 응?”

연추상의 도발에 정육이 온 몸을 부르르 떨었다.

“뭐라? 이 개 같은 년이?”

봉을 들고 연추상에게 뛰어가려는 정육의 허리춤에 곽일성이 결사적으로 달라붙었다.

“이보게. 안 되네. 날 봐서 제발.”

“저리 비켜!”

정육이 그의 손에 들고 있던 봉으로 곽일성의 어깨를 강타했다.

“으악!”

어깨를 맞은 곽일성이 비명을 지르며 엎어졌다.

쓰러진 곽일성의 몸을 밟고 정육이 뒤를 돌아보며 소리쳤다.

“이보게들, 바로 저 어린 계집년일세. 조심하게. 저 어린 것이 여간내기가 아닐세.”

어금니를 한껏 깨문 정육의 목소리에 그의 뒤에 있던 일단의 사내들이 소매를 걷어붙였다.

화춘루의 점장 최호가 주먹을 쥐었다. 비단 가게인 옥화점의 점장 오팔과 전당포인 전호당의 점장 안경호는 눈을 반짝이며 품에서 단봉 하나씩을 꺼내 쥐었다.

정육이 곽일성을 때려 쓰러뜨리고 그의 몸을 마구 밟는 것을 본 연추상이 온몸을 꿈틀거렸다.

“놔!”

"어이쿠!"

그 발버둥치는 힘으로 마침내 연추상이 오천상의 손아귀를 벗어났다.

죽을 듯이 인상을 구기는 오천상을 뒤로하고 연추상이 눈에 불을 켜고 정육의 앞으로 천천히 걸어갔다.

그리고 씹어내듯 잘라 말했다.

"너어, 꽉 총관아를 때렸겠다. 너, 오늘 머리 또 터질 줄 알아라!"

작은 계집아이의 기세가 놀라웠다.

금방이라도 객잔 안으로 뛰어들 것 같던 정육이 갑자기 주춤했다.

정육은 순간 그의 눈앞에 선 계집아이가 거대한 산처럼 느껴졌다. 일시지간 두려움에 질린 그가 뒤를 돌아보며 동료들에게 도움을 청했다.

"이, 이보게들, 이 년이 보통이 아닐세. 무공을 익힌 년일세."

화춘루 점장 최호가 앞으로 뛰어나왔다.

그가 한 걸음에 정육을 뛰어넘었다.

그리고 큰 기합을 지르며 흑호출동의 자세로 연추상에게 주먹을 뻗었다.

"이야압!"

최호는 나름대로 잡다한 무공을 몸에 익히고 있었다. 그는 눈앞에 보이는 말랑말랑한 계집아이쯤은 그의 주먹 한 방이면 나가떨어질 줄 알았다.

그런데 계집아이는 미동도 않고 서 있다가 그의 주먹이 다가오자 고개만 살짝 옆으로 움직이는 것으로 그의 주먹을 피했다.

그리고 코웃음쳤다.

“흥!”

“헛!”

자신의 주먹이 어이없이 허공을 가르자 최호가 놀라 짧은 신음을 삼켰다.

그리고 얼른 정신을 차려 몸을 돌렸다.

움켜진 양 주먹을 번갈아 휘둘렀다. 바로 눈앞에 선 계집아이 얼굴을 연속으로 후려쳤다. 평수낙안이라는, 나름대로의 비장의 수법이었다.

그러나 계집아이는 그의 눈앞에서 바람에 흔들리는 갈대처럼 몸을 이리저리 흔들었다.

대여섯 번이나 계속 휘두른 그의 주먹을 빤히 쳐다보며 피한 계집아이가 가소롭다는 듯 다시 코웃음을 쳤다.

“흥, 다 큰 어른들이란 게 함부로 주먹질이나 해. 근데 참 시원찮네. 이제 다 했냐? 벌써 힘 빠져 헥헥거리네. 그럼 한 대만 맞아봐라.”

제 자리에 서 있던 연추상이 작은 주먹을 내밀어 덩치 큰 최호의 가슴을 쳤다.

“합!”

“퍼억!”

최호의 몸통을 커다란 소나무 몽둥이로 두드리는 소리가 갑자기 청풍객잔 입구를 흔들었다.

“끄와악!”

최호가 도끼 맞은 멧돼지처럼 마구 비명을 지르며 객잔 입구에서 굴러 떨어졌다.

최호가 바닥을 구르자 정육이 한 발을 뒤로 물렀다.

그리고 소리쳤다.

"이, 이보게들, 안 되겠네. 모두 한꺼번에 들이치세."

그걸 본 연추상이 작은 입술을 벌려 다시 쫑알댔다.

"왜, 겁나냐? 우루루 떼거리로 몰려와서 큰소리칠 때는 언제고. 한 방에 캑 꼬꾸라지는 걸 보니깐 이제 겁나서 벌벌떠냐? 얼마 전에 긴 봉을 휘둘러 때리려다 상아한테 얻어맞아 기절했지? 다 큰 어른들이 부끄럽지도 않냐? 방금 니들이 죄 없는 곽 총관아를 때렸지? 그래서 상아도 이제는 용서해줄 수가 없어. 죽을 각오하는 게 좋을 거다."

연추상이 입을 악다물고 앞으로 천천히 걸어 나왔다.

정육의 뒤에 있던 비단 가게 옥화점 점장 오팔이 소리쳤다.

"저 어린 계집년에게 화춘루 최가가 당했다. 이대로 물러선다면 우리들은 이제 이 명성호동에서 얼굴 들고 살 수가 없다. 밥줄 끊기고 이대로 도망칠 셈이냐? 이판사판이다. 모두 쳐라!"

"와아!"

"쳐라!"

이 말에 정육과 오팔, 전당포인 전호장 점장 안경호가 한꺼번에 연추상에게 돌진했다.

정육이 손에 든 봉을 수직으로 세워 연추상의 이마를 찍었다.

동시에 오팔과 안경호가 하나는 연추상의 무릎을, 하나는 연추상의 가슴을 노리며 수평으로 쓸어왔다.

"흥!"

몸을 움직이지 않고 자신에게 밀려오는 봉 세 개를 쳐다보며 연추상이 나직이 비웃었다.

공력을 몸에 불어넣은 연추상이 오천상에게 배운 생사일보 신법을 펼쳤다. 그러자 연추상의 신형이 흐릿해지며 봉과 봉 사이의 틈을 미꾸라지처럼 빠져나갔다.

쾅!

"헛!"

정육이 내려친 봉이 흙바닥에 부딪쳐 먼지를 피워 올렸다.

"헛!"

"뭐냐?"

가로로 휘두른 봉에 아무것도 걸리지 않자 오팔과 안경호도 신음 소리를 내질렀다.

그들의 봉 사이를 부드럽게 빠져나간 연추상은 그때, 그들의 뒤에 서 있었다.

연추상이 한심하다는 표정을 지으며 말했다.

"자알한다. 그것도 무공이냐? 아예 체조를 해라, 이놈들아. 으이구!"

그리고 몸을 띄워 공중에서 연환각을 펼쳤다.

그녀의 작은 녹색 치마 사이로 하얀 속바지에 감싸인 다리가 연이어 움직여 사내들 셋의 뺨에 작렬했다.

퍽!

퍽!

퍽!

온몸을 비틀어 회전력을 가미한 전사경의 힘이 그 발길질 속에 오롯이 들어 있었다.

"캑!"

"끅!"

"악!"

사내들 셋의 고개가 일제히 세차게 돌아갔다.

그러나 사내들은 정신없는 가운데서도 아직 쓰러지지 않았다. 그걸 본 연추상의 작은 다리가 다시 현란하게 움직였다.

치마 끝을 살짝 잡은 연추상이 바람개비처럼 몸을 팽글팽글 돌렸다.

그녀의 몸이 팔랑거릴 때마다 격타음과 함께 사내들의 비명이 연이어 들려왔다.

팍!

"으악!"

픽!

"캑!"

파박!

"윽! 윽!"

사내들 셋이 선 채로 연추상의 치마차기에 순식간에 수십 대를 얻어맞았다.

앞으로 넘어지면 뒤에서 차고, 뒤로 넘어지면 앞에서 차서 넘어질 수도 없었다.

위타문의 절기인 여래각법의 빠르고 장중한 초식에, 무당파 태극삼봉권의 웅후한 내가 공력이 뒷받침된 절묘한 몸놀림이었다.

무당산을 떠난 이후, 수차례에 걸쳐 일어난 싸움질로 나날이 일취월장한 연추상이었다. 연추상은 전혀 모르고 있었지만 무당파 고학 도장의 고된 훈련을 통해 각인된 태극권의 몸 다루기 요결이 그 안에 숨어 있었다.

연추상이 다리놀림을 멈추었을 때, 사내들은 애처로운 단말마와 함께 벌러덩 뒤로 나가떨어졌다.

사내들 낯짝들에는 자그마한 발자국 수십 개가 가지런히 찍혀져 있었다.

시퍼런 멍으로 물든 발도장이 찍혀 쓰러진 사내들을 내려다보면서 연추상이 손을 탈탈 털며 말했다.

"미련한 것들은 꼭 뜨거운 맛을 봐야 정신을 차린단 말이야? 난리치는 바람에 점심 요리도 다 식어서 못 먹게 됐네. 참, 곽 총관아는 괜찮은지 모르겠다. 어쨌든 요놈들 크게 혼내줬으니 그럼 향이 언니가 이 부근에서 꽃 팔아도 이제 아무도 덤빌 사람은 없겠지?"

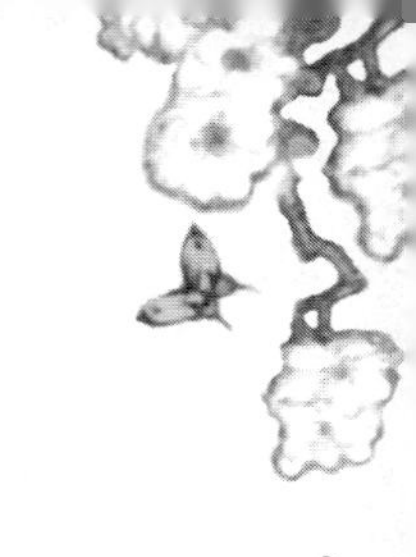

제10장

선행(善行)

유암호동의 입구에는 무신(武神) 관우(關羽)를 모신 낡아 쓰러질
듯한 사당이 하나 서 있었다.

그 관제묘는 악비를 모시는 악왕묘와 마찬가지로 묘지가 아니라 일
종의 사당이다.

사당에 모시는 이는 지방마다, 또 풍습에 따라 따르다. 악비나 관우
처럼 옛 역사에 나오는 충신, 열사를 모시기도 했고, 그 지방 사람들이
추앙하는 도가의 신들을 모시기도 했다.

그리고 주신(主神) 이외에도 본전의 좌우에 따로 자그마한 전각을
만들어서 지역 출신의 이름난 효자, 또는 토착민들이 대대로 모시던 이
른바 토지신들을 모신 별각도 있었다.

따라서 이런 사당들은 전각들을 둘러싼 담 속으로 넓은 마당도 자리
했다. 보통 이런 사당들은 그 지역의 부호, 또는 해당 지역 관청에서

건립하고 때마다 수리와 보수까지 담당했다.

그런 관례는 사당뿐만이 아니라 일반 사찰이나 도관들도 그러했다. 그런데 유암호동의 입구에 들어서 있는 관제묘는 달랐다. 관청에서도 관심을 끊은 듯 언제 수리했는지 모를 만큼 곳곳이 허물어져 있었다.

낡은 흙 담은 무너지기 일보 직전이었다. 얼마나 오랜 세월 눈비에 씻겨 나갔는지 담이 아니라 아예 흙 무더기였다.

전각들도 마찬가지였다. 나무로 모셔진 관운장의 목상은 때에 절어 형태까지 희미한, 아예 시꺼먼 나무둥치였다. 그 나무둥치를 둘러싼 전각은 기와가 내려앉아 하늘로 구멍이 뚫려 있었다.

주신을 모시는 전각이 그러할진대 별각이 온전할 리 없었다.

토지신을 노신 별각은 온통 거미줄이 쳐진 폐가였다. 폐가들 속으로 잡초가 가득한 넓은 사당의 마당이 펼쳐져 있었다. 마당에는 집 잃은 떠돌이 개들이 쏟아낸 배설물의 흔적이 말라붙어 뒹굴었다.

그나마 조금 깨끗한 곳에는 거지들이 드러누워 거적을 깔고 마른 햇빛 아래 피부를 드러낸 채 이와 벼룩을 잡고 있었다.

이런 추레한 몰골의 성황묘 앞길에는 넓게 만들어진 공터가 있었다. 유암호동의 사람들이 그 앞을 하루 종일 오고 갔다. 사람들이 오고 가는 길목이다 보니 잡상인들이 좌판을 벌였다.

돈 없는 사람들의 호주머니를 노리는 장사치들이었다. 따라서 간단하게 먹을 수 있는 국수와 부침개, 밀떡 같은 것들을 즉석에서 만들어 팔았다. 가난한 아이들의 푼돈을 노리는 엿장수도 있었다. 인근 산에서 캐온 약초와 나물 등을 내놓고 자리 잡은 아낙네도 있었다.

무한성을 종횡으로 가로지르는 운하의 한곁에 위치한 이곳이 오늘 아침 갑자기 시끌벅적해졌다. 고요한 아침의 기운을 몰아내는 이상한 떠들썩함이었다.

사내 스무 명 정도가 우마차 몇 대를 몰고 이곳에 당도했다. 우마차의 맨 앞에 서 있던 사내 하나가 큰 소리로 외쳤다.

"모두들 일단 비키시오! 유암호동의 동주인 막 어르신에게 미리 허락을 구하고 벌이는 일이니 그리들 아시오!"

공터의 가장자리에 자리 잡고 있던 장사치들이 눈을 휘둥그레 떴다.

유암호동의 동주인 막여해(莫如解)는 이곳 사람들의 목숨을 한 손에 쥐고 흔드는 암흑가의 두목이었다. 일단 그의 허락을 받고 벌이는 일이라니 자리를 비켜줄 수밖에 없었다. 장사치들이 투덜대며 주섬주섬 자리를 걷고 물러났다.

*   *   *

사내들이 끌고 온 우마차에는 사람 서넛이 들어갈 만큼 커다란 무쇠 솥이 서너 개나 실려 있었다. 솥 주위에는 땔나무도 산더미처럼 쌓여 있었다.

이어진 우마차에는 쌀가마니가 또 작은 산처럼 실려 있었다. 고구마와 감자 등의 구황식물이 든 가마니도 가득했다. 다른 우마차에는 무와 배추 같은 소채가 잔뜩 실려 있었다.

다음 마차에는 온갖 주방 기구와 나무 그릇이 또 한 가득 실려 있었다.

또 다른 우마차에는 야외에서 치는 천막 천과 나무 기둥, 그 기둥을 지탱하는 굵은 동아줄이 실려 있었다.

우마차의 행렬 뒤는 더욱더 가관이었다.

무슨 영문인지 사내들이 소 두 마리와 커다란 돼지 무리를 묶어 끌고 오고 있었다. 닭을 가득 채운 나무 우리도 있었다. 소의 울음소리와 돼지들이 지르는 울음소리, 그리고 닭들이 질러대는 소음이 유암호동의 입구를 떠들썩하게 울렸다. 그것들이 등장하자 생기 없던 유암호동이 갑자기 부산스러워졌다.

우마차를 끌고 온 사내들은 아무 말도 없이 관제묘 앞 공터에 우마차에 실려 있던 짐을 풀어놓기 시작했다.

유암호동 주민들이 호기심 가득한 눈으로 지켜보는 가운데 사내들 몇몇이 공터의 마당을 다지며 천막을 치기 시작했다.

밥 한 끼 먹을 시간이 지나자 커다란 천막 서너 개가 공터에 들어섰다. 그리고 각 천막마다 다시 머리에 수건을 덮어쓴 사내들이 몇몇씩 들어붙어 우마차에서 실어온 것으로 보이는 새 볏짚으로 만든 멍석을 깔았다.

그리고 천막 옆에는 땅바닥을 파고 벽돌을 쌓고 진흙으로 이겨 만든 큰 화덕이 몇 개 들어섰다. 화덕 위에 거대한 무쇠 솥 서너 개가 각각 올려졌다. 다른 화덕에는 무쇠 솥의 뚜껑 같은 큰 철판이 올려졌다.

공터 옆 운하로 향하는 사내들도 있었다. 사내들은 자신의 몸통만한 커다란 항아리를 지고 있었다. 어떤 사내들은 쌀가마니를 지고 운하로 갔다. 사내들이 쌀가마니를 풀어 항아리에 채운 다음, 운하를 따라 흐르는 물에 쌀을 씻었다. 이어 사내들은 고구마와 감자도 씻었다. 무와 배추 같은 푸성귀도 흐르는 물에 씻었다.

운하에서 물을 길어오는 자들도 있었다. 양 어깨에 나무 기둥을 얹고 그 양 끝에 고리를 달고 고리에 빈 물통을 건 사내들이 운하로 내려가 물을 계속 날라 왔다. 거대한 무쇠 솥에 물이 반쯤 차오르자 다른 사내들이 쇠 솥 밑에 장작을 집어넣어 불을 피웠다.

활활 불길이 타오르자 사내들이 운하에서 방금 씻어온 하얀 쌀을 가져와 흘려 넣었다.

다른 무쇠솥 주변에선 벌써부터 짐승을 잡는 소리가 요란했다. 소와 돼지, 그리고 닭을 잡았다. 끓는 물에 소채를 씻어 넣고 뼈를 바른 고기가 그 속에 담겨졌다. 숙수 복장을 한 몇몇 사내들이 향신료를 집어넣고 맛을 보고 있었다.

삽시간에 주변으로 밥 짓는 냄새와 고깃국 끓이는 냄새, 갖가지 부침개를 철판 위에서 굽는 고소한 냄새가 진동했다.

쌀을 씻을 때부터 눈을 뜨고 지켜보던 아이들이 군침을 삼켰다. 아이들이 제 집으로 돌아가 이 소동을 알리자 뭔 일인가 하고 따라나왔던 유암호동 주민들도 평소 맡지 못했던 음식 냄새에 이끌려 관제묘 주위로 몰려들었다.

"야, 하얀 쌀밥이다!"

"우와! 고깃국이다!"

멋모르는 어린아이들이 입에 침을 흘리며 떠들었다.

아이들은 하나같이 피골이 상접한 얼굴이었다. 하얗게 뜬 얼굴에 바짝 마른 뼈마디를 하고 있었다.

그러나 어른들은 이런 아이들을 쳐다보며 서글픈 표정을 지었다.

그들의 눈앞에서 벌어지는 이 일이 도대체 무엇인지 감을 잡을 수 없었기 때문이다. 가난한 그들의 눈앞에서 저런 거창한 행사를 벌이다니? 배고픈 그들을 모욕하는 일처럼 느껴졌다.

그러나 그들의 이런 의혹과 불신은 잠시 후 걷혀졌다.

사내 하나가 커다란 목소리로 주위에 몰려든 유암호동 사람들에게 외쳤다.

"자아, 모두들 들어보시오! 오늘 이것들은 어느 이름을 밝히지 않은 분께서 아무 사심 없이 대가를 받지 않고 베푸는 것이오! 생각 있는 사람들은 이리로 줄을 서시오! 차례대로 그릇을 받아 쌀과 국, 그리고 찬을 받아 드시오! 음식들은 얼마든지 있으니 집안에 거동이 불편한 이들이 있으면 모두 데리고 와서 함께 드시오!"

그 말에 주변에 있던 유암호동 주민들 중 하나가 미심쩍다는 듯 사내에게 물었다.

"이보시오. 여기 살고 있는 사람들은 하나같이 가난한 죄로 못 입고 못 먹는 헐벗은 자들이오. 아무 대가 없이 공짜로 이 음식들을 먹여준다는 말이오?"

그 주민의 말에 사내가 대답했다.

"그렇소이다. 그분께서는 아무 대가도 필요치 않다고 분명 말씀하셨소이다. 그러니 아무 걱정 말고 어서들 와서 마음껏 드시오. 다시 한 번 말씀드리지만 오늘의 이 행사는 그분께서 아무 사심없이 배고픈 이들을 위해 베푸는 자리요. 그리고 또 한 번 말씀드리거니와 오늘의 이 일은 유암호동의 동주인 막여해 어르신께 이미 말씀드리고, 그분의 허락을 득한 것이오. 그러니 의심할 필요가 없소이다."

그때 주민들 속에서 사내들 서넛을 대동한 중년의 땅딸막한 사내가 나타났다.

매부리코의 중년사내가 모습을 보이자 유암호동 주민들이 일제히 고개 숙여 인사했다. 그가 바로 암묵적으로 유암호동을 지배하고 있는 흑표(黑豹) 막여해(莫如解)였다. 그가 사람들을 둘러보며 말했다.

"저자의 말이 옳다. 내가 허락한 일이다."

막여해가 고개를 끄덕이자 사람들의 얼굴에 일시지간 화색이 어렸다.

막여해가 눈짓하자 그의 곁에 서 있던 사내 하나가 사람들에게 외치던 사내가 말한 곳으로 가서 줄을 섰다.

그 줄 앞에 서 있던 이가 그에게 얼른 커다란 나무 그릇과 대나무 젓가락을 내밀었다. 그릇과 젓가락을 받은 사내가 앞으로 걸어가 쇠 솥 쪽으로 걸어갔다. 솥에 밥을 지은 사람들이 그에게 쌀밥을 한 가득 퍼 주었다.

그걸 본 아이들이 '와아!' 하고 함성을 지르며 구름처럼 몰려갔다. 방금 쌀밥을 받은 사내의 뒤를 따라 줄을 섰다.

그 다음부터는 일사천리였다.

*　　　　*　　　　*

정신없이 음식을 먹고 있는 사람들을 쳐다보며 연추상이 흐뭇해했다.

"와, 사람들 좋아한다. 저 아이 봐라. 입에 든 고기를 씹지도 않고 꿀떡 삼킨다. 에구, 저러다 목에 걸릴라."

백미신니가 쓸쓸한 웃음을 지었다.

"그렇구나. 얼마나 먹지 못했으면 저럴꼬? 쯧쯧."

무괴 성승이 길고 긴 한숨을 내쉬었다.

"후우, 같은 세상에 발을 디디고 사는 똑같은 중생들인데 어이하여 한 쪽에선 음식이 남아돌고 어이하여 다른 곳에는 이리도 배고프고 헐벗을꼬? 부처님의 대자대비하심도 이 너른 세상을 다 덮지 못하고 있는 것인가?”

두 노승의 탄식에 호경향이 끼어들었다.

“소녀가 잘은 모르지만 부처님께서 잘못하셔서 그런 것은 아닐 것입니다. 유암호동에 살고 있는 사람들이 모두 착하고 부지런한 사람들만 있는 것은 아닙니다. 어쩔 수 없이 가난한 이들도 많지만 노력하지 않고 게으른 이들도 많답니다. 그러니 부처님께서 잘못하신 것은 아니지요. 하지만 오늘 하루만이라도 저들은 행복할 것입니다. 마음껏 먹을 수 있으니까요. 이 모든 것이 은인이신 소부인 마님과 두 분 스님 할아버지, 할머니 덕분입니다. 이 향이가 모든 유암호동 사람들을 대신해 감사드립니다.”

호경향이 깊숙하게 고개를 숙였다.

그걸 본 연추상이 아니라고 고개를 도리도리 내저었다.

“향이 언니, 아니야. 오늘 일은 상아가 언니 꽃을 팔아주려다가 생긴 은자 때문에 생긴 일이잖아. 꽃 팔다가 사람들에게 무공 보여줘서 번 은자인데, 뭘. 그걸 향이 언니가 안 받겠다고 해서 대신 어려운 사람들에게 쓰자고 했잖아? 그러니 당연히 이 일은 언니가 한 거야. 상아는 사실 그 나쁜 아저씨 때려준 것 밖엔 한 일이 없어. 덕분에 스님 할아버지랑 스님 할머니, 그리고 노복아한테까지 엄청 잔소리 들었지만 말이야.”

호경향이 연추상에게 말했다.

“아니옵니다, 소부인 마님. 소마님께서는 이 향이를 위해 생전 처음 꽃을 팔러 나가셨지요. 하지만 미보당의 그 사내가 말로 할 수 있었던 일을 굳이 힘을 써서 해결하려다 소마님께 당한 것이지요. 쇤네가 배운 것은 없지만 세상 물정은 조금 알고 있습니다. 소마님께서는 잘못하신 것은 객잔 앞 그 거리의 사정을 몰랐던 것 뿐입니다. 하지만 그 일로 인해서 오늘 이렇게 수많은 배고픈 사람들이 하루라도 마음 편하게 배불리 먹을 수 있게 되었으니 모두가 착하신 소마님과 두 분 노스님들 덕분입니다.”

호경향이 다시 감사하다며 거듭 치사했다.

연추상이 헤헤거리며 말을 받았다.

“암튼 그 덕분에 상아는 세상에 이렇게 불쌍한 사람들도 많이 산다는 걸 알았다. 어릴 때, 아빠 따라다니면서 병든 사람들 많이 봤지만 그때는 상아가 너무 어려서 잘 몰랐어. 그런데 얼마 전에 우각산이라는 곳에서 산적 아저씨랑 그 가족들을 만났는데 정말 춥고 배고프게 살더라. 그리고 무한으로 오다가 논두렁에서 착한 농부 아저씨 가족도 만났는데 어린 딸이 말 못하는 벙어리였어. 알고 보니깐 말을 못하는 게 아니라 열병에 걸려서 귀에 물이 찬 거였어. 안 들려서 말 못했던 거지. 그 애, 침 놔줘서 고쳐 줬는데 상아가 떠나올 때 엄청 울더라. 다음에 꼭 다시 만나자고 하면서 말이야. 너무 불쌍했어. 그리고 향이 언니 만나서 여기 유암호동에도 오게 됐는데 왜 이리 어렵고 불쌍하게 사는 사람들이 많은지 몰라. 그동안 상아는 아빠랑 헤어져서 살면서 속으로 아빠 많이 원망했다. 아빠가 상아 버려두고 멀리 가서 상아 외롭고 슬프게 살게 했다고 말야. 그런데 요즘 생각해 보니 그동안 상아는 참 행복했다는 생각이 들어. 상아는 배부르고 등 따시게 살았거든. 물론 가끔 굶은 적도 있지만 그건 상아가 어른들 말씀 잘 안 들었을 때 뿐이었어. 히잉, 그리고 보니 상공아 보고 싶다. 상아가 몰래 사라졌으니 상공아랑 어른들이 얼마나 찾고 있을까?’

연추상이 저도 모르게 제 신상 얘기를 주저리주저리 읊었다.

이 말을 들은 무괴 성승과 백미노니의 귀가 당나귀의 그것처럼 펄럭였다.

무괴 성승이 때를 놓칠세라 연추상에게 살짝 말했다.

"상아야, 네 얘기를 들어보니 네 신분이 궁금하구나. 네 상공과 어른들이 계신 곳이 어디냐? 말을 해주면 이 할애비가 데려다 주마. 어린 네가 몰래 집을 나왔으니 어른들이 얼마나 걱정하시겠느냐? 네 상공도 그러할 것이고."

백미노니도 무괴 성승의 의견에 동조했다.

"상아야, 네 집이 어디냐? 이 할미도 네가 집안 어른들께 큰 꾸중을 듣지 않도록 도와주마. 어서 말해보거라. 일단 어른들께 허락을 받은 후에 네 생부께서 계신다는 천산으로 가는 것이 어떠하냐?"

연추상이 이러지도 저러지도 못하는 우울한 얼굴이 됐다. 한참 갈등을 하던 연추상이 풀죽은 목소리로 말했다.

"힝. 그러면 좋을 것 같은데 말야, 아마 어른들에게 알리면 상아는 이제 평생 고향인 천산에 못 가볼 것 같아. 상공아도 보고 싶지만 아빠는 더 보고 싶어. 엄마 무덤에도 가보고 싶고."

갑자기 연추상의 얼굴이 짙게 어두워졌다.

백미노니가 너무도 가엾다는 표정으로 연추상의 작은 몸을 껴안았다.

"이 가엾은 것. 네 어미가 벌써 저 세상 사람이었더냐? 그럼 홀아버지 밑에서 자랐다가 이토록 어린 나이에 먼 곳으로 시집와 살았던 것이로구나. 그런데 네 시댁 어른들은 도대체 어린 네가 이토록 깊은 가슴앓이를 하는데 그동안 손 놓고 있었다는 말이더냐? 가엾은 것."

"흑흑흑흑!"

백미노니의 가슴에 안긴 연추상이 갑자기 구슬피 울었다.

무당산을 떠난 뒤 알게 모르게 혼자 외로움에 몸부림치던 연추상이었다.

한번 울음보가 터지자 눈물이 그치지 않고 깊은 강물처럼 끝없이 샘솟았다. 연추상에게는 천산에 있는 아빠도, 무당산에 있을 상공아도 지금은 모두 그녀 옆에 없었다. 그것이 너무나 무섭고 서러웠다.

그런데 따뜻한 백미노니의 품에서 그것이 한꺼번에 터져 버린 것이다.

"흑흑흑흑!"

백미노니의 품이 흥건하게 젖도록 연추상은 울음을 그치지 못했다.

＊　　　　＊　　　　＊

"우와! 이 사람들이 모두 아픈 사람들이야?"

천막 안에 드러누워 있던 사람들을 쳐다보며 연추상이 눈을 휘둥그레 떴다.

"네, 소부인 마님. 병자들을 모이라고 했더니 이토록 많이 모였네요. 어쩌면 좋아요."

아픈 사람들이 모두 저 때문에 병자가 된 듯 호경향이 죄송스러워했다.

"할 수 없지. 차례대로 보는 수밖에."

침통을 손에 든 연추상이 천막 안의 사람들을 둘러보며 말했다.

아주 오랫동안 백미노니의 품에 안겨 서럽게 울었던 연추상이었다. 그러나 병자들이 그녀를 기다리고 있다는 전갈이 왔다. 처음 이곳에

올 때부터 예정했던 일이다.

연추상이 꽃을 팔아 번 은자를 호경향에게 주었지만, 호경향이 그것을 받지 않고 자기보다 더 불쌍한 사람들을 돕는 데 쓰라고 했을 때부터 예정된 일이었다.

그때 연추상의 뇌리에 유암호동 사람들이 떠올랐다. 그래서 제 품에 남아 있던 금괴와 흑진주 하나를 오천상에게 쥐어주고 은자로 바꿔오라고 닦달했다. 게다가 오천상에게 전에 도박판에서 따준 전표도 내놓으라고 옆구리를 푹푹 찔렀다.

어려운 이들을 돕자는 좋은 취지였기에 오천상도 불만 없이 따랐다. 무괴 성승과 백미 신니도 빠지지 않았다. 노자를 쪼개어 거들었다. 그것들이 모두 합해져서 준비된 행사였다.

연추상은 또 아픈 사람들을 치료해 줘야겠다며 고집을 부렸다. 그래서 미리 약방에 들러 약재를 사왔다.

그런데 예상보다 아픈 사람이 많았다.

무한은 호수와 운하가 많았다. 그러니 물길에서 일하는 사람들도 많았다. 특히 하층민들은 선창에서 짐을 나르는 막노동꾼들이 많았다. 그들은 오랫동안 힘든 일을 하다가 몸에 병이 든 사람들이었다.

몸이 아프면 당연히 잘 먹고 따뜻한 곳에서 쉬어야 한다. 그러나 가난한 사람들은 몸에 병이 들면 잘 먹을 수도 없었다. 그래서 병이 악화된 경우가 태반이었다.

환자들을 진맥해 본 연추상이 호경향에게 말했다.

"아픈 사람들 대다수가 깨끗하게 씻고 잘 먹으면 쉽게 나을 수 있는 병에 걸려 있어. 하지만 가난해서 그렇게 할 수 없으니 쉽게 낫지 못하고 병이 깊어져 있어. 그래서 금방 고칠 방법이 없어. 그래도 침이나 뜸을 놔주면 조금은 나아질 거야. 준비해 온 약재들도 따뜻한 물에 달여서 있는 대로 먹여주자. 향이 언니는 깨끗한 수건에 술을 적셔서 상아가 침놔준 사람들 중에서 여자들 몸이나 잘 닦아줘. 남자들은 노복아가 닦아주고. 그리고 힘없는 사람들에게는 먼저 고기죽 끓인 걸 먹여야 해. 기력 없는 사람에게 침놓고 약 쓰면 오히려 독이 된다고 전에 아빠가 말해줬어. 차례대로 해 줘."

"예."

"알았소. 소주인."

그때부터 연추상이 사람들 속으로 걸어가 차례대로 금침을 놓기 시작했다.

연추상이 침을 놓은 다음 호경향이 연추상의 말에 따라 뜸이 필요한 환자에게는 뜸을 놔주었다. 그리고 약초 달인 물을 먹여주었다.

점심 식사 후에 시작한 이 일은 밤이 이슥해질 무렵에야 겨우 끝이 났다.

연추상 주위에 누워 있던 마지막 환자가 그의 가족들 손에 업혀 나갔을 때 연추상은 파김치가 다 되어 있었다.

침을 챙기고 일어서던 연추상을 백미노니가 뒤에서 안아 들었다. 백미노니가 축 늘어진 연추상의 이마에 송골송골 솟은 땀을 면 수건으로 닦아주며 말했다.

"어린 약사 보살님이 온 몸의 기력을 다 쏟았구나. 애처로워서 어이 할꼬."

그 말에 노비구니의 품에 안겨 있던 어린 약사 보살이 힘없이 웃으며 대꾸했다.

"히히, 그렇지만 하루만 푹 자면 금방 쌩쌩해진다. 나쁜 놈들 보면 또 패 줄 거야.”

노비구니가 웃으며 고개를 저었다.

“약사 보살님인 줄 알았더니 새끼 마귀(魔鬼)로구나.”

보살에서 금방 마귀가 된 연추상이 또 대답했다.

“히히, 힘없는 사람들 괴롭히는 나쁜 놈들은 상아가 다음부턴 침으로 콕콕 찔러줄 거야.”

그 말을 끝으로 연추상은 그대로 잠들어 작게 코를 골았다.

잠든 연추상을 품에 안은 백미노니가 혼자 중얼거렸다.

“부처와 마귀가 어디 따로 있겠느냐? 마음 쓰기에 따라 천신이 악마가 되고 악마가 또 천신이 되는 것이 아니겠느냐?”

*　　　　*　　　　*

잠든 연추상을 품에 안은 백미노니와 무괴 성승이 유암호동 앞의 관제묘를 떠날 때였다. 이미 다른 천막을 거두고 기다리던 일행이 연추상이 나온 마지막 천막을 재빠르게 걷고 떠나고 있었다.

그들이 밝혀놓은 횃불이 관제묘 부근을 훤하게 밝히고 있었다.

횃불의 그림자가 일렁이는 관제묘의 어두운 구석에서 노인 하나가 갑자기 자신의 등짝을 두드리며 말했다.

“아이고, 이거 벼룩이네. 더러운 곳에 숨어 있으니 이젠 벌레들까지 달려들어 피를 빠는구나. 어허.”

다른 노인이 얼른 그의 입을 막으며 속삭였다.

“고학 사형, 목소리가 크오. 누가 듣겠소.”

입이 막힌 노인이 입을 흔들었다.

"엡, 퉤퉤! 사제, 손 빼지 못해. 더럽게 이게 뭔가?"

그의 입을 막고 있던 노인이 숨죽인 채로 화를 냈다.

"뭐긴 뭐요? 상아가 눈치 채면 어쩌려고 그러오? 게다가 이 부근엔 명아와 공심이란 사손 놈도 숨어 있을 게요. 들키고 싶어 환장한 것이오? 상아도 상아지만 상아 옆에 있는 그 무괴란 소림사 중놈과 백미라는 아미파 여승은 귀가 밝은 고수란 말이요. 그들에게 들키면 여태까지 상아를 몰래 쫓아다닌 것이 모두 수포가 될 것인데, 사형은 정말 천하태평이요. 천하의 고수를 자처하는 사형이 겨우 벼룩 한 마리에 이리 호들갑이요? 좀 자중하시오, 제발."

입이 막혔던 노인이 중얼거렸다.

"알았네. 큰 소리를 낸 것도 아닌데. 사제나 조용히 하게. 흠."

그들이 앙앙불락할 때 그들 뒤에 있던 또 다른 노인이 갑자기 '쉿.' 하며 경고를 했다. 누가 그들 주위로 접근하고 있다는 신호였다. 옥신각신하던 두 노인이 갑자기 바닥에 찰싹 엎드렸다.

아니나 다를까, 그들이 있는 곳으로 누군가 조용히 접근하고 있었다.

노인들이 최대한 공력을 끌어올려 그들에게 다가오는 발자국 소리의 주인에게 귀를 집중했다.

발자국의 주인은 하나가 아니고 둘이었다.

노인들이 그들의 기척을 눈치 채고 극도의 긴장감에 휩싸였다. 자신들의 기운을 감추고 숨소리마저 죽였다.

숨을 멈추고 죽은 듯 바닥에 신형을 붙인 그들에게 다가온 발자국 소리의 주인공들이 노인들 바로 앞에 멈춰 섰다.

그들이 잠시 후, 소리 죽여 서로 말을 주고받기 시작했다.

“공심 사형, 여기는 뭔가 기분이 이상해. 꼭 뭐가 있는 것같이 으스스해.”

어린 소년의 목소리가 속삭였다.

“관제묘라서 그런 것일세. 원래 사당이란 것이 신을 모신 곳이 아닌가? 그래서 무언가 있는 듯 느껴지는 것일세.”

나이 든 사내의 목소리였다.

“그래도 조금 이상해. 품안에 든 금아가 계속 꼼질거려. 야, 금아 너, 가만 안 있을래. 간지럽단 말야. 네가 자꾸 움직이면 내가 간지럼을 타서 사람들에게 들키잖아. 가만히 안 있을래? 자꾸 그러면 너, 굶긴다?”

갸악!

소년의 품안에서 금빛 원숭이가 낮게 울었다.

답답하다는 뜻이 담긴 목소리였다. 소년이 원숭이의 머리를 톡톡 치며 말했다.

“금아야, 울지 마. 뚝 그쳐. 참, 공심 사형. 그런데 상아 저건 여기까지 와서 또 왜 야단이래? 사람들까지 이삼십 명이나 끌고 와서 밥 짓고, 소 잡고, 돼지 잡아서 잔치를 벌였네, 가난한 사람들에게 공짜로 배불리 먹여주고 가네, 상아가 언제 철이 들었나? 이런 일도 다 하고. 거 참, 신기하네. 먹을 거라면 자다가도 번쩍 일어나서 제 것만 날름날름 챙겨먹던 게 남 챙겨줄 생각도 다 하고.”

나이 든 목소리가 작게 대답했다.

“제수씨 마음이 후덕하지 않은가? 없는 사람들 생각해서 여기까지 달려와 먹여주고, 게다가 의술로 병 치료까지 해주었잖은가? 사제도 보았지? 제수씨가 점심때부터 밤이 이슥할 때까지 병자들을 돌보지 않던가? 그 모습이 얼마나 아름답고 고귀한지 이 사형은 속으로 감탄을

금하지 못했네. 진정으로 도를 행하는 자의 모습이었네. 사제도 그렇게 생각하지 않는가?"

소년은 말이 없었다. 잠시 후 소년이 대답했다.

"사형 말이 맞아. 나도 사람들 속에 숨어서 훔쳐보다가 처음에는 명했어. 내가 알던 상아가 아닌 것 같았어. 얼마 전 객잔 대청에서 술 취한 놈 때려눕힐 때와 큰 길에서 꽃 팔다가 덤비는 사내를 박치기해 넘길 때와는 전혀 다른 모습이었어. 상아 그건 조그만 게 싸울 때는 차돌 같더니 사람들 치료할 때는 마치 부처님 같았어. 상아에게 저런 모습이 있다는 것도 오늘 처음 느꼈어, 사형. 내 색시지만 정말 예뻤어. 마치 하늘에서 내려온 선녀 같았다니까. 늘 개구쟁이고 떼쟁이인 줄만 알았는데. 상아가 산에서 떠난 후에 많이 바뀐 것 같아."

나이 든 목소리가 다시 대답했다.

"그렇네. 제수씨가 정말 변한 것 같으이. 그것도 아주 좋은 모습으로 말일세. 사제, 이제 제수씨 일행도 모두 떠났으니 우리도 슬슬 객잔으로 돌아가야지? 늦으면 객잔으로 돌아가기도 어려워질 테니 서둘러 뒤따라가 보세."

그 말에 소년이 움직였다.

"알았어, 사형. 그럼 가야지."

쪼그려 있던 소년이 후닥닥 일어나 앞으로 성큼 한 발을 내디뎠다.

그때 그의 발 밑에 뭔가 물컹물컹한 물체가 밟혔다.

소년이 놀라 소리쳤다.

"윽! 이게 뭐야?"

대경한 소년이 저도 모르게 발에 밟힌 물체를 향해 발길질을 했다.

픽!

그런데 그 정체불명의 물체가 짧은 비명을 지르며 벌떡 일어섰다.

"윽!"

소년이 더욱 놀라워하며 물체를 향해 주먹을 날렸다.

"헉? 뭐야?"

도망치던 그 물체가 소년의 주먹을 가볍게 막고 소리쳤다.

"아이고, 이놈아. 그만 해라. 나다. 네 사조도 몰라보느냐?"

그 사이, 소년을 지키기 위해 몸을 날리던 공심 도장 또한 어느새 소리 없이 다가온 지풍 한 줄기에 몸의 혈도를 적중당해 굳어버렸다.

하지만 소년은 검은 그림자를 향해 정신없이 손발을 움직여 공격했다.

"뭐야? 누구야?"

어둠 속에서 검은 그림자 셋이 나타나 소년의 몸을 안고 작게 소리쳤다.

"어이쿠! 명아 이놈아, 우리다. 그만 때리거라."

＊　　　＊　　　＊

쿵! 쿵!

누가 문을 두드리고 있었다.

그러나 문 안에선 아무 반응이 없었다.

쿵! 쿵! 쿵!

다시 밖에서 문을 두드렸다.

그러나 안에서는 그래도 반응이 없었다.

문이 열리지 않자 한참 동안이나 다시 문을 두드리는 소리가 들리지 않았다.

그리고 잠시 후, 문밖에서 조심스럽게 숨 죽인 목소리가 들려왔다.

"문 좀 열어 주거라. 화를 풀고 우리 말 좀 들어 보거라."

그 말에 닫혀 있던 문은 열리지 않고 대신 안에서 퉁명스런 목소리가 흘러나왔다.

"할 얘기 없어. 그러니 들어올 필요도 없고."

그러자 문밖에서 더욱 간절하게 애원하는 늙은 목소리가 들려왔다.

"우리가 이렇게 목소리가 높아지면 상아 그것이 들을 수도 있다. 그리고 상아 마음을 돌릴 비책도 있으니 이만 열어 보거라. 그리고 들어가서 의논을 해보자꾸나."

그 말에도 안에서는 한참이나 아무 반응이 없었다.

그러다가 잠시 후, 삐걱 하며 나무문이 열렸다. 그리고 잔뜩 삐친 얼굴 하나가 나타났다. 그 얼굴이 노려보며 말했다.

"위층에 있는 상아가 혹시 눈치 챌까 봐 열어주는 거예요. 할아버지들, 조용히 들어와요."

그 말에 밖에서 안절부절 못하고 있던 노인 셋의 안색이 크게 밝아졌다. 주위를 살피고 있던 그들이 문 안으로 바삐 들어왔다.

문안에서 곤혹스런 표정을 짓고 있던 상인 차림의 중년사내가 그들이 들어오자 깊숙이 고개를 숙였다.

"공심이 세 분 태사조님을 배알합니다. 태사조님들께서 당도하셨는데 불경스럽게도 즉시 응접하지 못해 죄송합니다. 용서하십시오."

공심 도장의 그 말에 창가 침상에 엉덩이를 걸치고 앉은 진연명이 불퉁스럽게 말했다.

"공심 사형, 절간에서 염불해? 불경은 무슨 불경이야?"

그러자 세 노인에게 극히 공경하는 자세를 보이던 공심 도장이 진연명에게 말했다.

"사제, 너무 그러지 말게. 태사조님들 이시네."

그 말에 진연명이 생각할수록 기가 차고 화가 난다는 듯 고개를 홱 돌려 버렸다.

"흥!"

그러자 안으로 슬금슬금 들어선 세 노인이 공심 도장을 향해 손을 휘저었다.

"공심아, 되었느니라. 우리 때문에 네가 고생하는구나. 그만 하고 차나 한 잔 하고 싶구나. 혹 준비돼 있느냐?"

공심 도장이 다시 허리를 숙이며 공손히 말했다.

"마침 객잔 방에 차와 다기가 구비돼 있었습니다. 화롯불에 물을 끓여 올리겠습니다. 태사조들께오선 앉으셔서 잠시만 기다리오소서."

공심 도장이 객잔 탁자 위에 있는 차와 다구 일체를 들고 객잔 한쪽에 있는 청동화로 곁으로 걸어갔다.

그 모습을 보고 있던 진연명이 다시 심술 가득한 목소리로 세 노인에게 쏘아붙였다.

"들어오지 못하게 하려다가 상아가 혹시 들을까 봐 문을 열어줬더니 들어오자마자 공심 사형에게 차 심부름부터 시키네요. 할아버지들은 예전부터 얼굴이 거북이 등딱지보다 두꺼웠던 것을 알고 있었지만 오늘 다시 보니 역시 뻔뻔하네요. 흥!"

진연명이 창밖으로 고개를 홱 돌리며 빈정댔다.

탁자 앞 의자에 꿰다 놓은 보릿자루처럼 나란히 앉아 있던 세 노인이 그 모습에 극히 불안한 표정을 감추지 못했다.

노인 셋 중 눈을 끔뻑이던 뚱뚱한 노인이 가운데 앉아 있던 키 큰 노인의 팔을 팔꿈치로 툭툭 쳤다.

알아서 나서라는 뜻이었다.

키 큰 노인이 난감한 표정을 감추지 못했다. 그러자 그의 오른편에 앉아있던 홀쭉한 체형의 노인도 나섰다. 그도 키 큰 노인의 소매를 흔들며 눈으로 재촉했다.

그때 창가 침상에 앉아 있던 진연명이 고개를 돌리며 발딱 일어섰다.

"아! 정말 미치겠네! 할아버지들, 도대체 왜 여기 있는 거예요? 나도 몰래 상아 뒤를 언제부터 졸졸 따라다니고 있었어요?"

진연명이 잔뜩 신경질을 냈다.

그러자 탁자에 앉았던 황학 도장과 청학 도장이 그들의 사형인 고학 도장에게 동시에 눈을 부라렸다. 대체 빨리 대답하지 않고 뭘 하고 있느냐는 뜻이 담긴 눈초리였다.

그 눈빛에 실린 기운에 밀린 고학 도장이 진연명을 힐끔힐끔 쳐다보며 대답했다.

"그게 말이다, 명아야. 상아가 가출한 것에 우리 책임도 있다고 생각이 들더구나. 그래서 네가 들으면 화를 낼 일이지만 네 뒤를 몰래 따라왔다. 그래서 상아가 여기 묵고 있다는 것을 알게 됐지. 그리고 그동안 너와 상아를 지켜보고 있었다."

진연명이 기가 막히다는 얼굴이 됐다.

"좋아. 그 마음은 나도 이해하겠어요. 오죽하면 내가 할아버지들한테 이렇게 화를 내겠어요? 하지만 할아버지들, 아니, 고학 할아버지한테 말할게요. 그동안 무공 수련한다고 상아랑 내게 그 고생을 시켜놓고 이제 상아가 집에서 도망가니까 걱정돼서 따라왔다고 하면 내가 고맙다는 생각이 들겠어요? 하나도 고맙지 않아요. 아니, 귀찮고 짜증나요. 그리고 상아가 안 그래도 할머니랑 내가 얘기하는 걸 오해해서 도망 나왔는데, 고학 할아버지 얼굴 보면 기겁해서 도망갈 거예요. 안 그래요, 고학 할아버지?"

고학 도장이 다 안다는 표정으로 진연명에게 말했다.

"네 말 뜻도 알고 화난 것도 안다. 하지만 지금 중요한 것은 상아를 다시 무당산으로 무사히 돌아오게 하는 것이 아니냐? 우리들은 그래서 그동안 암중으로 너와 상아를 지켜보고 있었다. 그런데 오늘 우연히 너와 마주치고 말았구나. 하지만 도리어 잘된 일인지도 모른다."

진연명이 시큰둥한 표정으로 대뜸 되물었다.

"잘 되기는 뭐가 잘된 일이에요?"

고학 도장이 그게 아니란 표정으로 손을 설설 내저었다.

"왜냐하면 말이다. 며칠 전부터 상아를 암중에서 지켜보는 눈들이 부쩍 바쁘게 움직이고 있다. 그래서 너에도 알려줄까 했는데 이렇게 우연히 마주치게 되었으니 잘된 일이라고 한 게다."

진연명이 소스라치게 놀랐다.

"그게 무슨 말이에요, 고학 할아버지? 그럼 누가 상아를 노린다는 말이에요?"

고학 도장이 천천히 설명했다.

"어떤 놈들인지는 모르겠지만 좋지 않은 의도를 가진 놈들이 그중에 섞여 있다. 물론 우리가 지켜보고 있으니 별 일이야 있겠느냐만 그런 이유로 우리가 상아 주위를 면밀하게 지키고 있다. 그리고 조만간에 그놈들이 정체를 드러낼 것 같다. 그때 네가 나서서 상아에게 닥친 위험을 막아주면 상아가 어찌 좋아하지 않겠느냐? 우리가 그 기회를 만들어주마. 그러면 상아가 당연히 네게 다시 마음을 돌리고 무당산으로 발길을 옮기지 않겠느냐? 이런 것이 전화위복이 아니겠느냐? 그러니 그동안 맺혀 있던 속상한 마음을 풀어다오. 노도들이 너와 상아를 얼마나 아끼는지 아느냐?"

고학 도장이 자신의 진의를 이해해 달라는 절절한 표정으로 말했다.

진연명이 눈을 감고 잠시 생각에 잠겼다.

그리고 눈을 뜨고 말했다.

"알았어요, 고학 할아버지. 상아 마음을 돌릴 수 있게 된다면 그동안 할아버지들에게 품었던 서운함을 다 털어버릴 수 있어요."

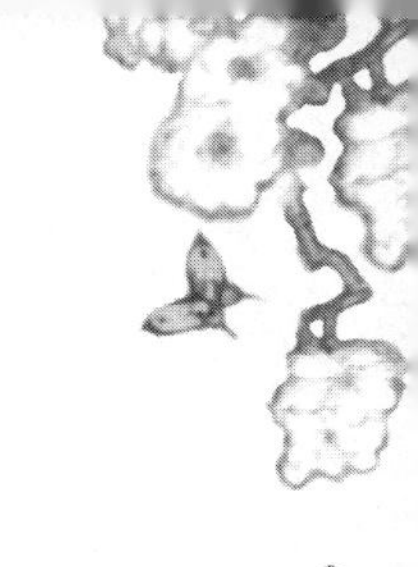

제1장

재회(再會)

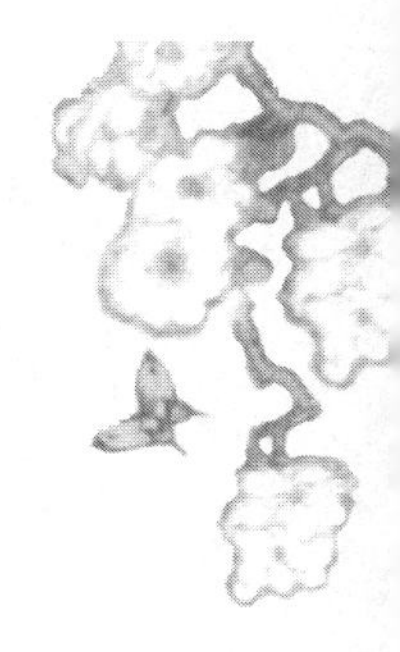

무한성에서 내로라하는 거부들의 저택이 즐비한 주작대로 한 쪽에 위치한 고택들 사이로 갑자기 강한 바람이 일었다.

하늘 높이 솟은 기와지붕들 속에 숨어 있는 후원의 작은 대나무 밭이었다. 우수수 몸을 떠는 대나무들 사이로 노년의 상인 두 사람이 서서 밀담을 주고받고 있었다.

웬일인지 그들의 표정은 잔뜩 흥분돼 있었다.

퉁퉁한 체구의 상인 차림의 노인이 눈을 빛내며 옆에선 노인에게 말했다.

"사람을 보내 확인한 바로는 그 어린 계집이 바로 무당파 장문인 진휘소의 며느리였소. 그 계집이 무슨 연유로 무당 제자들을 대동하지도 않고 무당산을 내려와 지금 이 무한성에 들어와 있는지 내막은 알 길이 없지만 확실하오."

그의 말에 키가 작고 몸이 마른 늙은 상인이 대답했다.

"그렇다면 일전에 미리 의논한 대로 우리가 살기 위해서는 그 계집을 반드시 인질로 사로잡아야겠구려."

체구가 큰 상인이 그의 말에 동조했다. 하지만 의외의 말을 덧붙였다.

"그렇소, 장주. 우리가 이 절박한 지경까지 몰렸는데 더 이상 망설일 이유가 없소. 이미 아시다시피 그 어린 계집은 지금 청풍객잔에 묵고 있소. 그런데 몰래 사람을 풀어 염탐해 본 결과 계집의 주변에 무시 못할 고수가 둘이나 있소. 소림사와 아미파의 고승이라 하오. 따라서 사람을 보내 계집을 생포하는 계획은 일단 접어야겠소. 해서 다른 방도를 강구했소이다."

"아니, 다른 방도라니? 그것 말고 또 무슨 방도가 있겠소?"

"흐흐, 관(官)의 힘을 빌면 되오이다."

"아니, 관의 힘을 빌리다니? 그 무슨 말씀이요?"

"노부가 포청의 왕일악 대포두와 오랜 세월 동안 내밀한 교분을 맺고 있지 않았소이까? 얼마 전 그와 비밀리에 대면하였는데 그에게서 마침 좋은 정보를 얻었소이다. 전에 그 계집이 성문에서 포쾌 하나와 시비가 붙었지 않소? 그래서 포청이 발칵 뒤집혔소. 덕분에 포쾌의 직속상관인 왕 포두가 무능한 관리로 낙인찍혔소이다. 그의 관운이 그 일로 다하게 된 셈이지요. 그로서는 억울할 수밖에 없지 않겠소? 해서 그 일을 빌미로 계집을 체포하려고 벼르고 있었소. 그 계집을 불온한 무리들과 연관 있는 흑도의 요녀로 만들어 포박하면 다시 그가 큰 공을 세우게 되고 관운도 다시 열리게 되는 것이지요. 그래서 여러 가지 일과 엮어서 그 계집을 체포하려 했는데, 정확한 증거가 없다며 윗선에서 허락을 받지 못해 어쩔 수 없이 포기했다 하오. 따라서 그가 관에서 재기할 기회가 사라진 것이지요. 왕 대포두 입장에선 억울하고 분했겠지요? 그 계집이 또 얼마나 원망스러웠겠소? 그런데 그사이 그 계집이 또다시 여러 가지 일을 벌였소. 명성호동 거리에서 사람들을 폭행하기도 했고, 또 청풍객잔에서 상암장의 외아들을 심하게 폭행했소. 게다가 무당파의 습격으로 한동안 모습을 감췄던 통하방주 흑면철서 정일동과도 우연히 만나 그와 시비를 벌였소. 정일동이 도피 자금을 마련하기 위해 사기도박을 벌이다가 마침 그 계집에게 걸렸던 것이오. 정일동이 그 계집에게 당하고 사기도박을 벌인 죄로 지금 포청에 구금당해 있소. 그래서 그의 얘기로는 그 계집을 흑도의 요녀로 만들 길은 사라졌다고 했소. 하나 그 계집에게 당했던 사람들과 상암장이 입을 모아 그 계집을 포청에 고발하면 그걸 빌미로 그가 그 계집을 포박해서 하옥시킬 수는 있다는 거요. 하지만 그렇다고 해서 그가 관운을 회복할 길은 없다며 신세 한탄을 늘어놓기에 노부가 넌지시 그에게 제안을 했소. 노부 또한 그 계집에게 풀어야 할 큰 원한이 있으니 왕 대포두가 그 계집을 포박해서 포청에 이송하는 동안 노부가 보낸 사람이 괴한으로 변장해서 그 계집을 탈취하도록 눈감아준다면 거액을 주겠다고 했소이다. 그러자 왕 대포두가 어렵사리 승낙했소. 그로서는 이왕 관운이 다한 이상, 평생 쓸 거액을 받고 옷을 벗으면 그만이라는 거지요. 따라서 왕 대포두가 그 계집을 잡아 호송하면 우리가 빼앗는 방식으로 그 계집을 손에 넣을 수 있게 된 것이지요.”

“허어, 그것 참으로 절묘한 계책이구려, 정 방주.”

하관이 긴 얼굴을 한 늙은 상인이 고개를 끄덕였다.

그 앞에 서 있던 둥근 얼굴의 몸집 좋은 상인이 결연한 표정을 지었다.

그는 바로 호북 지역 비단 상인들의 연합체인 금호방의 방주 정규였다. 정규가 음성을 낮추며 중얼거렸다.

"이제 장주와 노부, 그리고 두 집안의 가솔이 살아남기 위해서는 그 계집을 납치하는 일을 기필코 성사시켜야 하오. 노부가 연락하면 왕 대포두가 움직일 것이오. 그때, 장주와 노부가 믿을 만한 수하를 대동하고 왕 대포두를 뒤따라갑시다. 그래서 그가 그 계집을 객잔에서 포박하면 변복한 수하를 시켜 포청으로 압송하는 동안 탈취하는 거요. 그래서 그 계집을 인질로 무당파를 굴복시켜 장주와 노부의 집안 가솔들이 안전하게 호북을 벗어날 동안 방패막이로 삼읍시다. 이 방법만이 살길이요. 그렇지 않소?"

키가 작고 하관이 긴 얼굴을 가진 늙은 상인이 다시 한 번 고개를 끄덕였다.

"살길을 찾는 것인데 무슨 짓이든 마다할 수 없지요."

그러나 긴요한 대화에 온 신경을 집중하고 있던 그들은 대나무 밭 속에 그림자 하나가 숨어 있는 것을 미처 발견하지 못했다. 그 그림자는 그들이 대화를 끝내고 내원의 전각으로 걸어 들어가자 신형을 날리며 사라졌다.

*　　　*　　　*

"여기가 오가 놈이 주인이라는 청풍객잔이지?"

휘하 포두 다섯을 거느리고 온 대포두 왕일악이 양손을 허리춤에 얹고 거만하게 객잔에 들어섰다.

왕일악이 객잔 대청 입구에 놓인 식탁으로 다가갔다. 식탁 앞에 놓인 나무 의자 하나에 한 발을 쓱 걸치며 험상 굳게 소리쳤다.

"오가 놈 나오너라."

그의 뒤를 따라온 포두 하나가 재빨리 의자를 소매로 닦았다.

놀란 점소이들이 황급히 안쪽으로 사라졌다.

청풍객잔의 총관 곽일성이 소매를 문지르며 황급히 달려왔다. 곽일성이 애써 웃는 표정을 만들어 왕일악에게 깊숙이 허리를 숙였다.

"무한의 명대포두이신 왕일악 대포두께서 이런 누추한 객잔에 어인 행차시옵니까?"

곽일성은 명절 때마다 찾아가 인사를 하던 왕일악이 휘하 포두들을 거느리고 객잔을 방문하자 가슴이 서늘해졌다.

그렇지 않아도 그는 새로 온 어린 주인인 연추상이 벌인 여러 사건 때문에 요즘 불안감에 떨고 있었다.

"요즘 별 일 없었나?"

왕일악이 딴 곳을 쳐다보며 물었다. 별 관심도 없다는 말투였다.

"예, 살펴주시는 덕분에 별일은 없습니다요."

곽일성은 그것이 마치 제 눈앞에 앉아 있는 왕일악의 덕분이라는 듯 고개를 숙였다.

그러면서도 곽일성은 그동안 한 번도 객잔에 온 적이 없는 왕일악이 지금 내방한 것은 분명 연추상과 관련이 있을 것이라고 속으로 짐작했다.

연추상이 성으로 들어오던 날 성문에서 포쾌와 한바탕 소동을 벌였던 것은 온 성안에 자자하게 소문난 일이었다.

게다가 얼마 전엔 상암장의 공자를 객잔에서 때려눕혔다. 그 일로 상암장에 치료비에다 무마용으로 엄청난 은자를 바쳐야 했다. 그렇다고 그 일이 완전히 물밑으로 가라앉은 것도 아니었다. 재력 있는 가문인 상암장이 그 일을 이대로 넘길 가능성은 거의 없었다. 오히려 지금껏 잠잠한 것이 이상한 일이었다.

더해서 얼마 전엔 객잔 지하에 있는 도박장에서 큰 사건도 터졌었다. 사기도박을 하던 사내 하나가 연추상에게 걸려 크게 다치고 그 자는 사기 혐의로 포청으로 압송당해 재판을 받고 있었다.

그 일만이 아니었다. 명성호동에 있는 미보당 점장 정육과 화춘루의 점장 최호, 옥화점 점장 오팔, 전호당 점장 안경호 등과도 시비가 붙었었다. 그들이 찾아와 난동을 부리다가 연추상에게 크게 낭패를 당했다.

물론 그들의 치료비 또한 물어줬지만 그 세 놈 또한 이대로 호락호락 물러설 놈들이 아니었다. 따라서 조만간 큰 일이 벌어질 것임을 예상하고 있었다.

그런데 오늘 난데없이 대포두 왕일악이 객잔에 왕림한 것이다. 그것도 휘하 포두 다섯 명까지 함께 왔다. 그렇다면 이미 객잔밖엔 그들이 끌고 온 수많은 포쾌와 포리들이 대기하고 있을 것이다.

곽일성은 드디어 올 것이 왔다는 심정이 들었다. 그렇다면 어찌했든 최대한 이상한 꼬투리를 잡히지 않아야 한다고 생각했다.

이런 판국이지만 곽일성은 오랜 경험을 통해 터득한 노련함을 발휘하고 있었다. 왕일악의 질문에 객잔에는 별 일이 없다고 대답했던 것이 바로 그것이었다.

그런데 왕일악이 다시 뭔가 꼬투리를 잡아왔다.

"별 일이 있었을 텐데?"

왕일악이 짧은 턱수염을 훑으며 지나가는 말처럼 짧게 말했다.

하지만 곽일성은 똑같이 대답했다. 두 손을 모으고 허리를 더욱 깊이 수그리며 말했다.

"아이고, 포청에서 수고해 주시는 덕분에 저희들 같은 장사치들은 편안하게 살고 있습니다. 별 일이 있겠습니까요?"

포청의 관리들에게 무슨 일이 있었다고 순순히 대답하는 것은 그들 입에 은자를 처넣고 싶어 환장하는 인간들이나 하는 짓이었다.

"그래?"

곽일성의 대답을 들은 왕일악은 무표정한 얼굴이었다. 콧구멍을 쓱쓱 만지며 객잔 대청을 한 눈으로 쓸어볼 뿐이었다.

왕일악과 곽일성이 대화를 나누는 동안 왕일악을 따라온 다섯 명의 포두들이 객잔 곳곳을 훑어가고 있었다.

대청 이곳저곳에 퍼져 괜스레 탁자를 손으로 쓸어보기도 했고, 창문틀에 기대어 밖을 내다보는 포두도 있었다. 또한 어느새 대청을 가로질러 주방에 들어가 요리 기구들을 살펴보는 포두도 있었다.

포두들의 허리띠에 꽂혀 있던 박달나무로 만든 육각형의 단봉과 검은 포승줄들이 불안하게 지켜보고 있는 곽일성의 눈을 현란하게 어지럽히고 있었다.

그때, 객잔 앞 탁자에 가만히 앉아 있던 왕일악이 곽일성에게 말했다.

"너는 지금 안으로 달려가서 객잔 주인 오가와 그 어린 딸을 내 앞으로 불러오너라."

이 말이 떨어지자 곽일성은 가슴이 철렁했다. 그리고 눈을 질끈 감았다.

피하고 싶었던 변고가 이제야 터지는 것이었다.

"주인님과 따님께 무슨 용무가 있으십니까요?"

그러자 왕일악이 서릿발처럼 차갑게 말했다.

"웬 말이 그리 많으냐? 내 말이 말 같지 않다는 뜻이냐? 그렇지 않다면 당장 시행해라! 뭐 하고 있느냐?"

이때, 어쩔 줄 몰라서 우물쭈물하고 있는 곽일성의 뒤에서 컬컬한 음성이 들여왔다.

"무엇 때문에 소인을 찾으시는 겁니까, 대포두 나으리?"

오천상이 연추상의 손을 잡고 천천히 걸어왔다.

그들을 본 왕일악이 차가운 눈빛으로 자리에서 일어나며 말했다.

"너희 둘을 포청으로 압송한다!"

*　　　*　　　*

사람들이 청풍객잔 입구 부근에 장사진을 치고 있었다.

무슨 일인가 하며 잔뜩 호기심을 품고 바라보는 사람들이 반원형으로 몰려 서 있었다. 그들의 시선이 닿는 곳에 포쾌들이 포졸들을 거느리고 살기등등한 기세로 도열해 있었다.

객잔 안에서 날카로운 목소리가 들려왔다.

"무슨 소리야? 무슨 죄를 지었다고?"

연추상이 두 주먹을 움켜쥐고 대포두 왕일악을 노려보고 있었다.

왕일악이 눈 꼬리를 모으며 묘한 웃음을 지었다.

"네 년이 이미 보통이 아니라는 것은 이미 알고 있었지만, 어린 계집년이 참으로 방자하군. 너에게 폭행당한 사람들이 너를 포청에 고발했다. 나이가 어린 것이 일신에 지닌 과한 무공을 믿고 짧은 시간 동안 엄청난 행패를 부렸더군. 그리고 객잔 주인 오가 너는 이 계집년을 비호한 죄로 참고인으로 압송한다. 알아들었느냐?"

왕일악의 말에 오천상이 눈을 부릅뜨고 강하게 항거했다.

"납득할 수 없소. 대체 고발한 자가 누구요?"

왕일악이 오천상의 전신을 한번 쭉 훑어봤다. 오천상의 태도가 영 마음에 들지 않는다는 기색을 노골적으로 드러내며 말했다.

"얼마 전 바로 이곳에서 어린 계집 너에게 상암장의 공자가 폭행당했다. 그리고 이 거리에 있는 젊은 점원 셋 또한 너의 손에 크게 상처를 입은 적이 있었지. 그들 모두가 연명으로 고발장을 포청에 접수시켰다. 계집 네가 무슨 연유로 그런 무공을 익혔는지는 모르지만 그렇게 함부로 설쳐서야 되겠느냐?"

연추상이 말도 안 된다는 표정으로 인상을 잔뜩 구기며 대꾸했다.

"그건 그놈들이 당연히 맞을 짓을 한 거야. 술 먹고 여자를 때리는 놈을 가만 놔둘 수 있어? 그리고 거리에서 꽃을 판다고 해서 봉을 들고 달려들면 가만 서 있다가 맞아야 하니? 쓸데없는 소리 하지 말고 그냥 돌아가. 상아는 죄 없다."

왕일악이 눈을 가늘게 뜨고 음침하게 말했다.

"과연 들은 바대로 입에서 나오는 대로 함부로 지껄이는 어린 계집 년이군. 일신에 무공을 지녔다고 거만이 하늘을 찌르는구나. 하나 국법을 집행하는 본관에게까지 그것이 통할 수 있다고 생각하느냐? 포쾌들은 무얼 하느냐, 이 두 연놈을 포박하지 않고?!"

왕일악의 명령이 내려지자 포쾌들이 각자 허리에서 단봉과 포승줄을 꺼내들었다. 그들은 상관의 명에 따라 연추상과 오천상을 포박할 준비는 했지만 즉시 행동을 옮기지는 못했다.

왕일악이 또다시 그들을 재촉했다.

"이 연놈들은 무공을 익힌 자들이다! 반항하면 즉시 제압하라!"

그리고 동시에 오천상과 연추상에게 서슬 퍼렇게 호통 쳤다.

"너희 둘이 만일 반항해서 포쾌들이 다치거나, 혹은 도주한다면 너희 둘 대신에 저기 있는 곽가 성을 지닌 총관을 비롯한 객잔에서 일하는 자들과 그 식솔들까지 모두 압송해 죄를 물을 것이다. 너희들의 능력이 대단하다는 것은 본관도 익히 알고 있다 너희들 때문에 너희들과 관계된 모든 자들이 큰 화를 입어도 상관하지 않는다면 그렇게 하도록 해라."

분노를 참지 못하고 막 달려들려고 하던 연추상이 멈칫했다. 연추상은 몸을 부르르 떨며 말했다.

"정말 비겁하다. 다른 사람들이 무슨 죄를 지었다고 상아 대신 잡아가겠다고 하냐?"

연추상의 팔을 잡고 제 몸 뒤로 밀어내며 오천상이 빠르게 말했다.

"소주인, 내가 이놈들을 감당하겠소. 이놈들이 뭐라고 하든지 신경 쓰지 마시오. 그리고 내가 막고 있는 동안 몸을 빼내어 달아나시오. 뒷일은 아무 걱정 하지 말고."

왕일악이 뒤를 돌아보며 크게 소리쳤다.

"포쾌들과 포졸들은 지금 즉시 이 연놈의 퇴로를 막아라! 그리고 반항하면 모두 뛰어들어 무조건 제압하라!"

그의 명령에 객잔 밖에 서 있던 수십 명의 포쾌와 포졸들이 두 패로 나뉘어 한 무리는 객잔 일대를 포위하고 다른 한 무리는 객잔 안으로 급히 몰려들었다.

객잔 안팎이 순식간에 팽팽한 긴장감에 휩싸였다.

이때, 객잔 내부 이층에서 계단을 통해 남녀 두 명의 노승이 걸어내려오며 말했다.

"허허, 이런 변고가 있나? 이 어린아이가 무슨 죄를 지었다고 이리 많은 사람들이 둘러싸고 핍박하는가?"

불법을 설할 때 사용하는 지팡이인 법장(法杖)을 짚은 무괴 성승이 안타까운 목소리로 말했다.

"아미타불, 도대체 어린 상아가 무슨 죄를 지었다는 말이오. 이보시오, 대포두. 꼭 이렇게 무리하게 일을 벌여야겠소?"

백미 사태가 왕일악을 쳐다보며 하얀 눈썹을 굼틀거렸다.

범상치 않은 두 노승의 출현에 왕일악은 물론 객잔 안에 있던 포쾌들과 포졸들이 모두 주춤했다. 두 노승들의 언행에서 자신들의 의지를 누르는 무거운 쇠뭉치 같은 압력을 느꼈기 때문이다.

일순 당황하던 왕일악이 발을 구르며 크게 소리쳤다.

"죄인을 포박하는 관의 행사요! 뉘 신지는 모르나 두 분은 빠지시오! 그리고 죄인들은 들으라! 만일 조금이라도 반항의 기미가 보인다면 지금 이 객잔에 있는 어느 누구라도 화를 피하기는 어려울 것이다! 순순히 포박을 받는 것이 좋을 것이다."

왕일악이 손을 쳐들었다. 포쾌와 포졸들이 모두 그의 손을 주시했다. 일촉즉발의 팽팽한 긴장감이 대청 안을 맴돌았다.

그때 연추상이 앞으로 나섰다. 연추상이 제 두 손을 앞으로 내밀며 풀 죽은 목소리로 말했다.

"됐어. 그만 하고 상아를 묶어 데려가. 상아 하나 때문에 다른 많은 사람들이 괴롭게 되는 게 싫어. 죄도 없는데 금방 밝혀지겠지."

오천상이 비명을 지르듯 강하게 외쳤다.

"아니 되오! 뭔가 심상치 않소이다, 소주인. 지금 이 상황은 단순히 고발을 당한 사람을 잡아가는 것이 아니오. 마치 대역죄인을 압송하는 듯이 무려 수십 명의 포쾌와 포졸이 동원됐소."

그러나 연추상은 고개를 저었다.

"그러지 마. 상아만 가면 되는데, 뭘."

그러면서 다시 포쾌들을 향해 두 팔을 내밀었다.

연추상의 이런 행동을 본 왕일악이 재빨리 포쾌들에게 명령했다.

"무엇들 하고 있느냐, 어서 포박하지 않고?"

왕일악의 호된 추궁에 포쾌들이 주춤주춤 연추상에게 다가가 포승줄로 묶으려 했다.

그때 연추상의 등 뒤쪽에서 공기를 가르는 매서운 파공성이 들려왔다.

쐐액!

소리를 낸 그것은 연추상의 팔을 묶으려고 다가오던 포쾌들의 발 앞에 떨어져 박혀 부르르 전신을 떨었다.

"으헛!"

그것은 송문고검 한 자루였다.

기겁한 포쾌들이 몸을 움츠리며 급히 발을 뒤로 뺐다.

그와 동시에 옷자락 스치는 가벼운 바람 소리를 내며 신형 하나가 모습을 드러냈다.

*　　　　*　　　　*

"안 돼, 상아야."

진연명이 금방 눈물을 뚝뚝 흘릴 것 같은 슬픈 얼굴로 연추상의 앞을 가로막았다.

일시에 연추상의 눈이 화등잔 만하게 커졌다.

"사, 상공아."

너무나 놀란 연추상이 멍한 얼굴로 말을 더듬었다.

진연명이 그녀를 보며 웃는 듯 우는 듯 구분이 모호한 희미한 미소를 지으며 말했다.

"상아야, 이제야 나타나서 미안해. 용서해 줘."

얼이 빠진 모습으로 진연명을 쳐다보던 연추상이 갑자기 커다란 울음을 터뜨리며 진연명의 품에 몸을 던졌다.

"와아앙 !"

연추상이 구슬피 울었다.

그녀의 온몸에 들어 있는 모든 눈물을 진연명의 가슴에 한꺼번에 퍼붓듯이 흐느꼈다.

구슬피 우는 연추상의 작은 등을 쓰다듬으며 진연명이 속삭였다.

"미안해, 미안해."

"흐아앙 !"

연추상의 울음소리가 더욱 깊어지며 진연명의 등을 꽉 껴안았다.

대포두 왕일악을 비롯한 포쾌들이 지켜보는 가운데 연추상이 느닷없이 나타난 진연명을 껴안고 목이 메도록 울고 또 울었다.

전혀 뜻밖의 상황에 경악하던 왕일악이 잠시 후 정신을 수습했다.

그의 얼굴이 잔뜩 이지러지고 입술이 한껏 비틀어졌다. 그리고 입을 떼어 다시 명령을 내리려는 순간, 그의 어깨를 잡는 손이 있었다.

"뭐야?"

어깨를 적시는 불쾌한 느낌에 고개를 돌리던 왕일악의 눈에 한 사람이 보였다. 동시에 그 사람의 뒤에 서있는 또 다른 한 사람을 보는 순간, 왕일악의 몸이 굳었다.

왕일악의 어깨를 잡은 사람은 그의 직속 상관인 추관 이형표였다.

이형표의 뒤에는 지부대인 유상천이 씹어 먹어도 시원찮을 눈빛으로 왕일악을 노려보고 있었다.

추관 이형표가 왕일악의 어깨를 눌러 바닥에 주저앉히며 말했다.

"왕일악 네 놈을 불온한 무리들과 내통하고 관의 기강을 문란케 한 혐의로 지부대인의 명을 받아 체포한다. 포리들은 무엇을 하느냐? 이 발칙한 자를 당장 포박해 포청으로 압송하라!"

즉시 포리들이 달려들어 왕일악을 묶어 객잔 밖으로 끌고 나갔다. 객잔 밖에는 금호방의 방주였던 정규와 그와 늘 함께하던 또 다른 늙은 상인 한 명이 이미 포박돼 바닥에 꿇려져 있었다. 왕일악은 포리들의 엄중한 감시를 받으며 그들 옆에 똑같이 꿇려졌다.

한편 객잔 안에서는 포쾌와 포졸들이 어느새 모두 사라진 가운데 연추상이 진연명의 품에서 계속 울고 있었다.

그들을 무괴 성승과 백미노니, 그리고 오천상이 말없이 바라보고 있었다.

이윽고 진연명의 품에서 울고 있던 연추상이 얼굴을 들고 진연명을 바라봤다. 아직도 눈시울이 홍건히 젖어 있는 연추상이 진연명에게 훌쩍이며 말했다.

"상공아, 엄청 보고 싶었다. 상아도 많이 잘못했다. 몰래 산을 내려온 뒤에 너무 힘들었다."

진연명이 연추상의 머리를 쓰다듬으며 말했다.

"상아야, 그날 할머니와 내가 얘기한 것을 상아가 잘못 알아들었던 거야. 조금 있다 천천히 모두 설명해 줄게. 그것보다 상아야, 천산에 계신 장인이 나도 무척 뵙고 싶어. 우리 무당산에 가지 말고 우선 함께 손잡고 천산에 갔다 오자. 어른들한테 말씀드리면 분명 허락하실 거야. 그리고 장인어른도 모셔 와서 무당산에서 함께 살자. 지금 객잔 밖에 할머니가 당도해서 기다리신다고 조금 전에 고학 할아버지가 일러 줬다. 상아야, 그럼 이제 눈물 닦고 객잔 밖으로 같이 나가지 않을래?"

진연명의 말에 연추상이 밝게 웃으며 크게 고개를 끄덕였다.

〈완결〉

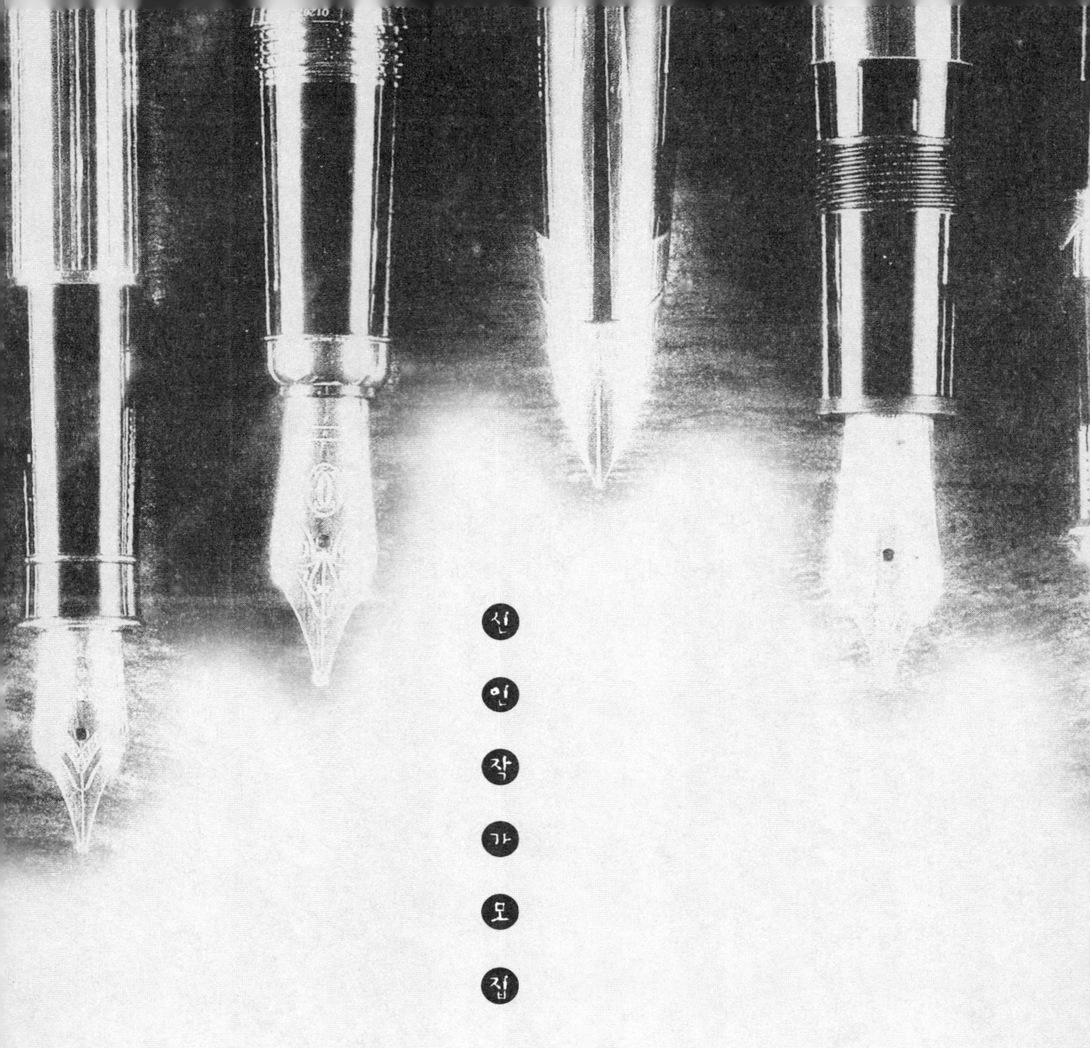

시작이 반이라고 했습니다.
작가의 길에 대한 보이지 않는 벽을 과감히 깨뜨리십시오!
청어람은 작가 지망생 여러분들의
멋진 방향타가 되어드리겠습니다.

저희 도서출판 청어람에서는
소설 신인 작가분들을 모집합니다.
판타지와 무협을 사랑하시는 분들의 많은 참여를 바랍니다.
소정의 원고(A4용지 150매)를 메일이나 우편으로 보내주시면
검토 후 출판 여부를 알려드리겠습니다.

주소:경기도 부천시 원미구 심곡1동 350-1 남성B/D 3F 우편번호420-011
TEL:032-656-4452 · **FAX**:032-656-4453
http://**www.chungeoram.com**
e-mail:chungeoram@chungeoram.com